Lorrie Moore

PEPSI HOTEL

Stories

Aus dem Amerikanischen von
Martin Hielscher
und Brigitte Jakobeit

Rowohlt

Die Originalausgabe erschien 1990 unter dem Titel
«Like Life» im Verlag Alfred A. Knopf, New York
Martin Hielscher übersetzte «Freude», «Häßlich sind Sie auch»,
«Wo man seinen Kopf hat» und «Wie etwas Lebendiges».
Brigitte Jakobeit übersetzte «Zwei Männer», «Vissi d'Arte»,
«Der jüdische Jäger» und «Wieder hungern».
Umschlag- und Einbandgestaltung Nina Rothfos
Foto der Autorin: Rob Kinmonth

1. Auflage März 1992

Satz aus der Caslon (Linotronic 500)
Gesamtherstellung Clausen & Bosse, Leck
Printed in Germany
ISBN 3 498 04339 0

Dafür, daß sie das Langsame beschleunigt haben,
dankt die Autorin der Corporation of Yaddo,
der University of Wisconsin Graduate School,
dem Wisconsin Arts Board,
dem National Endowment for the Arts
und der Rockefeller Foundation.

INHALT

Es wirkte sehr traurig,
Dich in Deinen neuen Schuhen allein weggehen zu sehen.

Zelda Fitzgerald in einem Brief an ihren Mann,
Februar 1932

ZWEI MÄNNER

Zum erstenmal in ihrem Leben hatte Mary zwei Männer. Das brachte zusätzliche Wäsche, einen Anrufbeantworter und nächtliche Taxifahrten mit sich, die in Cleveland telefonisch bestellt werden mußten; dennoch empfahl sie es ihren Freundinnen auf Postkarten. Sie kaufte die mit den Strandpanoramen, dem Grab von James Garfield oder der Mariä Verkündigung aus dem Kunstmuseum, auf der ein Schönling von Engel die Finger erhob und flüsterte: *ein Mann, zwei Männer.* Hintendrauf schrieb sie: *Man fühlt sich so umsorgt! Daß wir immer glaubten, nur einer könnte uns erfreuen oder gar erfüllen! Laß den Schleier fallen! Befreie Dich von alten Hüten! Schaff Dir mehr Männer an!*

Der Nervenzusammenbruch kam schleichend. Es begann mit Ausflügen in einen kleinen, nahegelegenen Park, für die sie sich ganz weiß kleidete: weiße Blusen, weiße Röcke, weiße Söckchen, flache Schuhe so weiß wie Bootssegel. Im Schatten auf dem Boden las sie biblische Prosa oder ein Taschenbuch, das sie aufgetan hatte; es handelte von jemandem, der allein auf einem Floß übers Meer trieb und vierzig Tage und Nächte nur von Fingernagelschnipseln und Fisch lebte. Mary sprach mit niemandem. Sie las und kümmerte sich möglichst wenig um Grasflecken, obwohl sie manchmal doch aufstand und sich auf eine Bank setzte, vor allem dann, wenn ein undefinierbarer Haufen oder ein schmusendes Pärchen in ihrer Nähe lag. Sie wollte unbefleckt bleiben, wenn auch nur für einen Nachmittag. Beim Zurückgehen hielt sie krampfhaft ihre Bücher fest und sah an den Männern vorbei, die vor ihrem Haus Fleisch abluden. Sie wohnte in einem kleinen Zimmer über einer Großmetzgerei – Alexander Hamilton Pork –, in die jeden Tag an Haken die bleichen, speckigen Rümpfe gerollt wurden, nackt, unzerteilt und ohne Hufe. Sie bemühte sich, den Kühlhausgeruch mit seinem Hauch von Schande und Hamburger-Tod nicht hinter sich durch die Haustür und die Treppe hinauf dringen zu lassen, aber manchmal tat er es trotzdem. Tag für Tag versuchte sie, dem Blut auszuweichen, das den Gehsteig hinabrann und sich dunkel und lebendig im Rinnstein sammelte. Um halb sechs tappte sie auf Zehenspitzen und mit angehaltenem Atem auf das Gebäude zu. Die davorstehenden Laster fuhren davon, und die Metzger von Hamilton Pork in ihren rotgefleckten Doktorkitteln mit den aufgedruckten Zehndollarnoten spritzten den Gehsteig ab und ließen den Block glitzernd wie einen Kanal zurück. Die Scheibenputzerjungs an der Ecke lächelten Mary dann jedesmal zu und rannten – Wasser war knapp – los, stippten ihre Wischer in die Lachen und zogen sie, wäßrig rosa, über die Windschutzscheiben der an der Ampel haltenden Autos. «Hallo», sagten sie. «Hallo, hallo.»

«Wo warst du denn?» fragte Mann Nummer eins abends am Telefon. «Ich habe versucht, dich zu erreichen.» Er kandidierte für einen Sitz im Bezirksparlament, und Mary arbeitete für ihn. Sie verteilte Handzettel und heftete Plakate an Kioske und Bäume. Darauf prangte ein riesiges, schönes Porträt, unter dem die Worte *Nummer eins* standen. Gewöhnlich gab sie sich Mühe, ihn am Schlips zu befestigen, damit es wie eine Krawattennadel aussah, aber wenn sie müde war oder er zuviel über seine Frau redete, tackerte sie ihn mitten durch die Augen, wie einen Leichnam. Angeblich war er dabei, sich zu trennen. Mary wußte, was das hieß: Kopf und Körper gehen getrennte Wege; die Frau schläft lang, dann geht sie zum Psychiater, zum Wahrsager, zum Akupunkteur; das Fett steigt nach oben. Nummer eins demontierte sein Leben. Langsam, sagte er. Freundlich. Er hatte schon seine Sekretärin gefeuert, einen neuen Wahlkampfleiter engagiert, sein Anlagekapital von Aktien über Anleihen auf Bargeld verlagert und ein Seegrundstück verkauft. Er liquidierte. Bald nun auch die schlafende Ehefrau. «Nur die Jungs machen mir Sorgen», sagte er. Er hatte zwei.

«Wo ich war?» gab Mary zurück. Sie erforschte die Tiefen ihrer Seele. «Ich war im Park, lesen.»

«Du fehlst mir», sagte Nummer eins. «Ich wünschte, ich könnte auf der Stelle zu dir kommen.» Aber er steckte weit weg in einem Haus, einer Schachtel mit Deckel und Luftlöchern, fest; vom Fußboden konnte man Gras essen. Er besaß auch ein kleines Apartment im Zentrum, wo der Pförtner Mary zulächelte und sie hereinwinkte. Doch an diesem Abend war Eins zu Hause bei den Jungs; sie waren sensibel und still und beide an der Junior High.

«Hmmm», sagte Mary. Sie bekam Kopfschmerzen. Sie fragte sich, was Nummer zwei wohl machte. Vielleicht könnte er vorbeikommen und ihr den Rücken massieren, ihr das Getöse und Gedröhn aus den Schläfen vertreiben, warme und feuchte Hände auflegen. «Wie geht's deiner Frau?» fragte Mary. Sie sah auf ihren Wecker.

«Schläft», sagte Eins.

«Bald wirst du bei ihren kalten Gliedern ruhen», sagte Mary. Eins schwieg. «Hör mal, was wäre eigentlich, wenn ich auch mit einem anderen schliefe?» fügte sie hinzu. Eins plus eins. «Wäre das nicht besser? Wären wir dann nicht quitt?» Hier zeigte sich ihre Vorliebe für Algebra. Sie war nicht rachsüchtig. Sie wollte nichts aufrechnen. Sie wollte quitt sein.

«Ich meine, wenn ich auch mit einem anderen schliefe,

wären dann nicht alle glücklich?» Sie dachte wieder an Mann Nummer zwei, den sie allzuoft zurückwies. Sobald sie auflegte, würde sie ihn anrufen.

«*Glücklich?*» tönte Nummer eins. «Mehr als glücklich. Ich wäre außer mir.» Er war ein Humorvoller. Wenn sie miteinander geschlafen hatten, seufzte er, schlug die Augen auf und sagte: «Warst du das?» Nummer zwei war nicht ganz so witzig. Er war groß und deprimiert und beständig wie Regen. Fragte man ihn: «Was, wenn wir beide auch andere Geliebte hätten?», dann würde er, lang aufgeschossen und vergrämt, aus dem Fenster starren. Er würde schweigen. Oder die Achseln zucken und sagen: «'ndudas...»

«Wie bitte?»

«'ndudas willst.» Er würde sie küssen und dann in seinen ellenlangen Arm weinen. Mary machte sich Sorgen um seine Gesundheit. Nummer eins aß stets in Restaurants, die ihre Gerichte – den Tintenfisch, die Leber, die Karotten – als «jung und zart» deklarierten, wie in dem Tony-Bennett-Song. Nummer zwei indes ging in Imbißstuben und aß nitrithaltiges Zeug mit dunklen, gezackten Krusten am Rand. Solche Mahlzeiten konnten einem alt und pappig im Magen liegen wie ein Alptraum. Wenn Zwei aß, war er für nichts anderes zugänglich. Es konnte einen schon ermüden und traurig machen, wenn man immer nur die zweite Geige spielte.

«Du hast alles», sagte sie zu Nummer eins. «Du hast zuviel: Geld, Macht, Frauen.» Es war absurd, an einem Ort wie Cleveland über derlei zu reden. Andererseits war jede Welt klein, egal welche, und man mußte sich eben reinhängen und dazu Stellung nehmen. «Dein Leben ist zu vollgestopft.»

«Es drängt sich ein bißchen, zugegeben.»

«Es drängt sich so sehr, daß die Schlange schon Taschenspieler und Schwindler anlockt.» Manchmal redeten sie so miteinander.

«Mir machen eher die Porträtzeichner Sorgen», sagte Eins. «Sie sind aggressiv und unbegabt.» Es klickte in der Leitung. Er hatte noch ein anderes Gespräch.

«Es ist so unfair», sagte Mary. «Alle wollen im Bus neben dir sitzen.»

«Ich muß jetzt Schluß machen», sagte er, weil er Angst vor dem weiteren Verlauf des Gesprächs hatte. Denn so konnte es endlos weitergehen.

Im Park hüpfte ein elfjähriges Mädchen vor ihr hin und her. Mary blickte auf. Das Mädchen war dünn, flachbrüstig und trug Lippenstift. Sie steckte in einem rückenfreien Oberteil, das ihre Schulterblätter wie Flügel vorspringen ließ. Sie spuckte laut und kräftig aus, und das Ganze landete zu Marys Füßen. «Botschaft aus dem All», sagte das Mädchen, und dann schlenderte sie davon und aus dem Park. Mary versuchte weiterzulesen, doch fiel es ihr jetzt schwer. Sie wurde immer zerstreuter und unruhiger, stand schließlich auf und ging nach Hause, trat durch das blutige Wasser und ignorierte die Metzger, die an ihre Haarnetzkappen tippten, so sie welche trugen. Alles wankte vor und zurück, schwankte wie im Tanz, und als sie die Treppe hinaufstieg, hielt sie sich am Geländer fest.

Deshalb mochte sie Mann Nummer zwei: Er war lieb und still, wie jemand, den sie schon lange kannte, wie jemand, neben dem sie in der Schule gesessen haben mochte. Er senkte den Blick und sagte, er liebe sie, schwitzte sich an ihr ab und ließ seinen Geruch im Zimmer schweben. Nummer eins war kein Schwitzer. Er war kompakt und hatte überhaupt keine Poren; bei ihm sammelte sich die Hitze unter der Haut. Nichts drang nach außen. Er hinterließ keine Spur und keinen Duft, aber wenn man mit ihm zusammen war, spürte man die Hitze und mußte einfach hinfassen. Man kam ihm nahe und verlor ein bißchen den Verstand. Man ließ sich treiben. Auf einem Floß hinaus aufs offene Meer. Fingernagelschnipsel und Fisch.

Wenn Nummer zwei fertig war, trank er gern ein Bier, ging früh ins Bett und wimmerte noch ein wenig an ihrer Schulter, während seine Füße aus dem Bett baumelten. Er massierte ihr lange den Rücken und sank dann plötzlich stöhnend auf sie. Er steckte voller Geräusche. Worte kamen spärlich und langsam. Sie drückten nie das aus, was er meinte, sagte er. Er tat sich schwer mit Erklärungen.

«Ich weiß», sagte Mary. Sie hatte gelernt, seinen Augen zu trauen, dem Licht, das saphirblau und treu ergeben aus ihnen strahlte, obwohl auch manchmal etwas Unheimliches in ihnen aufblitzte.

«Küß mich», sagte er oft. Und dann schloß sie die Augen und küßte.

Manchmal bastelte sie sich in Gedanken einen dritten zurecht, Mann Nummer drei. Er verkörperte die besten Züge der beiden. In Wahrheit, so fiel ihr auf, sehnte sie sich nach Mann Nummer drei. Für sich betrachtet, war Nummer eins reich und fies. Nummer zwei war ein großer, sich ständig wiederholender Trauerkloß, der nie zum Ende kam; man wollte nur, daß er sich endlich hinsetzte. Es war unvermeidlich, daß sie da zusammenklebte und addierte. Eins plus zwei. Drei war klug und zuverlässig. Er war besser als jeder andere. Für sich betrachtet, fehlten Nummer eins und zwei gewisse Teile, sie waren bedrohliche Fakes, die gefährlich durch Clevelands smaragdgrüne Parks streiften und Wählern die Hand schüttelten oder sich trübsinnig über einen Chili-Dog beugten. In ihren Gedanken tauchte Nummer drei, wie ein Beschützer, immer nach einem oder zwei Drinks auf, brachte Geschenke und trug einen hübschen Anzug. «Ah, Nummer drei», sagte sie dann mit geschlossenen Augen.

«Ich liebe dich», sagte Mary zu Nummer eins. Sie spielten Konkubinat in seinem Schlaf-Apartment, von der Straßenbeleuchtung angestrahlt, vom Alltagsleben erlöst.

«Du bist sehr außergewöhnlich», erwiderte er.

«Du auch», sagte Mary. «Obwohl du unverheiratet wohl noch viel außergewöhnlicher wärst.»

«Dann wäre ich mehr als außergewöhnlich», sagte Nummer eins. «Dann wäre ich eine Rarität. So was wie ein Einhorn.»

«Ich liebe dich», sagte sie zu Nummer zwei. In der Beziehung war sie romantisch. Ihr Herz war groß und quoll über. Wenngleich ihr Gehirn vertrocknete und knollig wurde wie ein Blumenkohl. Sie nannte beide Männer «Honey», und das erschreckte sie ein wenig. Wie viele Honeys konnte man eigentlich haben? Vielleicht brauchte man nur die Arme auszustrecken und bekam so viele Honeys, daß man auf eine höhere geistige Stufe gelangte, etwa so wie ein Regalbrett in einem Bioladen oder eine Kiefer, die in mystischer Reglosigkeit verharrte, während unten das Leben bellte wie ein Hund.

«Ich dich auch», sagte Zwei mit leicht würgender Stimme, steif und stotternd, und ein Hauch von warmem Mittagessen entströmte seiner Haut.

Auf den Postkarten ihrer Freundinnen stand: *Mary, was machst Du bloß!?* Oder: *Hört sich hervorragend an.* Auf einer hieß es: *Du Ferkel*, und danach folgten viele Ausrufezeichen.

Sie strich ihr Zimmer in einem leuchtenden Weiß. Es hieß «Hope White», wie die Heldin aus einem Arztroman. Sie begann weiße Möbel zu sammeln, kleine Sachen für Jugendliche, aber jetzt gehörten sie ihr. Sie saß in ihnen und auf ihnen und spürte den Hauch einer Kindheit heranwehen, die sie so nie erlebt hatte oder an die sie sich nicht so recht erinnern konnte, eine reinigende, aufbauende. Sie badete in Lysol, hielt es kapselweise unter den laufenden Wasserhahn. Die anderen Möbel – die großen roten, schwarzen und braunen Stücke – stellte sie draußen auf den Gehsteig und sah dann zu, wie die städtische Müllabfuhr sie montags abtransportierte, bis ihr Zimmer blank und milchig wie ein Knochen war.

«Du hast renoviert», sagte Nummer eins.

«Liebst du mich wirklich?» sagte Nummer zwei. Er sah sich nie um. Er schritt langsam auf sie zu und wollte nur dies eine wissen.

Im Park, nach einem solchen Lysolbad, setzte sie sich auf eine Bank, von deren Latten die Farbe abblätterte, und las. *Wer darf hinaufziehen zum Berge des Herrn?... Wer reine Hände hat...* Es wurden viele Gewänder verteilt. In dem anderen Buch drehte ein Hai seine Kreise.

Dasselbe elfjährige Mädchen, die Lippen in einem grünlichen Pfirsichton gewachst, kam vorbei, um sie zu bespukken.

«*Was?*» sagte Mary entgeistert.

«Nichts», sagte das Mädchen. «Ich tu dir doch nichts», spottete sie und schob die Schultern vor, wie Kinder es tun, wenn sie Verkleiden spielen – die schlechte Imitation eines Filmstars. Sie trug eine billige Umhängetasche mit einem langen Henkel, und sie zog ihn hoch, über den Kopf, und drapierte ihn diagonal über ihre Brust.

Mary stand auf und ging in einem Schritt davon, der bei anderen vielleicht Empörung ausgedrückt hätte, bei ihr jedoch in ein entsetztes Hasten ausartete. Sie konnten es sehen! Jeder konnte sehen, was sie war, was sie tat! Sie konnte keine Menschenseele hinters Licht führen. Was sie brauchte, waren Pläne. In solchen Zeiten konnten Pläne einen retten. Für eine gewisse Zeit konnten sie Zeit und Raum strukturieren, wie kleine Skulpturen. Zu Hause kochte Mary sich eine Suppe, aß sie und starrte auf die Heizung. Sie würde eine

Reise planen! Sie würde weit weg fahren, an einen unbeschmutzten, reinen Ort.

Sie kaufte sich Reiseführer über Kanada: Nova Scotia, New Brunswick, Prince Edward Island. Sie blieb in ihrem Zimmer, fern von Spuckern, und überschlug und las abwechselnd die Seiten ihrer Bücher, während sich ihr Kopf wie ein Koffer mit den Namen von Hotels und Denkmälern, von Wechselkursen und historischen Episoden füllte, eine schreckliche Aufregung in ihr sich bis zur Erschöpfung steigerte und der Gedanke ans Reisen in ihr hochstieg wie Blut, so lange, bis sie das Gefühl hatte, bereits in Kanada gewesen, bereits monatelang dort unterwegs gewesen zu sein und nun, allein, auf ihr Bett sinken und ruhen zu müssen.

Mary besuchte Nummer eins im Büro, um ihm die restlichen Handzettel zurückzugeben und ihm zu sagen, daß sie fortginge. Es roch nach Zigaretten und Zigarren; ein öffentlicher Raum, wie ein Zug. Er schloß die Tür.

«Ich mache mir Sorgen um dich. Du wirkst so abwesend. Und du bist ständig weiß gekleidet. Was ist los?»

«Ich hebe mich für die Ehe auf», sagte sie. «Nicht mit dir.»

Nummer eins sah sie an. Er hatte gerade selber sagen wollen: «Mit mir?», aber da war zuwenig Platz für sie beide, so wenig wie für zwei Männer an einem Laufmal beim Baseball. Neuerdings kamen sie immer zeitgleich auf die Pointen. Sie hatten begonnen, sich gegenseitig zu imitieren – das gewaltsamste und befriedigendste Ende einer Liebe.

«Tut mir leid, daß ich nicht zur Arbeit gekommen bin», sagte Mary. «Aber ich habe beschlossen, eine Zeitlang fortzugehen. Ich fahre nach Kanada. Du kannst in dein anderes Leben zurückkehren.»

«Welches andere? Das, in dem ich als Himmler verkleidet um zwei Uhr morgens durch die Straßen ziehe? Meinst du das?» Auf seinem Schreibtisch lag ein Zeitungsausschnitt über einen Abgeordneten aus Nebraska, der weit weg von zu Hause ein paar Affären gehabt hatte. Die Überschrift lautete: *Rammelei um öffentliches Amt: Wer wirft den ersten Stein?* Die dunklen Ränder um Marys Sichtfeld zogen sich zusammen und weiteten sich wieder. Sie packte eine Stuhllehne und setzte sich.

«Mein Leben ist schon sehr merkwürdig», sagte sie.

Eins sah sie ruhig an. Sie sah müde und verloren aus. «Weißt du», sagte er, «du bist nicht die einzige Frau, die mit einem verheirateten – einem Mann mit ehelichen Bindungen liiert ist.» Gewöhnlich bezeichnete er ihre Affäre als *Situation*. Oder manchmal, zur Aufheiterung, als *Erwachsenei*. Mary wurde bei all diesen Wörtern flau zumute.

«Nicht die einzige?» sagte Mary. «Und ich habe mir eingebildet, ich hätte völlig neue Wege eingeschlagen.» Als sie klein war, hatte ihre Mutter sie gefragt: «Würdest du von einer Klippe springen, nur weil alle anderen es auch tun?»

«Ja», hatte Mary geantwortet.

«Wirklich?» fragte ihre Mutter.

Mary versuchte es noch einmal. «Nein», sagte sie. Es gab nur zwei Antworten. Welche war die richtige?

«Laß dich von mir zum Essen ausführen», sagte Eins.

Mary starrte an ihm vorbei zum Fenster hinaus. Es gab Frauen, die durch solche Scheiben sprangen. Einfach Anlauf nahmen und sprangen.

«Ich muß eine Zeitlang nach Kanada», murmelte sie.

«Kanada.» Eins grinste. «Du warst schon immer eine Abenteurerin. Hast du dich schon impfen lassen?» Soweit kam es in der Liebe. Einer heulte viel, und dann wurden beide sarkastisch.

Sie reichte ihm seine Handzettel. Er stapelte sie neben einen Rhinozeros-Briefbeschwerer und fuhr sich mit der Hand übers Gesicht wie einer von den Jungs mit den Gummiwischern. Sie stand auf und küßte ihn aufs Ohr, ein wirklich zierliches Ding, ein Meeresgeschöpf, das den Hauch ihres Kusses gefangenhielt.

Zu Mann Nummer zwei sagte sie: «Ich muß verreisen.»

Er umschlang ihre Taille, ängstlich und fest. «Heirate mich», sagte er, «sonst...»

«Sonst», sagte sie. Sie wollte immer das andere.

«Vielleicht in zwei Jahren», murmelte sie und versuchte sich loszumachen. Sie könnten sich einen Wagen kaufen, ein Haus am Rande der Heights. Sie würden dick werden und mürrische faule Kinder großziehen. Zwei Jungs.

Und ein Mädchen.

Nummer eins würde ihr Postkarten mit Witzen auf der Rückseite schicken. *Du Ferkel.*

Sie berührte Nummer zwei am Arm. Auf seine Art war er lieb zu ihr, auch wenn sich seine Haare zu fettigen Vs spleißten und die seltsame, gelegentlich aufkommende Panik ihm quälend durch die Adern seiner Arme kroch.

«Ich brauche eine Pause», sagte Mary. «Ich werde nach Kanada fahren.»

Er ließ sie los und trat ans Fenster, und seine Fingerknöchel waren harte kleine Männer auf der Fensterbank.

Sie fuhr für zwei Wochen nach Ottawa. Es war sehr britisch und verlassen, und es gab keine Straßencafés, da es bereits Oktober war und man nicht wissen konnte, wann die Kanäle zufroren. Sie ging in die Nationalgalerie und stand vor den Paul Peels und Tom Thompsons mit ihren Kinderbuchtiteln, nackten Kindern und glutroten Blättern. Sie nahm an einer Führung durch das Parlament teil, das von Holz und karminrotem Samt überquoll und in ebendiesem Monat von den Affären einiger Abgeordneter schockiert worden war. «Sozusagen» – zwinkerte der Führer, und der Gruppe klappten vor Erstaunen die Kiefer herunter.

Mary ging in ein Restaurant, das früher eine Mühle gewesen war, lächelte den Kellnern zu und starrte auf die steinernen Wände. Nachts, allein in ihrem Hotelzimmer, stellte sie sich vor, das kühle, bräutliche Weiß der Laken, die sie wie ein Leichentuch umfangen hielten, werde sie heilen, indem es vorübergehend in ihre Haut und ihr intelligentes Blut eindränge. Jeden Morgen um sieben rief jemand vom Empfang unten an, um sie zu wecken.

«Was kann man heute unternehmen?» erkundigte sich Mary.

«Sie sollten nach Montreal, Miss. Wir sind in Ottawa.»

Das war im französischen Teil. Sie hatte nichts Französisches haben wollen.

«Frühstück bis zehn im Union Jack Room, Miss.»

Sie schickte Postkarten an Mann Nummer eins und Mann Nummer zwei. Darauf schrieb sie: *Ich komme nächsten Dienstag mit dem Zweiuhrbus zurück.* Die Karte an Nummer eins steckte sie in einen Umschlag und adressierte ihn an sein Postfach. Sie nahm an einer weiteren Führung durchs Parlament teil, ging dann in eine Kirche und versuchte lange zu beten. «O Vater», begann sie, «der du unser aller Vater bist...» Als Kind hatte sie gern gebetet und stets improvisiert. Dabei hatte sie die Augen zu Schlitzen zusammengekniffen und war sich sicher gewesen, daß sie inmitten all der Farben Gott mit Botschaften und Ratschlägen auf sich zuschwimmen sah, ein riesiger Glückskeks mit Bart und einem Gewand, das schwebte und schwebte. Jetzt aber wurde ihr von dem Ganzen schwindelig. Sie schlug die Augen auf. Die Kirche war ruhig und modern, beleuchtet wie eine Bibliothek und voller Frauen, die da knieten, als würde sie nie wieder aufstehen.

Auf der Heimfahrt schlief sie unruhig; der Bus unter ihr brummte; Träume bedrängten sie und bisweilen auch die Frage, ob jemand am Bahnhof wäre, um sie abzuholen. Mann Nummer zwei wahrscheinlich nicht. Er war arm und unmotorisiert und fühlte sich nicht gebührend geschätzt. Vielleicht würde Eins, auf einen Sprung aus seinem Büro, in einer seiner typisch überstürzten Gesten, eine Pause in seiner Kampagnenplanung einlegen und mit Blumen warten. Die Chancen standen nicht allzu schlecht.

Mary kämpfte sich mit ihrer Tasche aus dem Bus. Sie war noch immer erschöpft vom Schlafen, und dieser Aspekt des Lebens, Ein- und Ausstieg einer Sache zu finden, war ihr seit jeher schwierig vorgekommen. Jemand sprach ihren Namen aus. Sie sah zur Seite und hörte ihn noch einmal. «Mary.» Sie sah hoch und höher, und da stand er: Mann Nummer zwei in einem löchrigen Pullover und mit V-Haaren.

«Eine Ansage», rief es aus dem Lautsprechersystem. «Eine Ansage für alle Passagiere nach ...»

«Hi!» sagte Mary. Die seltsame Mischung aus Dankbarkeit und Enttäuschung, die sie bei Zwei immer empfand, setzte sich in ihren Gliedern fest wie die ersten Anzeichen einer Grippe. Sie küßten sich auf die Wange und dann auf den Mund, woraufhin er unbedingt ihre Tasche tragen wollte.

Sie liefen nervös durch die Menge und bemühten sich, ein Gespräch in Gang zu bringen, doch dann ließen sie es sein. Der Busbahnhof war ein Hort von Obdachlosigkeit und Gefahr, überall der Herzschmerz von Begrüßung und Abschied: rührselig, zwiespältig. Jemand winkte ihnen zu: eine barfüßige Frau voll grünem Schleim, über dem die Fliegen schwirrten. Ein alter Mann, dem etwas weiß Gekräuseltes aus der Ohrwindung wuchs, kam herbei und bat sie um einen Dollar. «Zum Essen!» versicherte er ihnen. «Nicht zum Trinken! Nicht zum Trinken! Zum Essen!»

Zwei zog einen Dollar aus der Tasche. «Hier nimm, mein Freund», sagte er. Plötzlich hatte Mary das Gefühl, sie müsse sich entscheiden, es sei wichtig, sich zu entscheiden, selbst wenn man nicht die geringste Ahnung habe, wen man lieben solle. Man entschied sich für die Liebe wie für eine Religion, einen Glauben, einen Ort, eine Kiste für das Herz, an die es klopfte wie ein Hausgeist.

Zwei hatte kein Geld für ein Taxi, aber er wollte Mary zu Fuß nach Hause bringen und schlang einen Arm um ihren Rücken und ihre Oberarme. So liefen sie durch die Stadt. Früher hatte Zwei ihr oft eine große, schlaffe Fischhand mitten auf den Rücken gelegt, aber Mary war es jedesmal gelungen, sich zu entziehen, indem sie stehenblieb und auf irgend etwas aufmerksam machte – «Sieh nur, der Halleysche Komet! Sieh nur, ein Stern!» –; deshalb umschlang er sie jetzt fest und drückte sie an sich, daß sich ihre Schultern nach vorn bogen und sie mit den Hüften gegeneinanderstießen.

Mary wünschte sehnlichst, sich davonschleichen zu können.

An ihrer Tür dankte sie ihm. «Möchtest du nicht, daß ich mit nach oben komme?» fragte Zwei. «Ich hab dich so lange nicht gesehen.» Er trat zurück, weg von ihr.

«Ich bin so müde», sagte Mary. «Tut mir leid.» Die Metzger von Hamilton Pork standen, auf eine neue Lieferung wartend, herum und grinsten. Zwei gab ihr den Koffer zurück und sagte: «Bis bald.» An seinem Schuh klebten Kaugummi und ein kleiner Untersetzer für einen Dixie-Pappbecher.

Mary ging nach oben und hörte ihren Anrufbeantworter ab. Ein alter Schulfreund hatte angerufen, jemand hatte sich verwählt, eine fremde Frauenstimme sagte: «Wer sind Sie? Wie heißen Sie?», und dann kam die schnelle, hektische Stimme von Nummer eins. «Ich hab vergessen, wann du zurückkommst. Ist es heute?» Dann noch einmal verwählt. «Wer sind Sie? Wie heißen Sie?» Dann wieder die Stimme von Nummer eins. «Ich glaube, heute wohl auch nicht.»

Sie legte sich hin, um sich etwas auszuruhen, und packte ihre Tasche nicht aus. Als das Telefon klingelte, sprang sie auf, und durch den Sprung fielen ihre Handtasche und ein paar Bücher vom Bett.

«Da bist du ja», sagte Mann Nummer eins.

«Ja», sagte Mary. Sie merkte, wie ein schwacher, kurzer Schneewirbel durch ihre Augen schoß und dann verschwand.

«Mary, was ist los?»

«Nichts», sagte sie und versuchte zu schlucken. Wenn es mit der Zärtlichkeit zu Ende war, kam die Stille vor dem Haß, und in diese Stille konnte man alles einfließen lassen. Immer mußte man so vieles zurückhalten, immer juckte es unter der Haut. Man bemühte sich ständig, Dinge zu verscheuchen, wie eine Frau mit Besen, die ihren Vorgarten zu verteidigen hat.

«Wie war die Reise?»

«Gut. Ich hatte gehofft, du würdest mich abholen.»

«Ich hab deine Postkarte verloren und vergessen, wann –»

«Schon in Ordnung. Dafür hat mich mein Bruder abgeholt. Mir ist jetzt klar, wie es mit meinem Leben steht: Ich erzähle meinem Bruder, wann ich zurückkomme, und ich erzähle dir, wann ich zurückkomme. Und wer ist da und holt mich ab? Mein Bruder. Dabei stehen wir uns für Geschwister nicht einmal besonders nahe.»

Eins seufzte. «Weißt du, dein Bruder und ich haben eine Münze geworfen, und er hat verloren. Aber ich fand, er war ein guter Verlierer.» Es wurde still in der Leitung. «Ich wußte gar nicht, daß du einen Bruder hast», sagte Eins.

Mary legte sich wieder aufs Bett und schmiegte sich an den Hörer. «Wie sieht's mit dem Wahlkampf aus?» fragte sie.

«Das Geld fließt immer noch, und die Partei ist mit den Radiospots zufrieden. Ich habe das alles so satt. Vielleicht könntest du mir helfen. Was bedeutet eigentlich das Wort *Wähler*? Sie reden andauernd von Wählern.» Er wollte sie zum Lachen bringen.

«Tja, nun, Kanada war ein Traum», sagte Mary. «Alles modern, sauber und wohlhabend. Wenigstens sah es so aus. Irgendwas läuft hier in Cleveland völlig falsch.»

«Cleveland hat nicht die richtigen Leute in Washington sitzen. Kanada schon.» Nummer eins war für die Umverteilung des Reichtums. Er war für die Reduzierung der Verteidigungsausgaben. Er war für ein US-freies Lateinamerika. Er hatte an Solidaritätsveranstaltungen in Hollywood teilgenommen. Aber er hatte noch nie einem Bettler einen Cent gegeben. Nummer zwei tat das.

«Derart plumpe Wohltätigkeit ist entwürdigend», sagte Nummer eins.

«Kauf dir eine Cola, mein Freund», sagte Nummer zwei.

«Ich muß vorbeikommen und meinen Gehaltsscheck abholen», sagte Mary.

«Sandy müßte ihn haben», sagte Eins. «Ich werde dich vermutlich nicht sehen können, Mary. Das ist ein Grund für meinen Anruf. Ich bin furchtbar beschäftigt.»

«Spenden sammeln?» Sie wickelte die Telefonschnur um ein Bein, das sie zur Übung in die Luft gestreckt hatte.

«Das und die Jungs. Meine Frau sagt, sie leiden ein bißchen und agieren die Kaputtheit unserer Ehe aus.»

«Und ich dachte immer, ihr beide tut das», sagte Mary. «Jetzt spielen plötzlich alle mit.»

«Du hast ja keine Ahnung, wie es ist, wenn man zwei Jungs hat», sagte er. «Du hast einfach keine Ahnung.»

Mary streckte sich, allein im Bett, auf dem Bauch aus. Ein riesiger demontierter Nummer drei mit aufgeplatzten Schweißnähten terrorisierte die Stadt. Unaufhörlich klingelte das Telefon. Marys Anrufbeantworter nahm ab. *Hallo? Hallo?*

«Ich weiß, daß du da bist. Nimmst du bitte den Hörer ab?»

«Ich weiß, daß du da bist. Nimmst du bitte den Hörer ab?»

«Ich weiß, daß du da bist. Ich weiß, daß du mit einem anderen zusammen bist.» Sie hörte ein ersticktes Geräusch. Später kamen Anrufe, bei denen niemand mehr etwas sagte.

Am Morgen rief er wieder an, und sie nahm ab. «Hallo?»

«Du hast letzte Nacht mit jemandem geschlafen, stimmt's?» sagte Zwei.

Es trat ein langes Schweigen ein. «Ich hatte es nicht vor», sagte Mary endlich, «aber ich erhielt dauernd diese unheimlichen Anrufe, und da bekam ich Angst und wollte nicht allein sein.»

«O Gott», flüsterte er, ein Fluch, oder war es Liebe, bevor es im Telefon knackte, dann summte, die letzte Strophe eines langen Liedes.

Im Park wirbelte eine junge Frau herum, um die Zwanzig; sie tanzte nach Arien und gregorianischen Gesängen vom Band. Eine kleine Menschenmenge hatte sich versammelt. Mary sah flüchtig zu: Das konnte einem widerfahren, wenn man aus Youngstown kam und an der High School verträumt und unbeliebt gewesen war. Man wurde erwachsen und führte solche Tänze auf.

Mary setzte sich in einiger Entfernung davon auf eine Bank. Das kleine Mädchen, das sie zweimal angespuckt hatte, ging langsam vorbei und taxierte sie. Mary blickte auf. «Spuck mich nicht an», sagte sie. Soweit war es mit ihrem Leben gekommen: Sie bat darum, nicht angespuckt zu werden. War das etwa besser als ein verunglückter Tanz zu Monteverdi aus dem Kassettenrecorder? Das hatte schließlich auch etwas für sich.

Nicht gerade Würde, aber doch irgend etwas.

«Ich will dich gar nicht anspucken», höhnte das Mädchen.

«Gut», sagte Mary.

Das Mädchen setzte sich ans andere Ende der Bank. Mary las weiter in ihrem Buch, spürte aber die Augen des Mädchens, einen Blick, der an ihrem Äußeren kratzte, bis sie sich ihr schließlich zuwenden und *«Was?»* sagen mußte.

«Ich gucke nur», sagte das Mädchen. «Ich spucke nicht.»

Mary klappte ihr Buch zu. «Wartest du auf jemanden?»

«Ja», sagte das Mädchen. «Ich warte darauf, daß all meine Freunde herkommen und mir einen Kuß geben.» Sie schloß die Augen und leckte sich schmatzend die Lippen.

«Oh», sagte Mary und schlug ihr Buch wieder auf. Die Sonne brannte auf den Überlebenden nieder. Brandblasen und Wunden. Breipackungen aus Algenpaste. Das Wasser hart wie Glas, und der Wind hielt, blau im Gesicht, die Luft an. Wie kam man nur an diesen Punkt? Wie konnte einen dieses augenverklappte, zahnverrottete Leben nur so grausam, wie durch einen üblen Streich, ins Schwimmen geraten lassen?

Zu Hause klingelte das Telefon, aber Mary ließ den Anrufbeantworter rangehen. Es war niemand. Der Apparat klickte, spielte seine Automatik durch und spulte zurück. Unter ihr rumpelten und schepperten die Haken und Rollen an der Decke der Metzgerei. In einem Traum klingelte von neuem das Telefon, und sie nahm ab. Es war jemand, den sie nur entfernt kannte. Ein Nachbar von Mann Nummer zwei. «Ich habe eine schlechte Nachricht», sagte er in dem Traum.

Im Park setzte sich das Mädchen jetzt näher zu ihr, wie ein kleines Tier – ein Eichhörnchen, ein Stinkpelz, neugierig eben. Gestikulierend sagte sie: «Ich wohne da drüben, wohnst du auch da?»

«Mußt du nicht in die Schule?» fragte Mary. Sie ließ ihr Buch in den Schoß fallen, behielt jedoch einen Finger zwischen den Seiten und ihre dunkle Brille auf.

Das Mädchen seufzte. «Schule», sagte sie und produzierte mit den Lippen ein prustendes Pferdeschnauben. «Ich hab's dir doch gesagt. Ich warte auf meine Freunde.»

«Aber du wartest immer auf sie», sagte Mary. «Und sie kommen nie.»

«Sie sind unzuverlässig.» Das Mädchen spuckte aus, aber nicht in Marys Richtung, eher in die der Musikakademie. «Sie sind tot.»

Mary stand auf, klappte ihr Buch zu und ging. «Einer im Himmel, einer in der Erde», rief das Mädchen und rannte hinter ihr her. «Hey, wohnst du in der Richtung? Ich hab's mir doch gedacht.» Sie folgte Mary in einer Art Schlendergang, Block für Block. Als sie vor der Hamilton Pork Company ankamen, blieb Mary stehen. Sie hielt sich krampfhaft den Bauch, drehte sich um und sah das Mädchen, das nun leicht schwitzend fast auf ihrer Höhe stand. Es war viel zu warm für die herbstliche Jahreszeit. Das Mädchen starrte auf das Fleisch in den Schaufenstern, die phallische Tirade der Würste, gesprenkelt, vertrocknet, aufgereiht wie zum Karneval.

«Schau!» sagte das Mädchen und zeigte auf die Würste. «Da sind sie. All unsere alten Freunde.»

Mary nahm ihre dunkle Brille ab. «In welche Klasse gehst du eigentlich?» fragte sie. Konnte es überhaupt eine Klasse geben für das, was dieses Mädchen in ihrer kaputten Seele wußte? Was sie wußte, gehörte zu den Dingen, die im Menschen heranwachsen wie ein Baum, sich in seinem Hirn breitmachen und durch die Finger bis in die Nägel vordringen.

«Klasse?» äffte das Mädchen sie nach.

Mary setzte ihre Brille wieder auf. «Vergiß es», sagte sie. Um ihre Schuhe zeichnete sich Schweineblut ab. Mary hielt sich noch fester den Bauch; irgend etwas regte sich dort, die Frucht einer Sorge. Sie kramte nach ihren Schlüsseln.

«Na gut», sagte das Mädchen, drehte sich um und hüpfte davon. Die Knochen in ihrem Rücken arbeiteten schwer, und Farben wirbelten heraus, exotisch wie die eines Vogels, den man selten zu sehen bekam, wenn man nicht an ihn glaubte, und doch zugleich erbärmlich, wie ein mondwärts gerichteter Gedanke.

VISSI D'ARTE

Harry wohnte in der Nähe des Times Square, über dem Sex-Schuppen, der MÄDCHEN FÜR 25 CENTS anpries. Er lebte seit fünf Jahren dort, war aber nie hineingegangen, eine Tatsache, auf die er stolz war. Im Land der Perversionen hatte er sich die Perversion der Zurückhaltung bewahrt.

«Du warst noch nie drin? Wenigstens mal tagsüber?» fragte Breckie, seine Freundin. «Nur um mal zu sehen? Das habe sogar *ich* schon getan.» Breckie beendete gerade ihre Zeit als Assistenzärztin am St. Luke's. Sie war Chirurgin und hatte es in der Notaufnahme mit Opfern von Schlägereien und Messerstechereien zu tun. Sie legte den Finger gern auf die Wunde. Das hing mit ihrer Kindheit zusammen.

«Wenn ich eines Tages reich bin», sagte Harry. «Es ist ja schließlich nicht umsonst.»

Harry war Bühnenautor, daher war es angebracht, so dachte er, im Theaterdistrikt zu wohnen. Außerdem war die Miete billig, und er konnte seine Maria-Callas-Platten laut abspielen, ohne Aufregung zu verursachen. Schließlich befand sich das Viertel ohnehin schon in Aufregung. Es war eine belebende, anhaltende Aufregung. Er hatte das Gefühl, daß er sich dort wohl fühlte. Ja, er fühlte sich wohl.

Ja, wirklich.

Und wenn ab und zu ein kleines Nagetier in der Toilette saß, fing Breckies Katze es in der Regel.

Harry hatte mit dem Schreiben von Theaterstücken angefangen, weil er sie mochte. Ihm gefiel der Gedanke an ein Publikum: Gäste und Schauspieler live. Das Ganze glich einem Besuch über die Feiertage: All diese vor Leben strotzenden, gut durchbluteten Körper in einem Raum, diese Trauben von aufgeputzten Menschen; da mußte man einfach höflich sein. Man hatte keine andere Wahl. Das, dachte Harry, war Zivilisation. Einmal war eines von Harrys Stücken im Rahmen eines städtischen Wettbewerbs aufgeführt worden, und man hatte ihn als einen der drei besten Nachwuchsautoren unter dreißig ausgezeichnet. Sein Bild war mit denen der beiden anderen in der *New York Times* erschienen. Alle drei trugen darauf dieselbe Krawatte. Die Krawatte hatte dem Fotografen gehört, der sie ihnen jeweils aufgezwungen hatte wie ein Jackett im Restaurant, doch davon abgesehen bot das Ereignis Grund zum Überschwang. Das Stück selbst war eine düstere, apokalyptische Komödie, die im Jahr 2050 auf der Sheep Meadow im Central Park spielte. Während der vierstündigen Aufführung stand ein Ranger links am Bühnenrand; andere Figuren hatten Liebesaffären und führten Gespräche. Das Stück hieß «Stunden mit einem Ranger» und wurde fünf Tage lang in Murray Hill im Keller einer Kirche aufgeführt.

Seitdem arbeitete Harry an dem, was sein Meisterwerk zu werden versprach. Die Geschichte seines Lebens. *O'Neillean* nannte er es.

«Hört sich an wie *Chamäleon*», sagte Breckie. Ihre Arbeit verlangte ihr viel ab.

«Es handelt vom Verfall der amerikanischen Familie und von den Lügen, die wir uns einreden.»

«Ich weiß», sagte sie. «Ich weiß.»

Harry schrieb seit Jahren an dem Stück. Meistens arbeitete er nachts, geschützt vor dem Flitter und grellen Schein des Viertels, und ließ «die Dichterfeen», wie er sie nannte, von ihrem nächtlichen Thron herabhuschen, damit sie sich mit seinem Stift besprechen konnten. Er machte ein großes Geheimnis um seine Arbeit. Er hatte Breckie noch nie mehr als eine Seite davon gezeigt, und die ein oder zwei Male, als er Teile zum Fotokopieren brachte, hatte er mit der Erregung und dem Schweiß des Schüchternen zu kämpfen gehabt. Nicht, daß er seinem Stück nicht getraut hätte. Nur schien ihm der Stoff einfach so dramatisch, der Aufbau so feingesponnen, daß ein verfrühter Blick seitens der falschen Person es womöglich für immer mit einem Fluch belegt hätte. Für dieses Stück hatte er tief aus seinem Leben geschöpft. Er hatte die lustigsten Familienanekdoten darin eingearbeitet, die schmerzlichsten Einzelheiten seiner Jugend und den erschütternden und doch so lebensbejahenden Tod seiner Großtante Flora, Fussbudget Flora, deren letztes Wort «Mist» gewesen war. Für dieses Stück hatte er in Armut gelebt, und er wußte, daß er bis zu seiner Vollendung weiterhin so leben würde und von dem sorgsam eingeteilten Preisgeld sowie von dem einen oder anderen Stipendium zehren mußte, für das er sich erfolgreich bewarb. Wenn er in der Vergangenheit knapp bei Kasse gewesen war, hatte er bisweilen Artikel für Zeitschriften und Tageszeitungen geschrieben, aber er hatte die Arbeit zu wichtig genommen und war zu oft mit den Redakteuren aneinandergeraten. Es hieß, er habe sich in solchen Fällen zu Sätzen wie «Pfuschen Sie nicht in meiner Prosa herum» hinreißen lassen.

«Aber Harry, wir müssen das kürzen, damit eine Illustration reinpaßt.»

«Ich soll meine eigenen Kinder auffressen, damit Sie irgendein blödes Bild reinnehmen können?»

«Wenn Sie kein Bild möchten, Harry, dann schreiben Sie doch fürs Telefonbuch.»

«Das laß ich mir erst mal durch den Kopf gehen. Das muß ich mir erst mal durch den Kopf gehen lassen, ob ich meine

Kinder so einfach auffressen kann oder nicht.» Doch als Harry einmal am Fleisch geknabbert hatte, stellte er fest, daß die lebenswichtigen Organe gar nicht so weit entfernt lagen, und bald verstand er es recht gut, seine Kinder zu verzehren. Wenn seine Artikel erschienen, dann oft mit zwei Bildern.

Und so gab Harry das journalistische Schreiben auf. Er lehnte auch Angebote ab, für «Filme – diese Scheißdinger» zu schreiben, und mußte ständig den hartnäckigen Bemühungen eines Fernsehproduzenten namens Glen Scarp widerstehen, der ihn in den letzten vier Jahren seit dem Gewinn des Wettbewerbs alle sechs Monate angerufen hatte – «Hey, Harry, wie geht's, Mann?» – und ihn dazu bringen wollte, für seine TV-Serie zu schreiben. «Fernsehen», sagte Scarp immer wieder, «hat viel mit Theater zu tun. Seine Wurzeln liegen im Theater.» Harry sah nie fern. Er hatte einen alten Schwarzweißapparat, aber der Empfang war schlecht, weil er und Breckie zu nahe am Empire State Building wohnten und die Wellen einfach über die Wohnung hinweggingen. Hin und wieder, meistens nach einem Anruf von Glen Scarp, schaltete Harry den Fernseher ein, bloß um zu sehen, ob sich irgend etwas verändert hatte, aber es kam stets ein Gemisch aus atmosphärischem Rauschen und den Funkrufen der Streifenwagen, die wie Vögel den Block umkreisten. «Wir werden uns damit abfinden müssen», sagte er zu Breckie. «Dieser Fernseher ist nichts als ein riesiges kaputtes Radio mit abstrakter Kunst vorne drauf.»

«Ich kann so nicht mehr leben», sagte Breckie. «Harry, wir müssen uns was ausdenken. Ich kann keine Huren, Junkies, Cops, Säufer und Pornokinos mehr sehen – weißt du, was vorn an der Ecke läuft? *Succulent Stewardesses* und *Meat Man*. Ich ziehe um. Ich ziehe an die Upper West Side. Kommst du mit?»

«Äh», sagte Harry. Sie hatten schon einmal übers Umziehen geredet. Sie hatten auch schon einmal übers Heiraten geredet. Daß sie sich Kinder zulegen wollten und daß Harry dann tagsüber zu Hause bleiben, schreiben und auf die Kleinen aufpassen würde. Aber das hatte Harry beunruhigt. Tagsüber ging er nämlich gern aus. Er genoß es, die Straßen hinunter in ein Café zu schlendern und Zeitung zu lesen, über sein Stück nachzudenken, sich einen Milchreis zu bestellen und ihn langsam aufzuessen, bis sein Gehirn vom Zucker und vom Coffein glühte und seine Gedanken zu einem verwertbaren Karamelschmelz erhitzt waren. Es war ein geheimes Leben, das ihn auf unerklärliche Weise stärkte. In so einem Café war er am ehesten er selbst. Er malte sich aus, daß er eine Familie hätte und seinen Kindern sagen müßte – kleinen kreischenden Kindern in Windeln, Kindern mit Bastelpapier und spitzen Scheren, Kleinkindern mit stumpfen Scheren, wimmernden, kotzenden Kindern mit Vogelkopfscheren oder Scheren mit Hundeohren – «Also Kinder, Daddy geht jetzt ins Café. Daddy wird bald wieder dasein.»

«Kommst du mit?» wiederholte Breckie. «Ich sage dir, such dir einen Job, wir besorgen uns eine Wohnung in einem Haus mit Kabelanschluß, und dann führen wir ein *richtiges* Leben. Ich kann nicht ewig auf dich warten.» Sie hatte eine Katze, die auf alles warten konnte: Futter, Wasser, eine Maus unter der Heizung, den Drahtverschluß einer Plastiktüte, der, einmal unter den Teppich getatzt, eines Tages womöglich wieder hervorzischen konnte, wer wußte das schon. Nicht so Breckie. Ihre Katze war so umsichtig wie Madame Butterfly, doch Breckie fiel gern mit der Tür ins Haus.

Harry versuchte, sich in Rage zu reden. «Hör mal zu», sagte er. «Ich bin kein Besitzstück. Mag sein, daß ich nicht *zu* dir gehöre, aber ganz bestimmt gehöre ich dir nicht.»

«Ich jedenfalls gehe», sagte sie ruhig.

«Ach, Breck», sagte Harry, und er sank aufs Bett und schlug die Hände vors Gesicht. Breckie konnte es nicht ertragen, einen Mann zu verlassen, solange er die Hände vors

Gesicht geschlagen hielt. Sie setzte sich neben ihn, nahm ihn in den Arm und küßte ihn innig, bis er eingeschlafen war, bis zum Morgen, an dem es möglich wäre, an dem es möglich war zu gehen.

Die ersten Wochen des Alleinlebens waren schwierig, aber irgendwie gewöhnte Harry sich daran. «Ein Jahr allein leben», sagte sein alter Freund Dane während eines Anrufs aus Seattle, «und du bist für den Rest des Lebens ruiniert. Du bist verdorben. Du wirst immer allein bleiben.» Harry arbeitete hart, wie er es immer getan hatte, aber nunmehr ohne jegliche Illusion von Gesellschaft. Es gab jetzt nur noch die Stimmen von Stück und Autor in der kaputtgebombten Welt seines Apartments. Mit der Zeit machte ihm das immer weniger aus, und er hatte sogar den Eindruck, in gewisser Weise für die Einsamkeit geschaffen zu sein, für das Gefühl nahezu vollkommener Schwerelosigkeit, das sich einstellte, weil er nun selbst die Fäden in der Hand hielt. Er fing an, das Telefonieren mehr zu schätzen als das persönliche Zusammensein mit jemandem, er schätzte die damit verbundene Körperlosigkeit und begann Einladungen auszuschlagen. Er wollten niemandem im Restaurant gegenübersitzen, ihm ins Gesicht sehen und dabei essen. Er wollte sich abwenden, nichts mit dem Gesicht zu tun haben, sich von der Bedienung zwei Blechdosen und ein Stück Schnur bringen lassen, damit man sich einfach unterhalten konnte, in einem gesichtslosen Dialog. Das gliche dem Schreiben eines Stückes, der nächtlichen Flickschusterei, einfach ein großer Hohlraum im Hirn, den man mit Stimmen füllte wie eine dunkle Piñata mit Früchten.

«Erzähl mir was Schönes», sagte er zu Dane. Er lag auf seinem Bett, das Telefon an die Wange geschmiegt, und starrte einsam auf den Spitzturm, den der Schatten des Bücherregals an die Wand warf. «Sag mir, daß wir verträumt und geliebt im Schlaf sterben werden.»

«Du schreibst immer ganze Stücke am Telefon», sagte Dane.

«Ich sagte, was Schönes. Erzähl was vom Frühling.»

«Er ist matschig und feucht. Er ist ein Seeungeheuer.»

«Aha», sagte Harry.

Wenn er sich morgens aufmachte, um die Zeitung zu holen und ein Café anzusteuern, stand stets Deli die Nutte vor seiner Haustür. Eigentlich hieß sie Mirellen, aber sie hatte sich in Deli umbenannt, weil ihr, als sie das erstemal von Jackson nach New York gekommen war, der Name Delikatessen gefallen hatte, der überall in Leuchtschrift über Geschäften aufblinkte, und obwohl sie keine Ahnung gehabt hatte, was er bedeutete, wußte sie doch, daß dieser Name für sie bestimmt war.

«Morgen, Harry», lächelte sie kraftlos. Sie trug ein schwarzes Kleid, einen kurzärmeligen gelben Mantel und weiße Stiefel. Ihre Arme waren mit Schorf von einem halb durchsichtigen Grau besprenkelt.

«Morgen, Deli», sagte Harry.

Deli folgte ihm ein Stück den Block hoch. «Hab deine Breckie 'ne Weile nicht gesehen, wie steht's mit euch beiden?»

«Gut.» Harry lächelte, mußte sich dann jedoch abwenden und schnell die Dreiundvierzigste Straße hinuntergehen, denn Deli war schlau und durchtrieben, und morgens machten diese Eigenschaften ihn nervös.

In der Woche darauf kamen die Lastwagen. Achtzehnrädrige. Sie kamen mitten in der Nacht, einer nach dem anderen, hielten vor dem 25-Cents-Mädchen-Schuppen und liefen im Leerlauf weiter. Von da an wachte Harry um vier Uhr morgens auf, schweißgebadet. Der Lärm war so ohrenbetäubend wie in einer Fabrik, und das Apartment füllte sich selbst bei geschlossenen Fenstern mit Dieseldämpfen. Er zog sich die Stiefel über die nackten Füße, warf sich seinen Mantel über, einen Mantel über nichts außer Unterwäsche und Haut, und stampfte nach unten.

Die Lastwagen wirkten jedesmal monströs, mit gemeinen Bulldoggenfratzen und Augen aus glasigen Karos. Ihre Rümpfe erstreckten sich über den gesamten Block, und die Auspuffgase, die sich vorn aus dem senkrecht aufragenden Auspuffrohr blähten, bildeten einen dämonischen Nebel, etwas wie aus *Macbeth* oder *Sherlock Holmes*. Harry mochte keine Lastwagen. Manche Menschen mochten sie, das wußte er, sie sahen gern welche, dachten, das sei, als sähe man einen Elch, etwas Großes und Wildes. Aber Harry nicht.

«Hey! Schaff die Karre hier weg!» schrie Harry und hämmerte gegen die Fahrertür. «Oder stell sie wenigstens ab!» Er schaute ins Führerhaus hoch, aber anscheinend war da niemand. Er hämmerte erneut mit der Faust dagegen und trat dann einmal mit dem Stiefel zu. Hinten im Führerhaus wurden Vorhänge auseinandergeschoben, und ein Mann streckte den Kopf heraus. Er sah verschlafen und verärgert aus.

«Wo liegt das Problem, Mann?» sagte er und öffnete die Tür.

«Stell das Ding ab!» überschrie Harry das ozeanische Tosen des Lastwagens. «Kannst du nicht sehen, was die Abgase hier anrichten? Du erstickst alle, die hier wohnen!»

«Ich kann das Ding nicht abschalten, Mann», schrie der Fahrer. Er hatte Unterwäsche an – Boxershorts und ein sauberes weißes Hemd.

Die Vorhänge wurden erneut auseinandergeschoben, und der Kopf einer Frau tauchte auf. «Was ist los, Mann?»

Harry versuchte an die Frau zu appellieren. «Ich sterbe da oben. Hört zu, ihr müßt den Lastwagen entweder wegschaffen oder abstellen.»

«Ich hab doch schon gesagt», sagte der Mann, «ich kann ihn nicht abstellen.»

«Was soll das heißen, du kannst ihn nicht abstellen?»

«Ich kann ihn nicht abstellen. Was soll ich denn machen, erfrieren? Wir wollen hier drin ein bißchen schlafen.» Er drehte sich um und lächelte der Frau zu, die zurücklächelte. Dann verschwand sie hinter dem Vorhang.

«Ich würde auch gern ein bißchen schlafen», brüllte Harry. «Warum fährst du dieses Ding nicht einfach woandershin?»

«Ich kann dieses Ding nicht wegfahren», sagte der Fahrer. «Wenn ich es wegfahre, siehst du den Kerl da hinten?» Er deutete in seinen Rückspiegel, und Harry schaute die Straße hinunter. «Sobald ich wegfahre, kommt der Kerl da und übernimmt meinen Platz.»

«Dann stell es einfach ab», schrie Harry.

Der Fahrer wurde wütend. «Was ist eigentlich mit dir los, bist du schwer von Begriff? Ich hab's dir doch schon gesagt. Ich kann nicht.»

«Was soll das heißen, du kannst nicht. Das ist lächerlich.»

«Wenn ich diese Scheißkarre abstelle, dann krieg ich sie nicht wieder an.»

Harry stürmte wieder nach oben und rief bei der Polizei an. «Ja, schon gut», sagt Sgt. Dan Lucey vom Achtzehnten Revier. «Als ob wir in dieser Gegend nichts Dringenderes hätten als LKW-Abgase. Wie heißen Sie?»

«Harry DeLeo. Hören Sie», sagte Harry. «Sie denken wohl, da hat so ein Typ, der sich in einem Wohlfahrtshotel Crack reinzieht, nicht einen seiner glücklichsten Momente. Aber *ich* muß es –»

«Sie haben ja vielleicht 'ne Einstellung zu gesellschaftlichen Problemen. Jetzt hören Sie zu, Mister. Wir werden sehen, was wir wegen der Lastwagen unternehmen können, aber versprechen kann ich Ihnen nichts.» Und dann hängte Officer Lucey ein, als hätte ein Spinner angerufen.

Er konnte, entschied Harry, keinesfalls weiter in dieser Wohnung bleiben. Er würde sterben. Er würde Krebs bekommen und sterben. Zwar waren die größten Gestalten –

Christus, Gershwin, Schubert, Theaterleute! – mit um die Dreißig gestorben, doch das tröstete ihn nicht. Er ging wieder nach unten, nach draußen, in nichts als seinem Mantel, den er über eine Schlafanzugjacke geworfen hatte, und einem Paar Armeestiefeln mit flatternden Schnürsenkeln. Er streifte durch die Straßen, wie die Obdachlosen, wie die Junkies und Nutten mit ihren langsamen Kindern und schnellen Deals, wie die Jungs aus Harlem, die ihre Geschäfte abwikkelten, wie die Frauen mit alten Toastern und Messern in ihren Einkaufstaschen, die sich nur bei Tauwetter aus dem Port-Authority-Busbahnhof wagten. In seinem Mantel und seiner Schlafanzugjacke hatte er nicht die geringste Angst, denn nun war er einer von ihnen, ein Streuner mit Empörung und Verzweiflung in den Lungen, und das spürten sie, wenn er vorbeiging. Ihr Lächeln hieß ihn willkommen, doch Harry erwiderte es nicht. Er zog durch die Straßen, bis er einen Zeitungsstand sah, kaufte sich die *Times*, ließ sich dann wieder ein Stück treiben, bis er ein durchgehend geöffnetes Café fand, wo er sich in eine Nische setzte – eine ganz große Nische, obwohl er doch allein war! –, seine *Times* ausbreitete und Wohnungen ankreuzte, die er sich niemals leisten konnte. «1500 Dollar; m. Eßk.» Er war schockiert. Er wurde wahnsinnig. «Fünfzehnhundert Dollar für ein lausiges Apartment!» Aber allmählich wurden die Zahlen immer abstrakter, und er kreuzte auch die für achtzehnhundert an.

Um den März herum wurde Harry klar, daß man ihn ausgeräuchert hatte; er zog inzwischen mehrmals die Woche nächtens durch die Straßen. Er ging schon voller Furcht und Beklemmungen ins Bett, da er nie wußte, ob ihm eine Lastwagennacht bevorstand oder nicht. Er telefonierte mit dem Anrufbeantworter des Hausbesitzers und mit der Polizei, schrie etwas von Lymphomen und Emphysemen und daß er Steuerzahler sei, aber bei der Polizei hieß es einfach: «Sie haben doch schon öfter angerufen, oder?» Er bemühte sich, es so klingen zu lassen, als wäre er jemand anders aus der Nachbarschaft, sehr freundlich, ein Mann mit Familie, mit Kindern, und sagte: «Bitte, Sir. Die Laster wecken das Baby auf.»

«Ja, ja, ja», sagten sie bei der Polizei. Harry rief die Gesundheitsbehörde an, die Stadtverwaltung, das Sorgentelefon von Phil Donahue. Er bezeichnete Officer Lucey als Officer Luzifer und zitierte Krebsstatistiken aus dem Wissenschaftsteil der *Times*. Meistens hörten die Leute zu und sagten, sie würden sehen, was sich machen ließe.

In der Zwischenzeit gab Harry das Rauchen auf und schluckte Vitamine. Einmal rief er sogar mitten in der Nacht Breckie in ihrer neuen Wohnung an der Upper West Side an.

«Ist es gerade unpassend?» fragte er.

«Um ehrlich zu sein, Harry, ja.»

«O mein Gott, wirklich?»

«Hör mal, ich weiß nicht, wie ich im Augenblick darüber reden soll.»

«Kannst du Ja-oder-nein-Fragen beantworten?»

«Gut.»

«Scheiße, mir fallen keine ein.» Er sprach nicht mehr weiter, und beide atmeten ins Telefon. «Ist dir eigentlich klar», sagte er endlich, «daß ich vom Barfußlaufen in dieser Wohnung drei Fußwarzen habe?»

«Ja», sagte sie. «Jetzt schon.»

«Ein Krebsgeschwür. Genau das bin ich.»

«Harry, ich kann jetzt nicht deine Stücke mit dir schreiben.»

«Erinnerst du dich eigentlich, ob vor unserem Haus mal Lastwagen herumstanden und die ganze Nacht den Motor laufen ließen? Kam das vor, als du noch hier warst, als wir zusammenlebten, als wir noch in unendlicher Liebe vereint waren?»

«Ach, Harry.» Er hörte ein gedämpftes Geräusch, das

Meeresmuschelrauschen einer Hand auf dem Mundstück, das schwache Dröhnen einer Männerstimme und dann das der ihren. Harry hängte ein. Er legte seine Maria-Callas-Platten auf, alle auf einmal auf den Schallplattenstift, und verließ die Wohnung, um erneut durch die Straßen zu wandern, einen offenen Zeitungsstand zu finden und ein sicheres Café, das den Milchreis nicht mit einer Maraschinokirsche servierte, die, selbst wenn man sie wegnahm, eine Spur hinterließ, eingesickert wie das Blut bei Walt Disney.

Wenn er sich mühsam zu seinem Apartment zurückschleppte, nachdem trügerisch blauäugig und unschuldig endlich der Morgen angebrochen war, waren die Lastwagen jedesmal verschwunden. Nur Deli stand im Eingang und lächelte. «Morgen, Harry», sagte sie dann. «Schlecht geträumt?»

«Du bist früh auf», sagte Harry. Das sagte er meistens.

«Oh, ist es schon Tag? Na, ich werd mir 'nen richtigen Job besorgen, 'nen Tagesjob. Übrigens, ich hab deine Musik von oben gehört.» Harry hielt einen Moment lang mit dem Schlüsselklimpern inne. Die Callas-Arien drangen leise durch die Fensterscheiben. «Ist das nicht Schwulenmusik, Harry? Ich mein, versteh mich nicht falsch. Ich mag Schwulenmusik gern. Der Song, der da dauernd läuft und von diesem VISIDAR handelt, der gefällt mir wirklich gut.»

«Wovon redest du?» Er hielt die Schlüssel inzwischen gezückt, zielsicher und bereit weiterzugehen. Aber noch verharrte er, eine Schulter ihr leicht zugewandt.

«VI-SI-DARRRR», sang Deli. «VI-SI-*Dannemora.*» Deli hörte auf und lachte. «Dannemora! Die Kleine ist ganz bestimmt in Sing-Sing.»

«Bis später», sagte Harry.

Auf dem Anrufbeantworter war eine Nachricht von Glen Scarp. «Hey, Harry, tut mir leid, daß ich Sie so früh anrufe, aber hier bei uns ist es noch früher. Und war es nicht Ionesco, der was vom Genie gesagt hat, das mit der Sonne aufsteht? Vielleicht war es auch Odets...» *Odets?* dachte Harry. «Jedenfalls, in ein paar Tagen fliege ich nach New York, und ich dachte mir, wir könnten uns mal auf einen Drink treffen. Ich rufe Sie an, wenn ich da bin.»

«Nein», sagte Harry laut. «Nein. Nein.»

Doch genau an diesem Morgen, nach einem kurzen, kalten Regenguß, als er gerade die Fenster geöffnet und die Wohnung gelüftet hatte, fing das Bad an, verrückt zu spielen. Die Toilette weigerte sich zu schlucken, sie gurgelte, sobald Harry den Wasserhahn in der Küche aufdrehte, und die Badewanne füllte sich jäh und erschreckend mit Wasser von irgendwoher aus dem Haus. Vom Bad eines anderen: seifiges Wasser mit rostfarbenen Strudeln darin. Harry versuchte es noch einmal mit der Toilettenspülung, und das Wasser stieg drohend bis zum Brillenrand. Entsetzt sah er zu und gab ein leises Protestgeheul von sich – «Ahhhh! UUUaahhh!» –, das immerhin dazu beizutragen schien, daß die Soße nicht vollends überlief.

Er rief den Vermieter an, aber es nahm niemand ab. Er rief einen Klempner an, den er in den gelben Seiten fand, einen Laden, der mit *Hochgeschwindigkeits-Rohrreinigung* und *Fahrbarer Saugvorrichtung* warb. «Sind Sie der Hausmeister?» fragte der Klempner.

«Hier gibt es keinen Hausmeister», sagte Harry, ein Geständnis, das ihn so traurig stimmte wie das Eingeständnis, daß es letztendlich keinen Gott gebe.

«Sind Sie der Besitzer?»

«Nein», sagte Harry. «Ich wohne nur hier.»

«Wir berechnen zweihundert Dollar fürs Vorbeikommen», sagte der Klempner ruhig. Klempner waren immer ruhig. Das lag nicht nur daran, daß sie reich waren. Es hatte etwas mit den Rohren zu tun und daß sie ständig ihre Hände hineinsteckten. «Sagen Sie Ihrem Vermieter, er soll uns anrufen.»

Harry hinterließ eine weitere Nachricht auf dem Anrufbeantworter seines Vermieters und machte sich dann auf den Weg in ein Café. Es hieß The Cosmic Galaxy und war voller Schauspieler und Schauspielerinnen, die müde über das Vorsprechen redeten, über die Jobsuche und darüber, wie nutzlos das Blatt *Back Stage* sei, obwohl sie es ergeben kauften, auf ihren Tischen ausbreiteten und eifrig darin lasen. «Was ich hinzukriegen versuche», hörte er eine Schauspielerin sagen, «ist das Aussehen von Mindy und der Ton von Mork.» Harry dachte mitleidig daran, wie sich jeder einzelne von diesen Leuten abstrampeln würde, um eine TV-Episode für Glen Scarp zu schreiben, wie die Leute sich dazu hinreißen ließen von den zehntausend Dollar, von der Publicity, von der billigen, schändlichen Liebe zum Fernsehen, wovon auch immer, und wie standhaft er wegen seines Stückes geblieben war, wegen seines wunderschönen, geheimen Stückes, nach dem er jahrelang geschürft hatte. Doch das Ganze würde sich lohnen, glaubte er. Wenn er erst einmal triumphierend aus der Grube käme, mit seiner großartigen und vollendeten Arbeit auftauchte, würde man ihn, das wußte er, mit einem Orchester feiern, ihn überschwenglich mit einer riesigen Blaskapelle begrüßen – Tusch! –, denn es gab Menschen, die wußten, daß er da unten war, intelligente Menschen, und sie warteten auf ihn.

Natürlich konnte man auch zu lange dort unten bleiben. Dann käme man vielleicht zum Luftschöpfen nach oben, ganz müde und verdreckt, und träfe nur einen Mann mit einer Mundharmonika und einer Blechbüchse, der zwischen den Knien Cymbaln scheppern ließe.

Am Dienstag war der Seifenschaum verschwunden. Harry zog den Abfluß zu, so daß nichts mehr herausdringen konnte. Dann wusch er sich in der Küchenspüle mit einem Lappen und etwas Spülmittel und ging wieder ins Cosmic Galaxy.

Doch am Mittwoch morgen wachte er wieder vom scharfen

Gift der Dieselabgase in der Wohnung auf. Er ging vorsichtig ins Bad und stellte fest, daß die Wanne bis zum Rand mit einer brackigen Brühe gefüllt war, in der grüne Teilchen schwammen. Lauch. Miso-Suppe mit Lauch. «Was?» Er überprüfte den Abfluß, doch er war immer noch zu. Er hinterließ folgende Nachricht auf dem Anrufbeantworter seines Vermieters: «Hey, ich habe Gemüse in meiner Badewanne», dann spazierte er los in ein anderes Café, eines, das weit weg lag, am äußersten Rand des Viertels, fast oben am Lincoln Center, und bestellte den Cheeseburger Deluxe, einfach um sich mal etwas zu gönnen, um wieder Anschluß ans wirkliche Leben zu finden. Als er wieder nach Hause kam, kauerte Deli in der Eingangstür. «Morgen, Harry», sagte sie.

«Haben wir nicht Nachmittag?» fragte Harry.

«Meinetwegen», sagte Deli. «Hör zu, Harry, ich hab nachgedacht. Du solltest dir mal ein Mädchen leisten, das dich richtig behandeln kann.» Sie näherte sich ihm verführerisch, nahm mit der einen Hand seinen Arm und begann, ihm mit der anderen durch die Jeans den Hintern zu massieren.

Harry schüttelte sie ab. «Deli, laß diesen Scheiß bei mir! Wie lange kenne ich dich jetzt schon? Seit fünf Jahren komm ich jeden Morgen aus diesem Haus und seh dich hier, sag dir hallo. Wir waren immer Freunde. Jetzt fang nicht mit deinem Nuttenscheiß an.»

«Arschloch», sagte Deli. Dann humpelte sie in Schlangenlinien davon und stellte sich oben an die Ecke.

Harry stieg die Treppen zu seiner Wohnung hinauf und öffnete langsam die Badezimmertür. Er tastete nach den Schaltern für Licht und Ventilator und knipste sie mit einem einzigen, dramatischen Ruck an.

Die Wanne. Die Miso-Suppe war verschwunden, doch statt ihrer schwamm da jetzt ein dunkelbrauner Schlamm, einen Fuß hoch, schweflig und sprudelnd. «O mein Gott», sagte Harry. Es war eine Pest. Zuerst Schaum. Dann Gemüse. Dann Finsternis. Er würde sich Typhus oder den Lebertod holen. Bald kämen auch noch die Frösche.

Er sprach eine weitere Nachricht auf den Anrufbeantworter seines Vermieters, dann rief er Breckie an und hinterließ auch ihr eine: «In meiner Badewanne staut sich der halbe Hudson. Seemöwen kreisen ums Haus. Du bist doch Ärztin. Heißt das, ich könnte mir eine todbringende Krankheit holen?» Im Hintergrund ließ er Maria Callas singen; das machte er neuerdings immer, wenn er Breckie anrief und ihr Nachrichten hinterließ. «Außerdem möchte ich wissen, wie fest du mit diesem Kerl liiert bist. Weil ich nämlich Pläne mache, Breck. Wirklich.»

Am Donnerstag rief Glen Scarp an, und Harry sagte ja. Ja, ja, ja.

Am Montag darauf trafen sie sich auf einen Drink in dem Hotel, wo Scarp abgestiegen war. Es lag an der Siebenundfünfzigsten Straße und hatte eine weitläufige, gewölbte Eingangshalle, verträumt und verspiegelt, wie Versailles oder das Schloß eines Zauberers. Scarp saß auf einer Bank aus Baumwollsamt am Ende der Galerie und wartete auf Harry. Harry erkannte ihn sofort an dem gleichgültigen und abschätzenden Blick, mit dem er jeden bedachte, der durch die Halle kam, bis er Harry bemerkte. Da sah er plötzlich verwirrt drein. Harry schlurfte in seinen abgetragenen Schuhen mühsam auf die Bank zu. Baumwollsamt wölbte sich zu beiden Seiten von Scarp wie Hüften.

«Hallo», sagte Harry.

Scarp war ein kleiner Mann, der schnell und aggressiv aufstand, wenn er einen großen begrüßte. «Harry? Glen Scarp. Schön, Sie doch noch mal kennenzulernen.» Er war nicht viel älter als Harry, und er nahm mit beiden Händen Harrys Hand und schüttelte sie ganz vorsichtig. Dies war kalifornische Zimperlichkeit, Hollywood-Zimperlichkeit. Darin steckte die Nonchalance eines Flirts, die Leichtfertigkeit eines Versprechens. Natürlich wußte Harry das sofort, doch er wußte es nur, wie es jeder weiß, und das bedeutete, *er wußte es irgendwie.*

Scarp trug eine Diamantbrosche, einen funkelnden Brokkoli am Revers, und Harry hätte beinahe «hübsche Nadel» gesagt, bremste sich jedoch. «Ich freue mich auch, Sie kennenzulernen», sagte Harry. «In letzter Zeit scheint sich mein Leben nur übers Telefon abzuspielen. Es tut gut, endlich mal die Person hinter der Stimme zu sehen.» Selbstverständlich stimmte das nicht, und die Verlogenheit ließ es ihm eisig den Rücken hinunterlaufen.

«Gehen wir hier einen trinken, ja?» Scarp deutete in Richtung Bar, einen Raum voller Ficuspflanzen und Chrom, den bläuliches Licht durchflutete.

«Nach Ihnen», sagte Harry, denn so ging er Sachen gern an.

«Fein», sagte Scarp und marschierte selbstsicher vor Harry hinein, so daß dieser sein Haar von hinten zu sehen bekam: lang, gesprayt und wellig wie ein Wasserfall.

«Zunächst möchte ich Ihnen noch einmal sagen, wie sehr ich Ihre Arbeit bewundere», sagte Scarp, als sie Platz genommen und bestellt hatten und Scarp dazu gekommen war, sich die Ärmel ein Stück hochzuschieben und einen raschen Blick hinunter auf die Brosche zu werfen, eine blitzschnelle Kontrolle.

«Ich bewundere die Ihre auch», sagte Harry. In Wirklichkeit hatte er Scarps Serie noch nie gesehen und eigentlich sogar Negatives darüber gehört. Angeblich handelte sie von jungen Karrieremenschen, und es kamen viele Mixer und Babies darin vor. Aber dies, hier, jetzt, war nicht die Realität. Dies war das Hinterzimmer der Realität. Es nannte sich Geschäft. Entscheidend war, und das wußte Harry, daß man Charme und Geistesgegenwart aufbrachte, sobald die Schmeicheleien abgehakt waren. So was mochten diese

Leute: eine gute, lebendige Story, peppigen Wortwitz, einen schmissigen Schwank aus dem Leben ihres Gesprächspartners, in dem vielleicht ein gemeinsamer Bekannter vorkam. Dann kamen sie aufs Geld zu sprechen. Zehn-, fünfzehntausend pro Episode, aber das war nur der Anfang. Manchmal konnte man sogar noch mehr herausholen. Aber Harry war nur auf eine einzige Episode aus. Rein und raus, wie in ein kaltes Bad. Mehr wollte er nicht. Rein und raus. Eine einzige Episode konnte seiner Seele nichts anhaben, jedenfalls nichts Ernsthaftes. Sein Stück mußte sich eben eine Zeitlang gedulden, doch wenn er sich ihm dann wieder widmete, wie ein heimgekehrter Soldat seiner Frau, wäre er ein wohlhabender Mann. Er würde umziehen. Er würde irgendwo hinziehen, wo es frische Luft gab, irgendwo dahin, wo Breckie wohnte.

«Danke», sagte Scarp. «Nun, woran haben Sie in letzter Zeit gearbeitet? Sie gehörten doch zu diesen Unter-dreißig-Preisträgern – wann war das noch? Vor drei Jahren?»

«Drei? Welches Jahr haben wir jetzt?»

«Achtundachtzig.»

«Achtundachtzig», wiederholte Harry. «Ja, dann ist die Sache mit dem Preis eigentlich schon vier Jahre her.»

«Bestimmt nicht mehr unter dreißig, möchte ich wetten», lächelte Scarp und sah Harry forschend in die Augen.

«Nee», sagte Harry und wandte rasch den Blick ab. «Schon eine Weile nicht mehr.»

«Also, was haben Sie gemacht?»

Das glich einem Verhör bei der Schriftstellerpolizei. Man brauchte Alibis. «Ich habe in meiner Wohnung rumgelegen», sagte Harry, «Bonbons gegessen und mich gefragt: ‹Welches Jahr haben wir eigentlich?›»

«Ha», lachte Scarp unergründlich. Er hob seinen Drink und stellte ihn dann wieder hin, ohne auch nur daran genippt zu haben. «Wie Sie wissen, suche ich für die Show ständig nach Autoren. In letzter Zeit habe ich selbst einiges geschrieben. Das macht mir an sich nichts aus. Aber ich dachte mir, Sie und ich, wir sollten uns einfach mal kennenlernen. Ich glaube, Sie haben ein großartiges Gespür für aktuelle Sprachentwicklungen und die, äh...»

«Postmoderne Gedankenwelt?» schlug Harry vor.

«Unbedingt.»

«Des jungen entwurzelten Amerikaners?»

«Unbedingt.»

Unbedingt. Harry fand das nicht so unbedingt, obwohl er derjenige war, der diese Sachen gesagt hatte.

«Also mal ganz ungezwungen, unter Freunden, erzählen Sie mir doch, was Sie so machen», sagte Scarp. «Wir sind hier ohne Druck, ohne eine feste Absicht. Wir lernen uns lediglich kennen.»

«Im Grunde habe ich an einem Stück gearbeitet, das mir ziemlich zusagt, aber es ist lang und verlangt mir viel ab.»

«Wissen Sie, eigentlich wollte ich auch immer Stücke schreiben. Worum geht es denn darin, oder möchten Sie nicht darüber sprechen?» Scarp nahm sich seinen Drink vor und lehnte sich in Zuhörerpose zurück.

«Was meine Arbeit betrifft, bin ich furchtbar verschwiegen», sagte Harry.

«Das respektiere ich unbedingt», sagte Scarp. Er sah finster drein. «Stammt Ihre Familie aus diesem Land?»

Harry starrte Scarp an: Seine Augen waren wahre Medaillons der Zerstreutheit. Was hatte das zu bedeuten? «Ja», antwortete Harry. Er mußte Scarp wieder zurückholen, sein Interesse wecken, und deshalb begann er ihm mit den ausdruckvollsten Sätzen, die zu konstruieren er in der Lage war, von der Ansiedlung zu erzählen, die seine Vorfahren in den Poconos gegründet hatten, davon, was ihr vor kurzem durch Radon-Gas widerfahren war, und von der Flucht nach Philly und Pittsburgh. Es war eine traurige, komplizierte Geschichte, ausgeschmückt mit bittersüßer Weisheit, und er entnahm sie von Anfang bis Ende seinem Stück.

«Unglaublich», sagte Scarp, offenbar beeindruckt, und das gab Harry Vertrauen. Er fuhr hastig mit der Ehegeschichte seiner Eltern, dem Alkoholismus seines Vaters, der Geschlechtsumwandlung seines Cousins und einer Liebesaffäre fort, die er einmal mit einem der Kennedy-Mädchen gehabt hatte. Es waren zarte Erzählfragmente, beim Schreiben des Stücks behutsam ausgefeilt, und als er jetzt mit Scarp sprach, drangen ihm die Stimmen seiner Figuren aus dem Mund und trugen ihren Text glaubhaft und überzeugend vor. Man mußte ja Worte von sich geben, und diese Worte kannte Harry eben am besten.

«Erstaunlich», sagte Scarp. Er hatte die nächste Runde bestellt, und als diese zur Neige ging, erfreute ihn Harry mit der Klimax des Stücks, der Geschichte von Tante Fussbudget Flora – auch dies lustig und fesselnd und auf seine Weise lebensbejahend.

«Die Lichter gingen aus, und das Mondlicht ergoß sich in blassen Rechtecken auf ihr Kissen. Wir standen alle zum Gebet versammelt, als sie aufseufzte und ihr letztes Wort auf Erden hauchte: ‹Mist.›»

Scarp brach in brüllendes Gelächter aus. «Wunderbar! Was haben Sie nur für eine Familie. Eine faszinierende Versammlung von Typen!» Harry lehnte sich grinsend zurück. Er mochte sich. Er mochte sein Leben. Er mochte sein Stück. Er fühlte sich weder beklommen noch schäbig verausgabt, nachdem er seine Arbeit so benutzt hatte, und falls doch, nun gut, dann verdrängte er es eben.

«Harry», sagte Scarp, während er den Scheck unterzeichnete. «Ich muß sagen, es war mir ein richtiges Vergnügen.»

«Ja, mir auch», sagte Harry.

«Und obwohl ich mich jetzt beeilen muß – um mit jemand weitaus weniger Interessantem zu Abend zu essen, das können Sie mir glauben –, geben Sie mir Ihr Wort, daß Sie darüber nachdenken werden, ob Sie irgendwann etwas für mich schreiben? Versprechen Sie mir, daß Sie es sich durch den Kopf gehen lassen. Hand aufs Herz.»

«Abgemacht», sagte Harry. «Unbedingt.»

«Ich wußte, ich würde Sie mögen», sagte Scarp. «Ich wußte, wir würden uns verstehen. Wo wohnen Sie übrigens? Ich nehme mir ein Taxi und setze Sie ab.»

«Äh, nicht nötig», sagte Harry lächelnd. Sein Herz raste. «Der Spaziergang wird mir guttun.»

«Wenn Sie meinen», sagte Scarp. «Hören Sie, es war großartig. Wirklich großartig.» Er schüttelte Harry erneut die Hand, genauso schlaff wie am Anfang. «Fabelhaft.»

Es gibt eine Art, durch New York zu gehen – am frühen Abend, in den dicht und hoch bebauten östlichen Fünfzigern –, die dir das Herz aufgehen, die gesamte Stadt hereinströmen und zu einem Dorf werden läßt. Dann hört sie auf, dich schmerzhaft zu quälen, zu sticheln und sich zu entziehen, sie entkleidet sich und schmiegt sich aufrüttelnd, üppig an dich. Sie ist da, sie gehört dir, sie legt dich nicht mehr herein. Und sie ist nicht beängstigend, weil du sie liebst.

«Ah», sagte Harry. Er gab dem Verrückten Geld, der sonst immer – und zwar gar nicht so übel – vor der Carnegie Hall sang, jetzt aber aus irgendeinem Grund an der East Side vor einem Laden namens Carnegie Clothes stand. Er warf Münzen in die Dose der Frau mit der Skimütze, die am Fuller-Gebäude lehnte, jener Frau mit dem zahmen Kaninchen, den Topfpflanzen und dem Schild mit der Aufschrift: ICH HABE GERADE EINE GEHIRNOPERATION HINTER MIR, BITTE HELFEN SIE. «Danke, mein Lieber», sagte sie aufblickend, und Harry fand, daß sie überraschend sexy aussah. «Einen schönen Tag noch», sagte sie, obwohl es Abend war.

Harry stieg zur U-Bahn hinunter, wobei sich sein üblicher federnder Gang zu einem Hüpfschritt verstärkte. Sein Stück ging ihm wie rasend durch den Kopf: Er hatte gewußt, daß es gut war, aber nun wußte er es genau. Glen Scarp hatte zugehört, erstaunt, und als er dann losgelacht hatte, war Harry klar gewesen, daß seine Ahnungen und Entscheidungen in jenen wunderschönen Augenblicken während der vergangenen vier Jahre, in denen er das Stück sorgfältig geformt und herausgearbeitet hatte, richtig gewesen waren. Seine Worte konnten abgestumpfte Hollywood-Typen vom Schlage eines Glen Scarp mitreißen; diese Worte, oder ihr bleibender Eindruck, brächten ihm womöglich bald das Angebot ein, eine Fernseh-Episode für zehn- oder gar zwanzigtausend Dollar zu schreiben, und danach müßte er nie wieder leiden. Es gäbe nur noch ihn und Breckie und sein Stück. Ein richtiges Leben. Sie würden ständig und jeden Tag und immer wieder essen gehen.

Die Linie E Richtung Westen ratterte heran und hielt mit flackernder Beleuchtung. Harry beobachtete die *Werden Sie Stenotypistin*-Anzeige an der Wand gegenüber und fand, daß die Welt in Ordnung sei, daß sie im wesentlichen, trotz der flackernden Beleuchtung, erstaunlicherweise funktioniere. Am anderen Ende des Wagens drängte sich ein Mann herein. «Können Sie mir helfen, mich und meine hungrige Familie satt zu kriegen?» rief er, einen Pappbecher vor sich ausgestreckt, und arbeitete sich langsam auf Harry zu. Die Leute legten Vierteldollarmünzen in den Becher oder starrten psychotisch auf den Lesestoff in ihrem Schoß, rührten sich nicht und blätterten nicht eine Seite um.

Plötzlich betrat ein Mann am diesseitigen Ende den Wagen. «Glauben Sie dem Kerl da kein Wort», schrie er den Fahrgästen zu. «Ich bin hier der Bedürftige!» Harry drehte sich um und erblickte einen schäbig gekleideten Mann mit einem riesigen Sombrero. Auf und um die Krempe hatte er elektrische Christbaumkerzen geschlungen wie ein verworrenes Hutband. Er drückte auf einen Knopf und schaltete sie ein, so daß sie rot, grün, gelb um seinen Kopf aufblitzten. Der Zug hielt noch immer, und die flackernden Oberlichter waren, samt der lärmenden Maschine, nun endgültig ausgegangen. Es gab nur noch das träge Summen der Klimaanlage und die Lightshow auf dem Sombrero. «*Ich* bin hier der Bedürftige», wiederholte er in dem merkwürdig warmen Dunkel. «Ich heiße Lothar und bin von der Venus gekommen, um Ronald Reagan zu verhaften. Er ist ein intergalaktischer Verbrecher, der auf meinen Planeten zurückgebracht und vor Gericht gestellt werden muß. Ich bin hierhergekommen, um dafür zu sorgen, daß das geschieht, aber mein Raumschiff ist kaputtgegangen. Ich brauche Ihre Hilfe, damit ich das erledigen kann.»

«Amen!» rief jemand.

«Halleluja», schrie Harry.

«Könnt ihr mir helfen, Leute, Erdlinge. Ich flehe euch an. Alles, was ihr entbehren könnt, bringt mich meinem Ziel näher.» Die Christbaumlichter schwirrten um seinen Kopf, die Leute fingen an zu klatschen, und alle kramten in ihren Brieftaschen nach Geld. Als die Lichter wieder angingen und der Zug sich in Bewegung setzte, lächelte unfreiwillig sogar der Mann mit den hungrigen Kindern, obwohl er zu Lothar sagte: «Mann, ich dachte, das wäre *mein* Wagen.» Als der Zug in die Zweiundvierzigste Straße einfuhr, stiegen die Leute summend aus und grüßten einander überschwenglich, obwohl der Bahnhof nach Pisse roch.

Harrys Glückszustand hielt fünf Tage an, von Montag bis Freitag, wie ein Job. Am Samstag wachte er mit einem fürchterlichen Bammel auf. Das Telefon hatte nicht geklingelt. Die Post hatte keine Briefe gebracht. Die Wohnung roch schwach nach Lastwagen und Abwässern. Er ging frühstükken und bestellte den Milchreis, aber der wurde mit Kirsche serviert.

«Was ist das?» fragte er den Kellner. «Das haben Sie doch früher nie gemacht.»

«Maraschino-Augäpfel.» Der Kellner lächelte. «Wir haben kürzlich erst angefangen, sie draufzutun. Möchten Sie auch Schlagsahne?»

Als er nach Hause kam, stand nicht Deli da, sondern eine Obdachlose in einem dünnen Mantel und Turnschuhen saß im Eingang. Er griff in die Tasche, um ihr ein bißchen Kleingeld zu geben, aber sie sah weg.

«Entschuldigen Sie», sagte er. «Ich muß nur eben mal vorbei.» Er zog seine Schlüssel heraus.

Die Frau stand verärgert auf und packte ihre Plastiktüten. «Nein, wirklich, Sie können ruhig bleiben», sagte Harry. «Ich müßte nur mal eben vorbei, damit ich reinkomme.»

«Vielen Dank!» schrie die Frau. Ihre Zähne waren grau gemasert wie altes Holz. «Danke!»

«Kommen Sie zurück!» rief er. «Es ist doch alles in Ordnung!» Aber die Frau wankte erst den halben Block hinunter, drehte sich dann um und begann ihn zu beschimpfen. «Danke für alles, was du für mich getan hast! Ich weiß es wirklich zu schätzen! Ich weiß wirklich alles zu schätzen, was du im Leben für mich getan hast!»

Zur Entspannung belegte er einen Yogakurs. Er fand drei Blocks weiter statt, und die Lehrerin, klein, übergewichtig und gescheit, kam ständig zu Harry, um ihm zu sagen, daß er alles falsch mache.

«Bauch rein! Schultern runter! Kopf zurück!» bellte sie in die Dunkelheit des Übungsraums. Die Leute schauten. Sie mochte keine großen, dünnen Männer, die sich einbildeten, sie wüßten, was sie täten. «Kopf zurück!» wiederholte sie, und diesmal zog sie ihn an den Haaren, um seinen Kopf in den richtigen Winkel zu bringen.

«Ich kann es nicht fassen, daß Sie mir an den Haaren ziehen», sagte Harry.

«Wie bitte?» sagte die Lehrerin. Sie drückte ihm das Knie mitten in die Wirbelsäule.

«Ich würde es bestimmt besser machen», sagte Harry laut, «wenn Sie mich nicht dauernd anfassen würden!»

«Schon gut, schon gut», sagte die Lehrerin. «Ich fasse Sie ja schon nicht mehr an», und sie ging auf die andere Seite des abgedunkelten Raumes, um sich einem anderen zu widmen. Harry ließ sich zur Tiefenatmung zurücksinken, die Wirbelsäule gegen den groben Zwirn des Teppichs gedrückt. Er legte sich die Hand vor die Augen und blieb so liegen, während der Rest der Gruppe mit Kopfständen und Katzenspannen weitermachte.

In der Woche darauf beschloß Harry, es statt dessen mit einem Gymnastikkurs zu versuchen. Er fand gegenüber von dem Yogakurs statt und war voller Weißer in pastellfarbenen Stretchanzügen. Harter Acid House plärrte aus den Ecklautsprechern. Der Kursleiter war ein schmaler Schwarzer, der seine Schüler selig lächelnd Übungen machen ließ, die den Bewegungsabläufen von Baumwollpflückern nachempfunden waren. «Pflückt die Baumwolle!» rief er fröhlich und stolzierte wie ein Aufseher zwischen ihnen herum. «Pflückt sie schnell!» Er kicherte und rieb sich die Hände. «Oh, welch süße Rache!» Der Kurs dauerte anderthalb Stunden, und Harry blieb gleich zum nächsten, weitere anderthalb Stunden. Das Ganze ermutigte und beruhigte ihn, und als er hinterher ins Lebensmittelgeschäft ging, fühlte er sich fast im Frieden mit der Welt. Er hielt sich eine Weile beim Joghurt und der frisch zubereiteten Pasta auf. Er füllte seinen Einkaufswagen mit Mineralwasser und fühlte sich wieder gesund und ganz, bis im nächsten Gang ein Mann beim Diebstahl einer Dose Bohnen-Speck-Suppe erwischt wurde.

«Hey!» schrie der Geschäftsführer, und zwei große Ladenhilfen packten den Mann mit der Suppe. «Ich hab doch nichts getan!» brüllte der, aber sie zogen ihn an den Ohren über den

Fußboden des Ladens zum Fleischtresen und in den hinteren Raum, wo tagsüber die Metzger arbeiteten. Dort fingen sie an, ihn zu verprügeln, bis er kein Wort mehr herausbrachte. Der Boden vor dem Konservenregal, wo seine Ohren wie Früchte aufgeplatzt waren und geblutet hatten, war rot verschmiert.

«Aufhören!» rief Harry und folgte den Männern zu den Schwingtüren der Fleischabteilung. «Es gibt überhaupt keinen Grund für solche Gewalt!», und zwei Minuten später ließen die Angestellten den Ladendieb endlich laufen. Sie schubsten den Verschwollenen und unter Schock Stehenden durch die Schwingtüren auf den Ausgang zu.

Harry wandte sich einigen anderen, ebenfalls besorgten Kunden zu, die sich hinter ihm versammelt hatten. «Mein Gott», sagte er. «Ich hatte heute zwei Gymnastikkurse, und das war noch immer nicht genug.» Er ließ seinen Einkaufswagen stehen und floh nach draußen in die nächste Telefonzelle, wo er die Nummer der Polizei wählte. «Ich möchte ein Verbrechen anzeigen. Mein Name ist Harry DeLeo, und ich stehe an der Ecke Achte und –»

«Aha. Harry DeLeo. Lastwagen. Hören Sie, Harry DeLeo, wir haben auch noch echte Probleme», und der Diensthabende legte auf.

Nachts schlief er im anderen Zimmer, dem «Wohn»-Zimmer, das Breckie im – wie sie es nannte – Frühen amerikanischen Irrenhausstil eingerichtet hatte, dem Zimmer, das von den Fenstern und den Lastwagen entfernt lag. Er schlief auf dem Sofa mit den kantigen Lehnen, feuchte Handtücher unten an die Schlafzimmertür gepreßt, damit er nicht im Schlaf sterben müßte, obwohl genau das immer sein Wunsch gewesen war, nur nicht gerade jetzt. Auch gegen die Badezimmertür preßte er Handtücher, für den Fall einer Überschwemmung. Sicher verbarrikadiert, überhitzt, sandwichartig zwischen feuchten Handtüchern wie die Teufelseier, die seine Mutter immer zum Picknick mitgenommen hatte: wenn er so schlief, dann traumlos, wie ein Insekt. Morgens wachte er früh auf, ging los und belegte bis zum Mittag eine Nische im Cosmic Galaxy. Er las die *Times*, und neuerdings sogar die *Post* und die *News*. Manchmal schrieb er sich Notizen für sein Stück an den Rand. *Er fühlte sich in einem Alptraum gefangen und in diesem andauernden Zustand des Tagträumens, den der Alptraum gebiert, wie ein Wesen innerhalb eines anderen Wesens.* Nachmittags sah er sich Filme für Teenies an, mit Teenies in den Hauptrollen. Für Augenblicke trösteten sie ihn auf eine Weise, die er sich nicht erklären konnte. Vielleicht lag es daran, daß die Schauspieler alle so anziehend waren und auf die High School gingen und in wunderschönen Häusern in Kalifornien wohnten. Er war nie in Kalifornien gewesen, und nur ein einziges Mal in den vergangenen zehn Jahren – als er mit Breckie zu ihren Eltern nach Minnesota gefahren war – hatte er sich in einem wunderschönen Haus aufgehalten. Die Filme erinnerten ihn an Breckie; vermutlich lag es an diesen porenlosen Gesichtern und haarlosen Armen, an diesen idealistischen Gemütern, die zum erstenmal mit Korruption in Berührung kamen und sich so schnell damit auskannten. Oft verließ Harry das Kino mit einem elenden Gefühl und trat in den Tag hinaus wie ein Verbrecher, die Schultern gebogen wie ein Kleiderbügel, im Körper eine schwüle Hitze wie von einem Kater, die Jacke zerknittert wie ein Bettlaken.

«Harry, du siehst erbärmlich aus», sagte Deli vor seinem Haus. Sie verteilte Werbezettel für den Schuppen mit den Mädchen für 25 Cents. Sie trug eine geflickte Kunststoffjacke, ein rotes Kleid und schwarze Pumps ohne Strümpfe. «Aber hey. Helfen kann ich dir nicht – es sei denn damit.» Sie gab ihm einen der Werbezettel. *Fünfundzwanzig Cents! Billig, live und nackt!* «Ich hab mir einen Tagesjob besorgt, bist du nicht stolz auf mich, Harry?»

Harry war tatsächlich stolz auf sie, obwohl es ihn überraschte. Es schien ihm nicht ganz angebracht, Stolz zu empfinden. «Deli, das finde ich großartig», sagte er trotzdem. «Wirklich!» Werbezettel für Peep-Shows waren ein Anfang. Ganz bestimmt waren sie das.

«Ja», sagte Deli und lächelte überlegen. «Demnächst wirst du um meine Hand anhalten.»

«Tja», sagte Harry und fummelte den Schlüssel ins Schloß. Jemand hatte nachts mit einem Messer hineingestochen, und das Schloß war zerkratzt und verbogen.

«Hey, könntest du nicht wieder diese Musik auflegen?» Aber Harry hatte die Tür aufgeschlossen, und sie knallte hinter ihm zu, ohne daß er geantwortet hatte.

Es war Post da: ein Formbrief von einer an Manuskripten interessierten Agentur; die Stromrechnung; ein Brief von der Gesundheitsbehörde, die seinen Beschwerdeanruf bestätigte und ihm den Rat gab, sich an den Verkehrsreferenten des Bezirks zu halten; eine Postkarte für Breckie von einer alten Freundin namens Lisa, die durch Italien reiste. *Welch ein Land, Mädchen* stand darauf. *Gruß an Harry.* Er pinnte sie mit einem Magneten an den Kühlschrank. Er ging an seinen Schreibtisch und starrte von dort aus erst sie und dann wieder den Schreibtisch an. Er trat ans Fenster zur Straße. Da unten stand immer noch Deli und verteilte Werbezettel, aber die Leute nahmen sie nicht mehr. Sie huschten vorbei und taten, als würden sie sie nicht sehen, und schließlich stand sie nur noch da, mitten auf dem Gehsteig, die Stirn in Falten gelegt, versuchte es gar nicht mehr, hielt niemandem mehr einen Werbezettel hin, ließ einfach die Menge vor sich brechen wie eine Welle, bis sie sich irgendwann umdrehte und sich mittreiben ließ, zur Ecke hinauf, an die Ampel, wo sie ihre Werbezettel in den Müll warf, wie es alle anderen auch getan hatten.

Am nächsten Tag erhielt Harry einen Anruf von Glen

Scarp. «Harry, mein Freund, ich bin in Jersey und drehe gerade eine Szene für einen Freund. Zwischen sieben und acht habe ich ein Stündchen Zeit für einen schnellen Drink mit Ihnen. Ich nehme mir einen Hubschrauber. Können Sie's einrichten?»

«Ich weiß nicht», sagte Harry. «Ich habe viel zu tun.» Es war wichtig, daß man bei diesen Jungs schlau vorging, sich ein bißchen rar machte, so tat, als hätte man auch einen Hubschrauber. «Können Sie mich später noch mal anrufen?»

«Sicher, sicher», sagte Scarp, als verstehe er das nur zu gut. «Wie wär's um halb fünf? Ich rufe Sie noch mal an.»

«Gut», sagte Harry. «Dann weiß ich mit Sicherheit besser, wie's mit meinem Zeitplan» – er unterdrückte ein Husten – «für den Abend aussieht.»

«Genau», sagte Scarp. «Fantastisch.»

Harry bewahrte seine dreckige Kleidung in einem Wäschesack unten im Schrank auf. Er kramte den Sack hervor, stopfte noch zwei Unterhosen dazu, die in der Wohnung herumlagen, und stürmte mit einer großen Box Billig-Kochwaschmittel über die Straße in den koreanischen Waschsalon. Er machte sich hektisch an seine Wäsche, drängelte sich sogar am Trockner vor, ging nach nebenan und bestellte ein Spiegelei-Sandwich zum Mitnehmen, mit Ketchup, und aß es dann, neben einem Zuhälter mit Satinkrawatte auf der Fensterbank sitzend, im Waschsalon.

Als Scarp um halb fünf anrief, sagte Harry: «Alles klar. Sie brauchen mir nur den Ort zu nennen.»

Diesmal trafen sie sich in einem Restaurant, das Zelda hieß. Harry trug saubere Unterwäsche und saubere Socken.

«Ist Ihnen aufgefallen, daß heutzutage niemand mehr Endungsapostrophe verwendet?» fragte Harry. Er war schon einmal hier gewesen und hatte tatsächlich genau das gleiche gesagt. «Deshalb kann man ein Restaurant nicht mehr von einem Hurrikan unterscheiden.» Das Zelda, eigentlich also

Zelda's, war auf die eklektische Küche Louisianas spezialisiert. Es gab Sachen wie Lachsfilets mit Makkaroni und Käse, alles gratiniert. Von der Decke hingen Capes, Ponchos und kleine Strandkleider. Das Ganze entsprach haargenau den Vorstellungen einer Verrückten aus dem Süden von einem Restaurant.

Harry und Scarp setzten sich, allseits von Topfpflanzen bedrängt, in den Barbereich, in die Nähe des Pianos.

Scarp angelte nach Beschreibungen. «Es gibt –»

«Kein Business wie das Showbusiness!» platzte Harry heraus.

«Ja», sagte Scarp, leicht verblüfft. Er hatte Jeans und ein Leinenhemd an. Wieder trug er eine Brosche, diesmal aus grünem und rotem Granat. Er trank einen Martini.

Harry trank keinen Alkohol. Er hatte sich ein Selters bestellt und langte mit vollen Händen bei den gemischten Nüssen in der Schale vor ihm zu. Seit die Lastwagen kamen, hatte er keine Zigarette mehr geraucht, und jetzt verspürte er plötzlich das heftige Verlangen nach etwas, das er in den Mund stecken konnte, etwas, womit sich seine Hand auf dem Weg vom Tisch hinauf und wieder hinunter beschäftigen konnte. «Erzählen Sie mir doch von dieser Sache, die Sie in New Jersey gedreht haben», setzte Harry liebenswürdig an, aber da blieb ihm ein Nußhäutchen im Hals stecken; er fing an zu husten, und sein zerknautschtes rotes Gesicht wirkte furchterregend wie eine Morchel. Scarp schob ihm das Selterwasser zu und sah höflich weg.

«Das Ganze ist ein Projekt von einem alten Kumpel», sagte er. Harry nickte ihm zu, aber seine Augen tränten, und er trank Riesenschlucke Selters. Scarp redete weiter und tat, als merke er es nicht, als müsse er seine Gedanken sammeln, indem er anderswo Objekte studierte. «Er dreht diesen Film über bürgerliche Schuld – Sie wissen schon, darüber, wie man zugleich Biedermann und Künstler sein kann ...»

«Aha», krächzte Harry. Das Wasser stand ihm in den Augen.

«... und wie einen die Schuld quälen kann, man das letztendlich aber nicht zulassen darf. Wie Flaubert sagte: ‹Sei im Leben Bürger, damit du in der Kunst kühn sein kannst.›»

Harry räusperte sich und begann von neuem zu husten. Das Nußhäutchen steckte noch immer da unten, kratzig und trocken. «Ich traue keiner Übersetzung», schnarrte er. Er trank einen besonders großen Schluck Selters und spürte, wie ihm das Blut ein wenig aus dem Gesicht wich. Es trat ein kurzes Schweigen ein, dann fügte Harry hinzu: «Hat Flaubert je ein Stück geschrieben?»

«Weiß nicht», sagte Scarp. «Auf jeden Fall habe ich gerade diese eine Szene für meinen Freund abgedreht, weil er von einem der Studiobosse abberufen wurde. Das Ganze war ein stinknormales Cute Meet bei einer Pediküre. Waren Sie schon mal zur Pediküre?»

«Nein», sagte Harry.

«Das müssen Sie unbedingt mal machen. Es ist eine der größten Annehmlichkeiten des Lebens...»

Aber ich habe Fußwarzen. Da muß man Säure drauftun und Pflaster...

«Ist alles in Ordnung mit Ihnen?» fragte Scarp und sah plötzlich besorgt drein.

«Bestens. Ich habe nur mit dem Rauchen aufgehört. Jetzt ist soviel Luft in meinen Lungen. Was ist ein Cute Meet?»

«Cute Meet? Das ist Hollywood-Slang dafür, wie sich zwei kennen- und lieben lernen.»

«Oh», sagte Harry. «Ich glaube, ich hielt mehr von mir, bevor ich das wußte.»

Scarp lachte. «Ihr Schreiber», sagte er und kippte seinen Martini hinunter. «*Wir* Schreiber, sollte ich besser sagen. Übrigens, ich muß Ihnen was gestehen. Ich habe Sie gnadenlos ausgenommen.» Scarp lächelte stolz.

«Oh?» sagte Harry. Etwas klickte in ihm, sammelte sich. Sein Rücken richtete sich auf, und seine Füße ließen die Tischbeine los.

«Sie erinnern sich doch, als wir uns das letztemal trafen, arbeitete ich gerade an einer Episode für die Serie, in der sich Elsie und John, die zwei Hauptdarsteller, mit allen möglichen Familienproblemen herumschlagen müssen, einschließlich des Todes einer älteren Verwandten.»

«Das klingt eigentlich nicht so, als hätten Sie mich ausgenommen.»

«Nun, ich habe einiges von dem benutzt, was Sie mir von Ihrer Familie und dem Radon-Gas erzählt haben – na, Sie werden es ja sehen – und diese fabelhafte Szene von Ihrer Tante Flora, die starb, während Sie sich mit dem Kennedy-Mädchen trafen. Anfang nächsten Monats soll es gesendet werden. Ich rufe Sie auf jeden Fall an, sobald ich es genau weiß.»

Harry wußte nicht, was er sagen sollte. Der Raum rotierte schwindelerregend von ihm weg, ließ ihn fallen und drehte sich weiter, weil Harry eigentlich ohnehin nie dazugehört hatte. «Wie bitte?» stammelte er. Seine Hand fing an zu zittern, und er strich sich schnell durchs Haar.

«Ich rufe Sie an. Wenn es soweit ist.» Scarp runzelte die Stirn.

Harry starrte auf die gefurchte Maserung des Tisches – ein gespaltener Baum, der sein Inneres preisgab. *«Was?»* sagte er endlich, langsam und benommen. Er hob sein Selters hoch und kippte es schnell hinunter. Er stellte das Glas mit einem lauten Knall hin. «Das würden Sie für mich tun? Das würden Sie wirklich für mich tun?» Er fing an zu brüllen. Die Leute am Tisch direkt neben dem Piano begannen Blicke zu werfen. «Ich muß gehen.»

Scarp sah unruhig auf seine Uhr. «Ja, ich muß mich auch beeilen.»

«Nein, Sie verstehen mich nicht», sagte Harry laut. Er stand auf, ragte riesig über den Tisch. «*Ich* muß gehen.» Er stieß seinen Stuhl so heftig zurück, daß er direkt in eine Topfpflanze fiel. Er eilte mit großen Schritten zur Tür und drückte heftig dagegen.

Die Nacht brach eben herein, und sie war warm, die Luft voll süßlichem, schmutzigem Schmelz. In Midtown wimmelte es von Matrosen. Sie waren alle jung und an Land und deshalb erregt, sie erforschten Manhattan in ihren schwarzweißen Ausgehanzügen und wußten, daß es in dieser seltsamen Gestalt eine Filmkulisse war, für die sie Eintritt bezahlt hatten, sie wußten, die Bronx lag oben – *The Bronx is up!* –, sie wußten, daß es Mädchen gab und Orte, wo es Mädchen gab, die einen an sich ziehen würden, die wüßten, was man selbst wußte, obwohl es so aussähe, als seien sie zu haltlos und klein dafür. Harry überholte die Matrosen, diese jungenhaften, ausgelassenen Gruppen, mit federnden Schritten und begann dann zu rennen. An der Ecke verkauften alte Männer Nelken, und als er vorbeikam, murmelten sie unverständliches Zeug. Im Hercules lief *Dirty Desiree* und *Throbbin' Hood*, und Matrosen gingen hinein. Taxifahrer, die ihren Dienst beendet hatten, jagten von ihrer letzten Tour an die Theater zu Burger King an der Neunten, um etwas zu essen. Wenn er Block für Block abliefe, würde sich sein Herz beruhigen, hoffte Harry, doch die Matrosen: man wurde sie einfach nicht los. Sie waren überall, hutlos und gierig wie Landratten. Vorn an seinem Block sah er eine Frau, die wie Deli aussah, mit zweien von ihnen davonschlendern, an jedem Arm einen. Und dann – war es tatsächlich Deli.

Er erstarrte mitten im Schritt und ging dann wieder weiter. «Ach, Deli», flüsterte er. Aber was gab ihm das Recht zu flüstern? Er hatte sich doch selbst als Hure versucht, die alten heißen Stiefel angezogen und war damit gelaufen, nur um festzustellen, daß er nichts anderes war als – eine Schlampe.

The Battery is down, dachte er. *Die Batterie ist am Ende*. Er stand vor dem Schuppen mit den Mädchen für 25 Cents. Goldene Lichter flimmerten und rasten um die Markise.

«Willste kaufen, Mann», zischte ein Typ, der an den Bordstein pinkelte. «Ich hab Pferdchen, ich hab Stricher, ich hab Crack.»

Harry trat auf den Kassierer in der Eingangskabine zu. Er schob einen Dollar unter der Glasscheibe durch, und der Kassierer schob vier Münzen zurück. «Was muß ich machen?» fragte er und sah auf die Münzen, aber der Kassierer hörte ihn nicht. Zwei Matrosen kamen nach ihm, kauften im Wert von vier Dollar und gingen lächelnd hinein.

Harry folgte ihnen. Der Innenraum war beleuchtet und mit Stufen versehen wie eine Diskothek, und entlang den Außenwänden befanden sich Kabinen mit Holztüren. Er ging an dreien vorbei und stolperte dann in die vierte. Er schloß die Tür, setzte sich auf die Bank, holte tief Luft und weinte, hoffnungslos, über Breckie und über Gott und über dieses Leben hier, das anscheinend immer parallel zu seinem eigenen verlief, es nie kreuzte, wie das Ufer auf der anderen Seite eines Flusses, den er niemals durchschwimmen konnte, obwohl er es unentwegt versuchte. Er betrachtete die Münzen in seiner Hand. Sie hinterließen bläuliche Streifen in der Feuchtigkeit da unten, sie würden schmelzen, wenn er sie nicht benutzte. Er tastete herum, steckte eine in den Schlitz, und hinter dem Glas wurde eine dunkle Leinwand hochgezogen. Vor ihm, beleuchtet und tanzend, erschien ein Mädchen für 25 Cents, nackt, um die Dreißig, blaß und mit kastanienbraunem Haar: *National Geographic* in Irland. Musik spielte, und sie drehte sich schläfrig und gleichgültig im Kreis dazu. Doch während er zusah, kam es ihm vor, als höbe sie den Blick, als entdeckte sie ihn, als ginge sie auf sein Fenster zu, langsam und lächelnd, bis sie ihre Brust an seine Scheibe drückte, einzig und allein an seine. Er stöhnte, legte seinen

Mund auf die kalte, einsame Rose ihrer Brustwarze, auf das harte, verschmierte Glas, und gäbe man ihm genug Zeit in dieser Stadt, dieser wunderbaren, dann, das spürte er, könnte es sich vielleicht unter seinen Mühen erwärmen, richtig warm werden, wie etwas Wirkliches.

FREUDE

Es war ein Herbst, das wußte Jane, in dem kleine Dinge verlorengingen. Fische wurden an Land gespült, und keiner aß Muscheln, um sich nicht zu vergiften. Austernfischer warfen ihre Netze im Meer aus, und die Austern wurden tot heraufgeholt. Sie waren schwarz, wie verfault, und niemand wußte, warum. Selbst Menschen, die weit entfernt von der Küste lebten, schauderten beim Gedanken daran; sie sahen, wie sich die Meere und dann der ganze Planet in einer wütenden, tintenschwarzen und suppenschüsselgroßen Woge von Fischsuppe aufbäumten. So weit reichte ihre Vorstellungskraft gerade noch, und auch das war schon zu weit. Ging sie das eigentlich etwas an? Sie schalteten das Radio ab, ließen das Geschirr in der Spüle und verließen das Haus. Oder sie suchten sich einen Sender, der Musik spielte. Es war eine Jahreszeit, in der man andauernd Kleinigkeiten verlor, Anhänger und Schmuckstücke, die man zu besitzen gemeint hatte – ein Perlmuttarmband, das Geschenk eines Liebhabers, das aufging und in der Nacht verschwand wie etwas Sehnsüchtiges und Müdes. Der Regen versiegte. Die Erde zerbröckelte zu Klumpen, und die Tiere drehten durch vor Durst. Erdhörnchen, die auf der Straße Wasser witterten, zerbissen die Kühlschläuche der Autos und verendeten später am Straßenrand. «Nicht die einzigen, deren Hirn vertrocknet ist», sagte ein Radiomoderator und spielte anschließend einen Song.

Janes Katze verriet erste Anzeichen von Flohbefall, und Jane wollte die Viecher sofort loswerden und die Katze zum Tierpfleger bringen, zum Baden, Desinfizieren und Auskämmen. In bezug auf Flöhe gingen alle möglichen Gerüchte um. Sie konnten sich fünf- oder sechsmal am Tag über einen hermachen und ließen einen nicht mehr los. Es konnte einem passieren, daß man nachts schweißgebadet mit einem Ausschlag und klebrigem weißem Speichel aufwachte, der Fäden zog, wenn man zu sprechen versuchte. Es konnte passieren, daß man sich sein Leben anschaute und es nicht mehr wiedererkannte.

Der Tierpfleger arbeitete in der Tierklinik im Westen der Stadt. Dorthin brachten die Reichen ihre Katzen, und das vermittelte Jane den Eindruck, sie lasse ihrer Katze die allerbeste Pflege angedeihen. Denn ihre Katze gehörte zu der Sorte, die nachts auf dem Kissen neben ihr schlief. Die angelaufen kam – froh, sie zu sehen! –, wenn sie zu Hause vorfuhr.

An diesem Morgen mußte sie die Katze vor acht Uhr in der Klinik abliefern. Die Hunde kamen um fünf nach acht, und der Tierarzt wollte die Katzen etwas eher dahaben, damit es keinen Tumult gäbe. Janes Katze mochte und interessierte sich eigentlich für Hunde und hatte nichts dagegen, sie von einem sicheren Plätzchen auf jemandes Arm aus zu beobachten. Deshalb machte sich Jane auch nicht allzu viele Gedanken über diese Achtuhrregelung, und wenn sie sich sonst einmal verspätet hatte, wegen eines Staus oder weil sie ihre zwei Tassen Kaffee, die sie jeden Morgen brauchte, um sich überhaupt anziehen zu können, nicht rechtzeitig ausgetrunken hatte, schien es auch niemanden zu stören. Man sagte ihr immer nur, wie wohlerzogen ihre Katze sei.

Sie brauchte eine Viertelstunde, um in den Westteil der Stadt zu kommen – so sehr hatte diese sich schon ausgedehnt –, und sie drehte das Radio auf und sang mit: «*I've forgotten more than she'll ever know about you.*» An roten Ampeln beugte sie sich hinüber, um die Katze zu beruhigen, die bekümmert auf dem Beifahrersitz lag und Haare verlor. Ein Kombi fuhr langsam vor ihr her, und auf dem Rücksitz bemerkte Jane ein kleines Mädchen, das aus dem Rückfenster schaute, winkte und Grimassen zog. Jane winkte zurück und zog ebenfalls Grimassen, streckte die Zunge heraus, wenn das Mädchen es tat, zog sich Strähnen ins Gesicht und zwinkerte übertrieben erst mit dem einen, dann mit dem anderen Auge. Ein paar Straßen weiter merkte Jane dann aber, daß das Mädchen gar nicht *sie* anschaute, sondern den Verkehr insgesamt. Jane machte wieder ein normales Gesicht und glättete ihr Haar. Aber der Vater des Mädchens, der am Lenkrad saß, hatte Jane im Rückspiegel entdeckt und starrte sie angewidert an. Er fuhr erst langsamer, um sie besser mustern zu können, und beschleunigte dann, um sich davonzumachen.

Jane wechselte die Spur und suchte nach einem anderen Sender, bis sie einen Song hörte, den sie mochte, etwas Wehmütiges, aber Rhythmisches. Sie sang sehr gern. Zu Hause hatte sie Lautsprecher in der Küche angebracht, und sie stand mit Geschirrspülmittel und Schwamm an der Spüle, sang und wusch, sang und spülte ab. Sie sang *«If the Phone Don't Ring, I Know It's You»* und *«What Love Is to a Dove»*. Sie grölte sich durch *«Jump Start My Heart»*, und bei den Strophen, die sie nicht kannte, summte sie mit. Sie mochte jede Art von Musik. Als Teenager hatte sie geglaubt, das, was die Muzak-Sender spielten, sei «klassische Musik», und bis auf den heutigen Tag hatte sie sich einen unvoreingenommenen Musikgeschmack bewahrt – sie urteilte nicht, sondern wollte einfach nur mitsingen können. Meistens machte sie sich keine Gedanken darüber, ob man sie hören konnte, obwohl ihr kürzlich etwas Peinliches passiert war: Ihr Vermieter war im Glauben, sie sei nicht zu Hause, hereinspaziert und hatte sie bei einem Sprechgesang mit englischem Akzent ertappt. «Entschuldigen Sie», sagte der Vermieter, «tut mir leid.»

«Oh», erwiderte sie. «Ich übe gerade für die... Kommen Sie wegen des Sicherungskastens?»

«Ja», sagte der Vermieter und fragte sich bestimmt, an was für Leute er eigentlich heutzutage seine Häuser vermietete.

Jane hatte einmal für kurze Zeit im Westen Oregons gelebt, war aber in den Mittleren Westen zurückgekehrt, nachdem sie und ihr Freund sich getrennt hatten. Er war Deutscher, baute Schaukelpferde und Klettergerüste und war, wie sie, neu in der Stadt. Sein Englisch war mitunter holprig und voller falsch verstandener Idiome, wie «get town» und «to each a zone». Einmal, als sie sich ordentlich aufgedonnert hatte, weil sie essen gehen wollten, sagte er zu ihr, sie sähe «hunky-dorky» aus. Er lebte gern gefährlich und fuhr immer mit der Tankanzeige auf «L» durch die Gegend. «Such dir gefälligst eine Spur aus und bleib drauf!» schrie er andere Fahrer an. Er machte den schlechtesten Kaffee, den Jane je getrunken hatte, ein trübes und verbranntes Gesöff, aber sie trank ihn und blieb an den Sonntagen lange bei ihm im Bett. Doch nach einer Weile begann er, ohne sie auszugehen und nicht vor zwei Uhr morgens wieder nach Hause zu kommen. Sie fing an, spätabends bei ihm anzurufen und das Telefon lange läuten zu lassen, anschließend mit dem Auto in der Stadt herumzufahren und seinen Wagen zu suchen, den sie dann gewöhnlich vor irgendeiner Kneipe entdeckte. Das war eigentlich gar nicht ihre Art, aber weil sie wußte, daß das in so einer kleinen Stadt gut funktionierte, vermochte sie nicht zu widerstehen. Wenn sie erst einmal im Wagen saß und ihn angelassen hatte, war ihr, als sei sie durch eine Wand gerast und von einem Zimmer, in dem bestimmte Regeln galten, in ein anderes geraten, in dem überhaupt keine galten. Wenn sie seinen Wagen gefunden hatte, ging sie in die Kneipe, und wenn sie ihn an der Bar mit irgendeiner anderen Frau erwischte, der er lässig den Arm umgelegt hatte, klopfte sie ihm auf die Schulter und fragte: «Wer ist denn das Go-go-Girl?»

Dann goß sie ihm sein Bier über die Beine. Sie war nicht mehr sie selber. Sie hatte sich in jemand anderen verwandelt, in eine Wildwest-Frau, die in die Saloons hereinplatzte, während hinter ihr die Türen hin- und herschwangen. Bald, dachte sie, würden die Barkeeper anfangen, sie zu fürchten. Bald würden sie anfangen, Warnrufe auszustoßen, wie Seeleute, die einen Sturm heraufziehen sehen: *Da kommt sie!* Und so verließ sie Oregon nach einer Weile und kehrte allein zurück. Sie mietete sich ein Haus und fand zunächst einen Job in «Karen's Stout Shoppe», einer Boutique, die Kleider für übergewichtige Frauen verkaufte, und später dann im Käsegeschäft in der Marshall Field's Mall.

Kurze Zeit trauerte sie um ihn, weil sie glaubte, er habe ihr Halt gegeben und sie davor bewahrt, ins Niemandsland abzudriften, dieses Land der mitternächtlichen Schreie und der Haustiere mit zuviel kleinem Spielzeug, aber jetzt dachte sie kaum noch an ihn. Sie wußte, daß es im Leben nur kleine Freuden gab – die großen waren zu kompliziert, um noch Freuden zu sein, wenn man erst einmal ganz durch war damit –, und sobald man das einmal begriffen hatte, stand man nicht mehr so unter Druck. Man konnte den Druck loswerden wie ein Kinderspielzeug, dessen Schachtel an den Ecken aus dem Leim gegangen ist. Man konnte ihn in irgendeinen alten Schrank packen und einfach vergessen.

Um zehn nach acht fuhr Jane auf dem Parkplatz der Tierklinik vor. Sie nahm die Katze auf den Arm, warf die Wagentür mit der Hüfte zu und ging hinein. Obwohl die Luft hier ein wenig säuerlich roch – sie war geschwängert mit der Angst der Tiere und einem strengen Medikamentengeruch, und aus den hinteren Räumen drang unterdrücktes Gejaule –, fühlte sie sich wohl im Wartezimmer. Die Ficusbäumchen strahlten soviel Hoffnung aus. Auf den Tischen waren Zeitschriften und Aschenbecher aus italienischem Glas. An den Wänden hingen Aquarelle mit Mattlack und ein Siebdruck-

Schild in einem weißen Metallrahmen, auf dem TIERE MÜSSEN ANGELEINT SEIN ODER GETRAGEN WERDEN stand. Jane ging auf den großen halbkreisförmigen Tresen zu und setzte die Katze darauf ab. Hinter ihr saß ein Mann mit einem angeleinten, lethargischen goldenen Labrador, und Janes Katze linste zu ihm hinunter, wobei sie ein wenig zitterte. Auf der anderen Seite des Wartezimmers hockte ein großer Pudel mit dem grimmigen Aussehen eines Dobermanns. Seine Ohren waren lang und flapsig, unkupiert, und seine Besitzerin, eine junge Frau in den Zwanzigern, sagte immer wieder: «Komm her, Rex. Leg dich hin, Baby.»

«Kann ich Ihnen helfen?» fragte die Frau hinterm Tresen. Sie hatte auf den Bildschirm ihres Computers gestarrt, auf einem Keyboard herumgetippt und Kolumnen von Zahlen und Daten in flammendem Rot aufgerufen.

«Ich bringe meine Katze zur Pflege», sagte Jane. «Mein Nachname ist Konwicki.»

Die Frau hinterm Tresen lächelte und nickte. Sie tippte etwas in den Computer. «Und wie heißt die Katze?» fragte sie.

«Fluffers», sagte Jane. Sie hatte einmal daran gedacht, die Katze Joseph zu nennen, aber dann hatte sie es sich anders überlegt.

Die Frau rollte mit ihrem Stuhl vom Bildschirm weg. Sie griff nach einem großen silbernen Mikrophon und sprach hinein. «Fluffers Konwicki ist hier zur Pflege.» Sie legte das Mikrophon wieder hin. «Der Pfleger kommt gleich», sagte sie zu Jane. «Sie können solange hier warten.»

Jane zog die Katze an ihre Brust und setzte sich auf einen kunstledernen Regisseurstuhl gegenüber von Rex dem Pudel. Eine Frau kam mit ihren beiden Kindern durch die Eingangstür und schob eine Babykarre vor sich her. Die Frau hielt die Tür auf, und der kleine Junge und das Mädchen schoben die Karre hindurch, wobei sie ständig hineinlugten und mit ihren piepsigen Stimmen sorgenvolle Fragen stellten und Kosenamen flüsterten. «Alles in Ordnung, Gooby?» fragte der Junge. «Gooby weiß, daß er beim Arzt ist, Mami.»

«Kinder, ihr wartet hier», sagte die Mami, und sie ging mit einem müden Lächeln zum Tresen. Sie wischte sich die Ponyfransen aus der Stirn, legte dann die Hände flach auf den Tresen und starrte sie einen Augenblick lang an, als sei dies ihre erste Gelegenheit an diesem Morgen, sie einmal leer in Augenschein nehmen zu können. «Wir bringen eine Katze zur Operation», sagte sie und blickte wieder auf. «Der Name ist Miller.»

«Miller», sagte die Frau hinterm Tresen. Sie tippte etwas in den Computer. Sie schüttelte den Kopf, stand dann auf und schaute auf ein Clipboard neben der Kasse. «Miller, Miller, Miller», sagte sie abwesend. «Miller. Na siehste! Da haben wir's ja!» Sie lächelte Mrs. Miller an. Die Welt war wieder die gutgeölte Maschine, für die sie sie hielt und auf die sie sich verließ: hier fand sich alles irgendwo wieder ein. «Würden Sie die Katze gleich hierherbringen?»

Mrs. Miller drehte sich zu den Kindern um. «Kinder? Könnt ihr die Muschi mal herbringen?» Der kleine Junge und das Mädchen schoben die Karre ernsten und feierlichen Schrittes nach vorn. Die Frau hinter dem Tresen erhob sich von ihrem Platz und hielt die Tür zum dahinter gelegenen Untersuchungszimmer auf. «Schiebt die Katze hier rein», sagte sie. Sie trug weiße Schuhe. Das konnte man jetzt sehen.

Sie waren alle nicht länger als eine Minute drin gewesen, als sie schon wieder herauskamen; die Kinder zogen die leere Babykarre hinter sich her, und Mrs. Miller seufzte und lächelte und dankte der Frau mit den weißen Schuhen, die ihr sagte, sie solle irgendwann nach drei Uhr nachmittags anrufen.

«Danke noch mal», sagte Mrs. Miller. «Kinder?»

«Mami, schau mal», sagte das kleine Mädchen. Sie war zu Jane gelaufen und hatte begonnen, Janes Katze zu streicheln, wobei sie ab und zu aufschaute, um sich zu vergewissern, daß sie das auch durfte. «Mami, schau mal – diese Frau hat auch eine Katze.» Sie rief nach ihrer Mutter, aber es war ihr Bruder, der hinzukam und sich neben sie stellte. Die beiden steckten ihre winzigen sternförmigen Hände tief in das Fell der Katze und patschten dort herum.

«Magst du das?» fragte Jane ihre Katze, und die Katze schaute zu ihr auf, als könnte sie sich wirklich nicht entscheiden. Jane ließ Fluffers Kopf ein bißchen nicken, wie zur Antwort auf die Frage.

«Wie heißt sie?» fragte das kleine Mädchen. Ihre Hand hatte das Genick der Katze gefunden und knetete es. Die Katze reckte vor Vergnügen den Kopf.

«Fluffers», sagte Jane.

Die Stimme des Mädchens stieg eine Oktave höher und klang nun selbst fast nach Katze. «Hallo, Fluffers», sagte sie halb singend, halb quiekend. «Wie geht's dir denn heute, Fluffers?»

«Ist sie krank?» fragte der Junge.

«O nein», sagte Jane. «Sie kriegt hier nur ein ganz besonderes Bad.»

«Du bekommst ein Bad, Fluffers?» gurrte das Mädchen und sah der Katze direkt in die Augen.

«Unsere Katze wird operiert», sagte der Junge.

«Das ist aber traurig», sagte Jane.

Der Junge sah sie verärgert an. «Nein, ist es gar nicht», sagte er. «Es ist gut. Dann geht's ihr nämlich hinterher besser.»

«Nun ja, da hast du recht», sagte Jane.

«Fluffers hat an meinem Finger geleckt», sagte das Mädchen.

Die Mutter erschien jetzt hinter ihnen und legte beiden

eine flache Hand auf den Kopf. «Zeit zu gehen, Kinder», sagte sie. «Sehr hübsche Katze», sagte sie zu Jane.

Das Käsegeschäft, in dem Jane arbeitete, im neuen Einkaufszentrum vor der Stadt, hieß «Swedish Isle», und sie war erst kürzlich zur stellvertretenden Verkaufsleiterin befördert worden. Es waren immer nur zwei Angestellte im Laden, Jane und eine ältere Frau namens Heffie, die die Kasse machte, während Jane vorn bei den Käseproben stand, gewöhnlich kleine Portionen Streichkäse und Dips auf Crackern. Einmal war der Geschäftsführer vorbeigekommen und hatte ihr gesagt, Heffie solle die Proben machen und Jane die Kasse und die Preislisten, aber der Geschäftsführer war gleichzeitig noch Bezirksverkaufsleiter für die ganze Ladenkette und hatte zuviel zu tun, um allzu häufig vorbeizuschauen. Also kümmerte sich Jane auch weiterhin meistens selber um die Proben. Sie schätzte den Kontakt zu den Kunden. «Möchten Sie mal unseren Schnittlauch-Dill-Dip probieren?» fragte sie fröhlich. Sie fühlte sich wie das Fischweib Molly Malone, nur freundlicher und ohne die Herz- oder Miesmuscheln; kilometerweit gab es keine Meeresfrüchte oder Fisch. Das hier war der tiefste Mittlere Westen. In den Fleischabteilungen der Supermärkte hingen Schilder wie: RIND, SCHWEIN und FISCHSTÄBCHEN.

«Gratis?» fragten die Leute und nahmen sich einen Cracker oder ein Schnittchen von ihrem Plastiktablett.

«Aber klar.» Sie lächelte dann und schaute ihnen, während sie kauten, ins Gesicht. War es ein Mann, den sie hübsch fand, dann sagte sie: «Nein. Eine Million Dollar» und kicherte anschließend kurz und glücklich. Manchmal kamen die Bettler – verlorene alte Hippies und Straßenmusiker – in den Laden, stellten sich an, und sie gab ihnen allen etwas zu essen, wie Dorothy Day in einer Suppenküche. Sie hatte einmal einen Zeitschriftenartikel über Dorothy Day gelesen.

«Ein bißchen spät, oder?» sagte Heffie heute. Sie zupfte am Vorderteil ihres BH-Trägers herum und schien ganz einfach schlecht gelaunt zu sein. Ihr Haar dünnte vorn allmählich aus, und sie hatte es mit Haarspangen hochgesteckt, für die sie zu alt war. «Mußte die Kasse selbst öffnen. Wenn der Geschäftsführer vorbeigekommen wär, wär die Hölle los gewesen. Gott sei Dank hatte ich meine Schlüssel.»

«Tut mir leid», sagte Jane. «Ich mußte meine Katze zum Tierarzt bringen, drüben im Westteil. Schon irgendwelche Kunden dagewesen?» Jane warf Heffie einen besorgten Blick zu. Er bedeutete: «Verzeih mir bitte.» Er bedeutete auch: «Was ist denn nun dein Problem?» und *«Einen schönen Tag auch»*. Freundlichkeit war der Machismo des Mittleren Westens. Sie hatte etwas Athletisches an sich. Man verzog das Gesicht zu einem Lächeln und ließ es darin verweilen wie die Drohgebärde einer Katze.

«Nein, keine Kunden», sagte Heffie, «aber das kann man ja nie vorher wissen.»

«Na, danke, daß du aufgemacht hast», sagte Jane.

Heffie zuckte die Achseln. «Machst du heute wieder die Proben?»

«Dachte ich, ja», sagte Jane und blätterte ein paar Papiere durch, die an ein Clipboard geklemmt waren. «Es sei denn, *du* möchtest sie machen.» Sie sagte das mit einem leisen Unterton gutmütigen Vorwurfs und gutmütiger Unaufrichtigkeit. Heffie war gar nicht so sehr darauf aus, die Proben zu machen, und Jane war froh darüber. Im Grunde war es so, daß Heffie eigentlich zu gar nichts Lust hatte, aber wenn Jane irgend etwas tat, hatte Heffie offenbar das Gefühl, daß Jane immer die angenehmere und leichtere Arbeit machte, und so beklagte sich die ältere Frau manchmal mit einem Schulterzucken oder Seufzen.

«Nee, ist schon okay», sagte Heffie. «Ich mach sie ein andermal.» Sie schob die Glastür der Kühlvitrine hoch und schnappte sich ein einzelnes Stück Weißkäse, das mit seiner schnörkeligen Form und hellen Tagetesfarbe wie ein Teil eines Kinderspielzeugs aussah. Sie steckte es sich in den Mund. «Hast du je gesurft?» fragte sie Jane.

«Gesurft?» wiederholte Jane ungläubig. Sie würde nie begreifen, wie Heffie auf solche Fragen kam.

«Ja. Gesurft. Weißt du – es gibt Leute, die haben das schon mal gemacht. So 'n Brett aus Fiberglas, auf dem man sich ins Wasser stellt, und dann kommt 'ne Welle?» Auf Heffies Gesicht schimmerte schneeweiß die Sehnsucht nach all den Dingen, die sie nie getan hatte.

Jane sah weg. «Vor ein paar Jahren bin ich einmal im Sommer auf einem See Wasserski gefahren», sagte sie. «In Oregon.» Ihr Freund, der wagemutige Spielzeugmacher, hatte so etwas gemocht. «Khem on, Jane», hatte er zu ihr gesagt. «You only live at once.» Was für sie nur noch ein Grund mehr schien, vorsichtig zu sein, sich nicht zu übernehmen und ein geruhsames, normales Leben zu führen. Sie tat ungern Dinge, bei denen der Trick darin bestand, nicht ums Leben zu kommen.

«Wasserski, pah!» sagte Heffie. «Das hat doch nichts mit Surfen zu tun. Da gibt's doch nicht diese Wellen und das *Risiko*.» Jane blickte von ihrem Clipboard auf und schaute zu, wie Heffie wegwatschelte, wobei ihre Füße über die Schuhriemen quollen wie Teig. Heffie ging zu den Schweizer Nußbrötchen, legte vorsichtig ihre Faust darauf und starrte ins Leere.

«Wie wär's mit unserm Meerrettich-Cheddar?» Jane lächelte und hielt ihr Tablett hoch. Sie hatte kleine, teelöffelgroße Kleckse mit Streichkäse auf ein paar mager aussehende Reiscracker geschmiert und bot sie nun den Leuten an wie ein Kellner die Horsd'œuvres auf einer feinen Party. *Horses' douvers* hatte ihre Mutter immer gesagt, und jahrelang hatte

Jane ihre ganz eigene Vorstellung davon gehabt, was ein «Douver» war. «Wie wär's mit einer kostenlosen Probe von unserem heutigen Angebot, Meerrettich-Cheddar-Aufstrich?» Wenigstens besprühte sie die Leute nicht mit Parfum. Letzten Monat hatte sie das Mädchen kennengelernt, die das nebenan bei Marshall Field's machte. Das Mädchen, das aus Florida kam, sagte zu ihr: «Manchmal zielt man *wirklich* auf die Augen. Es ist nicht immer ein Unfall.» Einkaufszentren, soviel wußte Jane, waren voller Verkäuferinnen mit traurigen Geschichten. Gebrochene Herzen, Freunde im Gefängnis. Letzte Woche waren zwei zehnjährige Mädchen zu Jane gekommen, die eine pummelig, die andere dünn, um Schokoriegel zu verkaufen. Sie musterten sie, als sei sie nichts als eine etwas größere Ausführung ihrer selbst, jemand, in den sie sich verwandeln würden, wenn sie erst erwachsen waren. «Wollen Sie einen Schokoriegel kaufen?» fragten sie sie und starrten auf ihre Proben. Jane bot ihnen einen Cracker mit einer großen Portion Streichkäse an, aber sie lehnten höflich ab.

«Na, was für Schokoriegel verkauft ihr denn?»

«Mandel oder Crisp.» Das pummelige Mädchen, das ein lila Sweatshirt und lavendelblaue Kordhosen trug, drückte sich eine zerschlissene Papiertüte an die Brust.

«Ist das für die Pfadfinderinnen?» fragte Jane.

Die Mädchen sahen sich an. «Nein, für meinen Bruder», sagte die Pummelige. Ihre Freundin gab ihr einen Klaps auf den Arm.

«Für das *Team* deines Bruders», zischte die Freundin.

«Ja», sagte das Mädchen, und Jane kaufte einen Crisp-Riegel und überredete sie schließlich doch noch zu einer Probe. Die sie mit einer leichten Grimasse annahmen. «Ham Sie 'n Mann, der 'nen Laster fährt?» fragte die in Lila.

«Ja», sagte die andere. *«Ham Sie einen?»* Und als Jane den Kopf schüttelte, runzelten sie die Stirn und gingen.

Ein Mann in einem blauen Sweater wie der, den ihr Vater immer getragen hatte, blieb stehen und nahm sich mit spitzen Fingern einen Cracker vom Tablett. «Wieviel?» fragte er, und sie wollte schon sagen: «Eine Million Dollar», als sie jemanden im Gang des Einkaufszentrums ihren Namen rufen hörte.

«Jane Konwicki! Wie geht's dir?» Eine Frau, ungefähr in Janes Alter und in einem hellroten Herbstkostüm, schlenderte auf sie zu und küßte sie auf die Wange. Der Mann in dem blauen Sweater, der sie an ihren Vater erinnerte, entschlüpfte. Jane musterte die Frau im roten Kostüm und wußte einen Moment lang nicht, wer sie war. Aber die vor Aufregung verzerrten Gesichtszüge der Frau beruhigten sich wieder, und Jane erkannte, daß es Bridey war, eine Freundin aus der Zeit vor mehr als fünfzehn Jahren, die im High-School-Chor immer neben ihr gesessen hatte. Merkwürdig, daß die Menschen, wenn sie nur stillstanden und man sie in Ruhe mustern konnte, sich eigentlich nie besonders verändert zu haben schienen. Ganz gleich, welche Moden ein Mädchen mitmachte, die Erwachsene, die aus ihr wurde, war immer noch dasselbe Mädchen, ganz gleich, welche Moden sie nun vielleicht mitmachte. Alle Lebensalter Brideys – das Kind, die alte Frau – konnte man aus ihrem Gesicht ablesen. Es war wie ein offenes Vogelhäuschen, in das jedes ihrer Lebensjahre, vergangene und zukünftige, auf Futtersuche kam.

«Bridey, du siehst phantastisch aus. Was hast du denn so gemacht?» Es kam ihr ziemlich lächerlich vor, jemandem, den sie seit der High-School nicht mehr gesehen hatte, solch eine Frage zu stellen, aber jetzt war sie gestellt.

«Also, letztes Jahr hab ich mich wahnsinnig verliebt», sagte Bridey voller Stolz. Das stand offenbar ganz oben auf der Liste, und ihr Ton legte nahe, daß es eine sehr lange Liste war. «Und wir haben geheiratet, und jetzt sind wir wieder hierhergezogen, nachdem wir uns ewig lange auf der South Side in

Chicago durchgeschlagen haben. Es ist toll, wieder hier zu sein, das kann ich dir sagen.»

Bridey nahm sich unaufgefordert ein Stück Cheddar und dann noch eins. Der Käse blieb beim Kauen wie klebriger gelber Mörtel zwischen ihren Vorderzähnen haften, und als sie schluckte und dann wieder Jane anlächelte, nun, da war er noch immer da, wie ein notwendiges Übel.

«Du wirkst so... *glücklich*», sagte Jane. Heffie schlurfte laut hinter ihr im Laden umher.

«O ja, das bin ich auch. Ich treffe immer mal wieder zufällig Leute aus der Schule, und das macht soviel Spaß. Eigentlich, Jane, solltest du heute abend mit mir mitkommen. Weißt du, was ich nämlich vorhabe?»

«Was denn?» Jane blickte über ihre Schulter nach hinten und sah, daß Heffie den Streichkäse in der Kühlvitrine mit dem Finger probierte. Sie tunkte ihn tief hinein und leckte ihn dann ab, als wär's Eiscreme.

«Oh», sagte Bridey in gedämpftem und besorgtem Ton. «Ist das eine Kundin oder eine Angestellte?»

«Eine Angestellte», sagte Jane.

«Wie auch immer, ich werde mich beim Gemeindechor bewerben», fuhr Bridey fort. «Das ist Teil meines neuen Programms. Ich lerne Deutsch –»

«Du lernst Deutsch?» unterbrach Jane sie.

«– mach 'nen Kochkurs, und ich werde wieder im Chor singen.»

«Du konntest immer so gut singen», sagte Jane. Bridey hatte oft Soloparts bekommen.

«Ach! Meine Stimme ist völlig im Eimer, aber das macht nichts. Warum kommst du nicht mit! Wir könnten zusammen vorsingen. Es soll angeblich nicht so schwer sein.»

«Oh, ich weiß nicht», sagte Jane, obwohl der Gedanke, wieder im Chor zu singen, sie plötzlich erregte. Der gewaltige Klang, der sich über dem Publikum erhob, wie eine Wolke von Vögeln, wie eine Million Luftballons! Aber die Vorstellung, vorsingen zu müssen, erschreckte sie. Was, wenn man sie ablehnte? Wie konnte sie dann je wieder den Mund zum Singen aufmachen, und sei es nur, wenn sie allein zu Hause war? Dann müßte sie sich ihrer eigenen Stimme morgens auf dem Weg zur Arbeit, wenn sie Radio hörte, zutiefst schämen. Alles wäre ruiniert. Die Songs würden ihr in der Kehle steckenbleiben wie Motten. Sie würde bloß noch Nachrichten hören, und wenn sie im Geschäft ankäme, wäre sie still und traurig.

«Hör mal», sagte Bridey, «ich singe furchtbar. Wirklich.»

«Nein, tust du nicht. Sing mir mal was vor», sagte Jane.

Bridey sah sie fragend an, nahm sich noch einen Meerrettich-Cheddar-Cracker und kaute. «Was meinst du? Gott, die sind wunderbar.»

«Ich meine, bloß ein paar Töne. Ich möchte wissen, was du unter furchtbar verstehst. Furchtbar bin nämlich *ich*. Hier. Ich mach den Anfang. *Row, row, row your boat, gently down the stream ...*»

«Merrily, merrily, merrily, merrily», fuhr Bridey ziemlich ausdruckslos fort. Jane fragte sich, warum sie sich so zurückhielt. *«Life is but a dream.»* Bridey sah Jane ein wenig unglücklich an. «Schau mal, ich sag dir doch, daß ich schlecht bin.»

«Du bist viel besser als ich», sagte Jane.

«Wo wohnst du jetzt?» Bridey zupfte am roten Jackett ihres Kostüms herum und ließ den Blick über das Einkaufszentrum schweifen.

«Drüben an der Neptune Avenue. Kurz bevor sie auf die Oak stößt. Und du?»

«Wir wohnen in den Brickmire Apartments. Da gibt's einen Pool, und deswegen haben wir zugeschlagen.» Bridey zeigte hinter sich auf Heffie und flüsterte: «Nascht sie eigentlich immer so an allem herum?» Bridey hatte sich noch einen Reiscracker von Janes Tablett genommen.

«Willst du das wirklich wissen?» sagte Jane.

«Du hast recht. Lieber nicht», sagte Bridey und legte den Reiscracker wieder zurück aufs Tablett.

Nach der Arbeit fuhr Jane wieder in den Westen der Stadt, um ihre Katze vom Tierarzt abzuholen. Sie hatte Bridey versprochen, zum Vorsingen zu kommen, das um halb acht in ihrer alten High-School stattfinden sollte, aber beim Gedanken daran drehte sich ihr der Magen um. Sie versuchte, im Auto zu singen – *Doe, a deer, a female deer* –, aber ihre Stimme klang hohl und verängstigt. An einer roten Ampel bemerkte jemand im Wagen neben ihr, daß sich ihre Lippen bewegten, und schüttelte den Kopf.

Als sie schließlich bei der Tierklinik ankam, war der Parkplatz voller Autos. Im Wartezimmer standen die Leute in einem wilden Durcheinander um den Tresen herum und warteten darauf, daß sie drankamen. Zwei Angestellte hinterm Tresen machten die ganze Arbeit. Ein junger Mann stand an der Kasse, und die Frau mit den weißen Schuhen am Mikrophon sagte gerade «Spotsy Wechsler, Spotsy Wechsler». Sie legte das Mikrophon wieder hin. «Sie ist gleich da», sagte sie zu einem Mann in einer Jeansjacke, die der, die Janes Bruder früher immer getragen hatte, ziemlich ähnlich sah. «Der nächste bitte!» Die Frau blickte auf die verstreute Schar von Haustierhaltern vor sich. «Kann ich irgend jemand behilflich sein?» Keiner sagte etwas.

«Mir könnten Sie helfen», sagte Jane schließlich, «aber dieser Herr hier war vor mir dran. Und der auch.» Einer der Männer vor ihr drehte sich, ganz rot im Gesicht, zu ihr um, wandte sich dann der Frau mit den weißen Schuhen zu und sprach sie leise an.

«Ich heiße Miller», sagte er ernst und vertraulich. Er trug einen Anzug, und sein Schlips war gelockert. «Ich möchte die Katze abholen, die meine Frau heute morgen zur Operation abgegeben hat.»

Die Frau erbleichte. «Ja», sagte sie, und sie fragte nicht nach dem Vornamen. «Gooby Miller», sagte sie ins Mikrophon. «Gooby Miller ins Wartezimmer.» Der Mann hatte sein Portemonnaie gezückt, aber die Frau sagte: «Kostet nichts», ging weg und tippte ziemlich lange irgendwelche Daten in den Computer. Aus den hinteren Räumen kam ein kleiner Schuljunge mit einer Schachtel unterm Arm. «Die Miller-Katze?» sagte er in der Tür, und der Mann im Anzug hob die Hand. Der Junge brachte die Schachtel herüber und stellte sie auf den Tresen.

«Ich möchte auch noch mit dem Tierarzt sprechen», sagte der Mann. Die Frau in den weißen Schuhen sah ihn ängstlich an, aber der Junge sagte: «Ja, er wartet auf Sie. Kommen Sie» und führte den Mann nach hinten in das Untersuchungszimmer, auf dessen Tür ein leuchtendes Signal «Offen» blinkte. Die Tür schloß sich hinter ihnen wie eine vollendete Tatsache. Die Schachtel stand einsam auf dem Tresen.

«Kann ich Ihnen helfen?» fragte die Frau Jane.

«Ja. Ich möchte meine Katze vom Pfleger abholen. Ich heiße Konwicki.»

Die Frau griff nach dem Mikrophon. «Und der Name der Katze?»

«Fluffers», sagte Jane.

«Fluffers Konwicki ins Wartezimmer.» Die Frau legte das Mikrophon wieder hin. «Die Katze ist gleich da.»

«Danke», sagte Jane. Sie schaute auf die Pappschachtel, die an ihrem Ellbogen auf dem Tresen stand. Auf der Schachtel stand DOLE PINEAPPLE. Sie horchte auf ein Kratzen oder irgendeine Bewegung, aber es war nichts zu hören. «Was ist denn in der Schachtel?» fragte sie.

Die Frau verzog das Gesicht zu einer übertriebenen Grimasse, zugleich schuldbewußt und clownesk. Sie wußte nicht, was für ein Gesicht sie eigentlich machen sollte. «Gooby Miller», sagte sie. «Eine tote Katze.»

«Ach du lieber Himmel», murmelte Jane. Sie dachte an die Kinder, die sie am Morgen kennengelernt hatte. «Was ist denn passiert?»

Die Frau zuckte die Achseln. «Schilddrüsenoperation. Sie ist einfach auf dem Operationstisch gestorben. Kann ich Ihnen helfen, Sir?» Jemand brachte gerade den Pudel Rex heraus, der mit einem Verband an der Vorderpfote auf sein Frauchen zuhumpelte. Es war alles wie im Traum: Etwas, das man noch kürzlich bei Tageslicht gesehen hatte, wurde einem einige Stunden später in leicht veränderter Form wieder aufgetischt.

Nachdem Rex in einem Spielzeugleiterwagen verstaut und aus der Tierklinik geschoben worden war, erschien der Tierpfleger mit Fluffers, der benommen wirkte und nach Flohlotion mit einem Schuß Flieder roch. «Ein sehr braver Kater», sagte der Pfleger, und Jane nahm Fluffers in den Arm und piepste beinahe: «Gott sei Dank haben sie dich nicht in einer Ananasschachtel herausgebracht.» Statt dessen sagte sie: «Und jetzt ist er wieder ganz schön.»

«Hab ein paar Flöhe entdeckt», sagte der Pfleger. «Aber nicht sehr viele.»

Jane bezahlte schnell die Rechnung und ging. Die Dämmerung senkte sich wie eine trübe Stimmung über den Highway, und die Autos hatten die Scheinwerfer an. Sie trug ihre Katze zum Auto und fummelte an der Beifahrertür herum, als sie vom anderen Ende des Parkplatzes spitze Schreie hörte.

«Fluffers! Fluffers!» Es waren die aufgeregten Schreie eines Kindes. «Schau mal, da ist Fluffers!»

Der Junge und das Mädchen, mit denen Jane am Morgen gesprochen hatte, hüpften plötzlich aus einem Kombi am anderen Ende des Parkplatzes. Sie schlugen die Türen zu und rannten atemlos zu Jane und der Katze hinüber. Sie trugen kleine Mäntel und Mützen mit Ohrenklappen. Es war kalt geworden.

«Oh, Fluffers, du riechst so gut – mmhm, mmhm, mmhm!» sagte das Mädchen, preßte ihr Gesicht zwischen Fluffers parfümierte Läufe, verbarg es da und begann zu weinen. Jane blickte auf und sah, daß die letzten Lichtstrahlen am Himmel erschreckend schwach waren, wie spindeldürre Pferdebeine, die dennoch das ganze Pferd tragen müssen. Sie machte eine Hand frei und legte sie dem Mädchen auf den Kopf. «Oh, Fluffers!» Wieder kam ein erstickter Schrei; das Mädchen weigerte sich, den Kopf zu heben. Ihr Bruder stand etwas gefaßter neben ihr. Sein Gesicht war rosa und geschwollen, aber seine Augen waren jetzt trocken. Er musterte Jane, als überdenke er, was er im Leben für wichtig hielt. «Wie heißen Sie?» fragte er.

Es war nur eine kleine Sache, eine belanglose Kleinigkeit, aber Jane beschloß, lieber doch nicht vorzusingen. Sie rief Bridey an, um sich zu entschuldigen, und sagte, sie habe sich wohl etwas geholt oder so, und Bridey sagte: «Das hast du dir wahrscheinlich von dieser Heffie geholt, so wie die immer an allem herumnascht. Aber komm auf jeden Fall diese Woche zum Abendessen, wenn du kannst», und Jane sagte, ja, das werde sie tun.

Und das tat sie auch. Sie besuchte sie am nächsten Donnerstag und aß mit Bridey und Brideys Mann zu Abend, einem großen, sanften Mann, der als Berater für Computerfirmen arbeitete. Er trug ein mit Seepferdchen bedrucktes Hemd, genau wie das, das ihr Ex-Liebhaber, der Spielzeugmacher, getragen hatte, als er sie noch einmal für ein Wochenende besucht hatte, der alten Zeiten wegen. Es war ein schönes Hemd gewesen, weich wie ein Pyjama, und er hatte es angehabt, als sie am Sonntag an den Kürbisständen vorbei zur Bundesgrenze gefahren waren, um den Mississippi zu sehen. Der Fluß war unter ihnen vorbeigeflossen, ein lehmiges Grün und ein tiefes, tiefes Khakibraun. Sie hatte das Hemd berührt und sich daran festgehalten; in dieser Mondlandschaft von Krüppeleichen und Strauchkiefern, an diesem Ort, der einmal zu Anbeginn der Welt völlig unter Wasser gelegen hatte und an dem jetzt nur Winde wehten, war es gut, daß es einen Fluß gab, der sich dort durchgrub und die Erde aufbrach. In der Ferne, jenseits eines mit Birken gesprenkelten Tales, standen höhere Bäume, Zedern und sich golden verfärbende Lärchen – golden! –, und Jane hatte das Gefühl, daß zumindest dies ein Augenblick war, den sie sich für den Rest ihres Lebens bewahren könnte, *unverlierbar*. Nichts kam ihr so wahrhaftig vor wie ein goldgelber Baum.

Nach dem Abendessen begleitete sie Bridey sogar zu einer Probe des Gemeindechors und sang ein paar Übungen mit. Als aber die Noten verteilt wurden, reichten sie nicht für alle. Der Dirigent ging die Anwesenheitsliste durch, blickte vorwurfsvoll zu den Sopranistinnen hinüber und fragte: «Ist jemand dabei, der eigentlich nicht hierhergehört?» Jane hob die Hand und erklärte es ihm.

«Das geht leider nicht. Wenn Sie im Chor mitmachen wollen, müssen Sie vorher vorsingen.»

«Entschuldigen Sie», sagte Jane, stand auf und gab dem Chorleiter die Noten zurück. Sie griff nach ihrer Handtasche, sah zu Bridey hinunter und zuckte unglücklich die Achseln.

«Ich rufe dich an», formte Bridey mit den Lippen.

Aber es war fast schon Weihnachten, als Bridey anrief, und Jane hatte viel im Laden zu tun. Es gab zu Weihnachten eine Menge spezieller Dips und Käsebrötchen, und nebenbei versuchten sie es auch noch mit einem Geschenkverpackungsservice. Mittendrin verkündete Heffie, sie wolle aufhören, aber an ihrem letzten Arbeitstag brachte sie eine Flasche Sekt mit, und die beiden tranken sie gleich im Geschäft aus. Sie gossen den Sekt in Styroporbecher und tranken, hinter die Kühlvitrine gekauert, wobei sie ab und zu die

Hälse reckten, um sicherzugehen, daß inzwischen kein Kunde gekommen war.

«Auf unser kleines Leben», sagte Heffie.

«Auf die Prärie», fügte Jane hinzu. Der Sekt perlte an ihrem Gaumen. Sie wärmte ihn dort, spülte ihn hin und her, bis er nach nichts mehr schmeckte und ihre Kehle hinabglitt wie warmes, süßes Wasser.

Heffie und sie öffneten ein Glas mit Hering in Sahnesauce, mit einem arg zerrissenen Etikett. Sie steckten die Finger hinein und leckten sie ab. Sie sangen ein paar Weihnachtslieder, die sie beide kannten, und sie sangen sie schlecht.

«Let every heart prepare him a room», sang Heffie, den Mund voller Fisch. Die Welt war wunderbar, wirklich, aber auch tückisch und kleinkariert, wie ein Gott, der nicht viel rauskam.

«Surfen», sagte Heffie. «Man muß diesen Präriewintern entkommen und irgendwo hingehen, wo's Wellen und 'ne warme Strömung gibt.» Auf den trockenen Käsemonden und in den schmierigen Streichkäsen in der Kühlvitrine steckten die üblichen Plastikschildchen: HALLO ICH HEISSE. Jane langte hinein und pflückte das Schildchen heraus, auf dem HALLO ICH HEISSE *Schweizer Mandelcreme* stand. «Hier», sagte sie zu Heffie. «Das ist für dich.» Heffie lachte laut und verlegen, nahm dann das Schildchen und steckte es hinter eine ihrer Spangen, oben an der Stirn, wo ihr das Haar ausfiel, und der Kahlschlag auf dem Schädel darunter spiegelte es überrascht und bleich, aber gleichmäßig.

HÄSSLICH SIND SIE AUCH

Ab und zu mußte man mal raus aus diesen Städtchen in Illinois mit den komischen Namen: Paris, Oblong, Normal. Einmal, als der Dow-Jones-Index um zweihundert Punkte fiel, prangte auf der Pariser Lokalzeitung eine riesige Schlagzeile: NORMAL MAN MARRIES OBLONG WOMAN. «Normaler Mann heiratet rechteckige Frau.» Die wußten eben, was wichtig war. Wirklich! Aber manchmal mußte man einfach raus, und wenn man nur über die Bundesgrenze nach Terre Haute fuhr, ins Kino.

Außerhalb von Paris, mitten auf einer großen Wiese, standen verstreut einige Backsteingebäude, ein kleines geisteswissenschaftliches College mit dem unpassenden Namen Hilldale-Versailles. Zoë Hendricks unterrichtete dort seit drei Jahren amerikanische Geschichte. Sie unterrichtete «Die Revolution und die Folgen» für Studenten im ersten und zweiten Semester, und jedes dritte Semester leitete sie das Senior Seminar für die Hauptfachstudenten, und obwohl ihre Studenten sie in den letzten eineinhalb Jahren nicht mehr so gut beurteilt hatten – *Professor Hendricks kommt häufig zu spät und erscheint gewöhnlich mit einem Becher Kakao, den sie auch dem Seminar anbietet* –, waren die neun Männer des Fachbereichs insgesamt froh darüber, daß sie da war. Sie fanden, daß sie den Korridoren ein zusätzliches weibliches Flair verlieh – zarte Duftspuren von «Obsession» und Schweiß, das helle, schnelle Klappern von Absätzen. Außerdem hatten sie schon eine Klage wegen Mißachtung der Gleichstellungsauflagen gehabt, und der Rektor hatte gesagt, tja, dann ist es wohl Zeit.

Sie hatte es nicht leicht, das wußten sie. Einmal, zu Anfang des letzten Semesters, war sie ins Seminargebäude getänzelt und hatte dabei «Getting to know you» gesungen – beide Strophen. Auf Verlangen des Rektors hatte der Fachbereichssprecher sie in sein Büro gerufen, sie dann aber nicht um eine Erklärung gebeten, nicht wirklich. Er fragte sie, wie es ihr gehe, und lächelte onkelhaft. Sie sagte: «Bestens», und er beobachtete, wie sie das sagte, wie ihre Vorderzähne innen an ihrer Unterlippe klebenblieben. Sie war beinahe hübsch, aber auf ihrem Gesicht zeigten sich die Anstrengung und der Ehrgeiz dessen, der fast immer dicht dran gewesen war, es aber doch nie ganz geschafft hatte. Der Eyeliner verriet ein wenig zuviel Mühe, und ihre Ohrringe, die ohne Zweifel den dramatischen Ausdruck erzeugen sollten, der ihren Zügen fehlte, waren ein wenig abstoßend; sie standen von ihrem Kopf ab wie Antennen.

«Ich drehe durch», sagte Zoë zu ihrer jüngeren Schwester Evan in Manhattan. *Professor Hendricks scheint den gesamten Soundtrack von* The King and I *zu kennen. Hat das was mit Geschichte zu tun?* Zoë rief sie jeden Dienstag an.

«Das hast du schon oft gesagt», sagte Evan, «aber dann verreist du, machst Ferien und gewöhnst dich anschließend wieder an alles, und hinterher bist du 'ne Weile ruhig und sagst, alles ist bestens, du hast mächtig zu tun, und dann sagst du nach einer Weile wieder, du drehst durch, und schließlich fängst du wieder von vorne an.» Evan arbeitete halbtags als Lebensmittel-Designerin für Fotoaufnahmen. Sie kochte Gemüse in grünem Farbstoff. Sie drapierte Rindfleisch-Stew auf einer Schicht Murmeln und suchte in den Geschäften nach neuen Silikon-Sprays und Plastik-Eiswürfeln. Sie fand ihr Leben «okay». Sie lebte mit ihrem langjährigen Freund zusammen, der wohlhabend und daher unabhängig war und einen kurzweiligen kleinen Job in der Verlagsbranche hatte. Sie hatten vor fünf Jahren ihr Studium beendet, und sie wohnten mitten in Manhattan in einem luxuriösen Hochhausapartment mit Balkon und Pool-Zugang. «Es ist nicht dasselbe, wie einen eigenen Pool zu haben», seufzte Evan immer, als wolle sie Zoë kundtun, daß es auch für sie, wie für Zoë, Dinge gab, auf die sie verzichten mußte.

«Illinois. Ich werde hier einfach sarkastisch», sagte Zoë am Telefon. Sonst bestand sie immer darauf, daß es Ironie sei, etwas Sanftes, Unterschwelliges und Doppelbödig-Intelligentes, etwas dem Mittleren Westen Fremdes, aber ihre Studenten nannten es nur Sarkasmus, was sie durchaus beurteilen zu können glaubten, und nun mußte sie ihnen recht geben. Es war nicht Ironie. *Was ist das für ein Parfum?* wurde sie einmal von einem Studenten gefragt. *Raumspray*, antwortete sie. Sie lächelte, aber er sah sie nur entnervt an.

Ihre Studenten waren im großen und ganzen gute Mittelwestler, ziemlich groß und kräftig wegen des vielen Östrogens aus Unmengen von Fleisch und Käse. Sie teilten die bürgerlichen Wertvorstellungen ihrer Eltern; ihre Eltern hatten sie beschenkt, beschenkt und noch mal beschenkt. Sie waren selbstgefällig. Sie waren gekauft worden. Sie besaßen ein gesundes Halbwissen über alles Geschichtliche und Geographische. Eigentlich schienen sie gar nichts so genau zu wissen, aber dieser Tatsache standen sie äußerst gelassen gegenüber. «Diese ganzen Staaten im Osten sind so winzig, zerklüftet und aneinandergequetscht», beklagte sich einer ihrer Erstsemester in der Woche, als sie über den «Wendepunkt der Unabhängigkeit: Die Schlacht bei Saratoga» las. «Professor Hendricks, Sie kommen doch ursprünglich aus Delaware, oder?» fragte er sie.

«Maryland», korrigierte Zoë.

«Ach», sagte er und wedelte wegwerfend mit der Hand. «New England also.»

Ihre Artikel – Kapitel für ein Buch mit dem Titel *Kennen Sie den schon? Der Humor und die amerikanischen Präsidenten* – wurden allgemein gut aufgenommen, obwohl sie damit nur langsam vorankam. Sie hatte es gern, wenn ihre Texte etwas von jeder Tageszeit enthielten – sie traute keinen Sachen, die nur am Morgen geschrieben worden waren –, so daß sie alles mit größter Sorgfalt wiederlas und überarbeitete. Keine Tageszeit durfte dominieren, sei es mit ihrer Stimmung oder ihrem Licht. Manchmal saß sie über ein Jahr an einem Kapitel und revidierte so lange, bis dem Text die Fülle eines ganzes Tages eingeschrieben war.

Vor der Anstellung in Hilldale-Versailles hatte sie an einem College in New Geneva, Minnesota, dem Land der sterbenden Einkaufszentren, gearbeitet. Dort waren alle so blond, daß Brünette automatisch als Ausländer galten. *Bloß weil Professor Hendricks aus Spanien kommt, hat sie noch lange kein Recht, sich immer so negativ über unser Land zu äußern.* Es wurde allgemein sehr viel Wert auf Fröhlichkeit gelegt. In New Geneva durfte man weder etwas kritisieren noch sich über etwas beklagen. Man durfte auch nicht die Feststellung treffen, die Stadt sei viel zu groß geworden und ihre Einkaufszentren seien verwahrlost und heruntergekommen. Man durfte niemals sagen, es gehe einem nicht bestens, danke, und selber? Man hatte Heidi zu sein. Man hatte Ziegenmilch die Berge hochzuschleppen und an nichts anderes zu denken. Heidi beklagte sich nicht. Heidi tat nicht so etwas, wie vor dem neuen IBM-Kopierer zu stehen und zu sagen: «Wenn dieser Scheißkopierer jetzt noch ein einziges Mal spinnt, dann schneide ich mir die Pulsadern auf.»

Aber jetzt, bei ihrem zweiten Job und in ihrem vierten Jahr an Colleges im Mittleren Westen, entdeckte Zoë etwas an sich, von dem sie nie angenommen hatte, daß sie es besäße:

eine barsche Seite, spröde und beißend. Einst hatte sie ihre Studenten verhätschelt, ihnen Songs vorgesungen, ihnen erlaubt, sie zu Hause anzurufen und sogar persönliche Fragen zu stellen. Jetzt mochte sie sie gar nicht mehr so. Sie schienen ihr zusehends fordernder und verzogener zu werden.

«Sie tun so», sagte eine der Studentinnen aus dem Hauptseminar bei einer angesetzten Sprechstunde, «als wäre Ihre Meinung mehr wert als die aller anderen im Seminar.»

Zoës Augen weiteten sich. «Ich bin schließlich die Dozentin», sagte sie. «Dafür werde ich *bezahlt.*» Sie kniff die Augen zusammen und fixierte die Studentin, die eine große Lederschleife im Haar trug, wie ein Cowgirl in einer Ranch-Show im Fernsehen. «Ich meine, sonst würde ja *jeder* im Seminar sein kleines Arbeitszimmer und seine Sprechstunden haben.» *Manchmal benutzt Professor Hendricks die ganze Seminarzeit, bloß um über die Filme zu reden, die sie gesehen hat.* Sie starrte die Studentin noch einen Augenblick lang an und fügte dann hinzu: «Das würde Ihnen bestimmt gefallen.»

«Vielleicht empfinden Sie das ja als Gejammer», sagte das Mädchen, «aber ich möchte einfach nur, daß mir mein Geschichtsstudium etwas bedeutet.»

«Na, da haben wir ja Ihr Problem», sagte Zoë und brachte die Studentin lächelnd zur Tür. «Aber Ihre Schleife ist hübsch», fügte sie hinzu.

Zoë lebte für die Post, für den Briefträger, diesen hübschen blauen Vogel, und wenn sie einen richtigen Brief bekam, der mit einer richtigen Briefmarke frankiert war und von irgendwo anders kam, nahm sie ihn mit ins Bett und las ihn wieder und wieder. Außerdem sah sie endlos fern und hatte den Apparat in ihrem Schlafzimmer, ein schlechtes Zeichen. *Professor Hendricks hat sich kritisch über Fawn Hall, den Katholizismus und den Staat Illinois geäußert. Es ist unglaublich.* An Weihnachten gab sie dem Briefträger zwanzig Dollar Trinkgeld, desgleichen Jerry, dem einzigen Taxifahrer der Stadt, den sie bei ihren vielen Fahrten zum Flughafen von Terre Haute und zurück kennengelernt hatte und der ihr, weil er begriffen hatte, daß solche Touren eine Extravaganz waren, oft einen Sonderpreis machte.

«Ich fliege dieses Wochenende rüber, um euch zu besuchen», verkündete Zoë.

«Das hatte ich schon gehofft», sagte Evan. «Charlie und ich machen eine Halloween-Party. Es wird bestimmt lustig.»

«Ich habe schon ein Kostüm. Einen Knochenkopf. So 'n Ding, das wie ein Riesenknochen aussieht, der einem durch den Kopf wächst.»

«Toll», sagte Evan.

«Das ist es auch, wirklich toll.»

«Ich habe bloß meine Mondmaske vom letzten und vorletzten Jahr. Ich werde wahrscheinlich noch darin heiraten.»

«Wollt ihr etwa *heiraten*, Charlie und du?» Ihre Stimme verriet böse Vorahnungen.

«Hmmmmmmnnein, nicht unmittelbar.»

«Heirate bloß nicht.»

«Warum nicht?»

«Wenigstens jetzt noch nicht. Du bist noch zu jung.»

«Das sagst du doch bloß, weil du fünf Jahre älter bist als ich und weil du *nicht* verheiratet bist.»

«*Ich* bin nicht verheiratet? O mein Gott», sagte Zoë. «Ich habe vergessen zu heiraten.»

Zoë war, seit sie nach Hilldale-Versailles gekommen war, mit drei Männern ausgegangen. Einer von ihnen arbeitete in der Stadtverwaltung von Paris. Er hatte einen Strafzettel wegen Falschparkens, gegen den sie in der Behörde Protest eingelegt hatte, gelöscht und sie anschließend zum Kaffee eingeladen. Anfangs fand sie ihn erstaunlich – endlich jemand, der keine Heidi wollte! Aber bald mußte sie erkennen, daß alle Männer, tief im Herzen, nach Heidi verlangten. Heidi mit Ausschnitt. Heidi mit Holz vor der Hütte. Der Strafzettel-Beamte war ihrer bald müde und oft launisch. Als sie ihn an einem kühlen Herbsttag in seinem aufgemotzten, unpraktischen Kabriolett fragte, was eigentlich los sei, sagte er: «Weißt du, ein paar neue Kleider würden dir auch nicht schaden.» Sie trug sehr häufig graugrünen Kord. Sie hatte immer gemeint, er betone ihre Augen, diese schüchternen Sterne. Sie schnippte eine Ameise von ihrem Ärmel.

«Mußtest du die ins Auto schnipsen?» fragte er im Fahren. Er sah auf die eigene Brust hinunter und warf erst zur Rechten, dann zur Linken einen schnellen, prüfenden Blick. Er trug ein enganliegendes Hemd.

«Wie bitte?»

Er bremste ab, weil eine Ampel vor ihnen auf Gelb sprang, und runzelte die Stirn. «Hättest du die nicht auch abzupfen und nach draußen schmeißen können?»

«Die Ameise? Sie hätte mich beißen können. Ich meine, was soll's?»

«Sie hätte dich beißen können! Ha! Das ist doch lächerlich! Jetzt wird sie in meinem Auto Eier legen!»

Der zweite Mann war netter, wenn auch einfacher gestrickt, obwohl er für bestimmte Bilder und Songs durchaus nicht unempfänglich war, aber auch bei ihm erschreckte sie allzuoft, was er tat oder sagte. Einmal stibitzte er in einem Restaurant die Dekoration von ihrem Teller und wartete darauf, daß sie es bemerkte. Als sie es nicht tat, schob er schließlich seine Faust über den Tisch und sagte «Guck mal», und als er sie öffnete, lagen da ihre Petersilie und die Apfelsinenscheibe zu einem Klumpen zusammengequetscht. Ein andermal erzählte er ihr von einem Besuch im Louvre, den er kürzlich gemacht hatte. «Da stand ich also vor Géricaults *Floß der Medusa*, und alle anderen waren weitergegangen, so daß ich meine eigene Privataudienz damit hatte, mit all den gemalten, ertrinkenden Körpern, die sich in alle Richtungen spreizen, und auf diesem Bild gibt es eine Bewegung, die links unten beginnt, einen Wirbel, der immer weiter anschwillt und bis nach rechts oben geht, wo dieser Typ mit der Fahne wedelt, und in der Ferne sieht man am Horizont dieses winzig kleine Boot...» Er war außer Atem vom Reden. Das berührte sie, und sie lächelte aufmunternd. «So ein Bild», sagte er kopfschüttelnd. «Da kriegt man das Kotzen.»

«Ich muß dich was fragen», sagte Evan. «Ich weiß, daß jede Frau darüber klagt, sie würde keine Männer kennenlernen, aber ehrlich, bei meinen Aufnahmeterminen lerne ich eine Menge Männer kennen. Und sie sind auch nicht alle schwul.» Sie machte eine Pause. «Jedenfalls nicht mehr.»

«Was meinst du denn damit?»

Der dritte Mann war ein Politologie-Professor, der Murray Peterson hieß und gern mit Kollegen ausging, zu deren Frauen er sich hingezogen fühlte. Meistens ließen sich die Frauen auf einen Flirt mit ihm ein. Unterm Tisch wurde manchmal gefüßelt, und einmal rieben sie sogar schon die Knie aneinander. Zoë und der Ehemann saßen dann stumm über ihrem Essen, starrten in ihre Wassergläser und kauten wie Ziegen vor sich hin. «Oh, Murray», sagte eine Ehefrau, die nie ihre Ausbildung zur Krankengymnastin abgeschlossen hatte, aber tolle Kleider trug. «Ich weiß alles über dich, weißt du: deinen Geburtstag, dein Nummernschild. Ich hab alles im Kopf. Aber ich hab eben ein Supergedächtnis. Einmal habe ich bei einem Abendessen, zu dem wir eingeladen waren, den Gastgeber damit in Erstaunen versetzt, daß ich aufgestanden bin und mich von jedem einzelnen verabschiedet habe, mit Vor- *und* Nachnamen.»

«Ich kannte mal einen Hund, der das konnte», sagte Zoë mit vollem Mund. Murray und die Ehefrau warfen ihr verärgerte und strafende Blicke zu, aber der Ehemann wirkte plötzlich vergnügt und amüsiert. Zoë schluckte. «Es war ein sprechender Labrador, und nachdem er etwa zehn Minuten lang der Unterhaltung beim Essen gelauscht hatte, kannte er jeden beim Namen. Man konnte zu ihm sagen: ‹Bring Murray Peterson dieses Messer›, und dann tat er es.»

«Ehrlich», sagte die Ehefrau und verzog das Gesicht, und Murray Peterson rief nie wieder an.

«Hast du im Moment irgendeinen Freund?» fragte Evan. «Ich frage aus einem bestimmten Grund, ich will jetzt nicht wie Mom reden.»

«Ich bin sehr eng mit meinem Haus befreundet. Ich sorge für es, wenn es in die Hose macht, wenn es weint oder kotzt.» Zoë hatte sich ein minzgrünes Farmhaus in der Nähe des Campus gekauft, aber inzwischen dachte sie, sie hätte es vielleicht lieber nicht tun sollen. Es war schwer, in einem Haus zu wohnen. Oft wanderte sie von Zimmer zu Zimmer und fragte sich, wo sie nur wieder irgendwelche Sachen hingetan hatte. Manchmal ging sie nur deshalb in den Keller hinunter, weil es sie amüsierte, daß sie einen Keller besaß. Es amüsierte sie auch, daß sie einen Baum besaß. Am Tag ihres Einzugs hatte sie einen kleinen Zettel daran geheftet, auf dem *Zoës Baum* stand.

Ihre Eltern in Maryland waren ganz entzückt, daß eines ihrer Kinder es schließlich doch noch fertiggebracht hatte, eine Immobilie zu erwerben, und als sie den Vertrag abschloß, schickten sie ihr Blumen mit einer Gratulationskarte. Ihre Mutter hatte ihr sogar mit UPS eine Schachtel mit alten Innendesign-Zeitschriften geschickt, Fotos von wunderschönen Zimmern, über denen ihre Mutter immer nur geträumt hatte, weil sie nie Geld zum Renovieren gehabt hatten. Es war, als bekäme sie in dieser Schachtel die Pornos ihrer Mutter, als erbe sie ihre Phantasien, mit denen sie sich aufgegeilt hatte, die unendlichen Wünsche und Verlockungen, aus denen ihr Leben bestanden hatte. Aber für ihre Mutter war das ein Initiationsritus, der ihr Spaß machte. «Vielleicht bringt dich das auf ein paar Ideen», hatte sie geschrieben. Und als Zoë sich die Fotos angesehen hatte, die gewagten und wunderschönen Wohnzimmer, war sie von Sehnsucht erfüllt. Von Ideen und Sehnsucht.

Im Augenblick war Zoës Haus ziemlich leer. Der Vorbesitzer hatte um die Möbel herumtapeziert und seltsame Lücken und Umrisse auf den Wänden hinterlassen, und Zoë hatte bislang nicht viel daran gemacht. Sie hatte Möbel gekauft, sie dann wieder zurückgebracht, hatte das Haus eingerichtet und wieder ausgeräumt, vorbereitet und wieder abgestoßen, wie ein Mutterschoß. Sie hatte mehrere einfache Kiefernholztruhen gekauft, um sie als Sofas oder als Schuhschränke zu benutzen, aber immer häufiger fand sie, sie sähen wie Kindersärge aus, und so brachte sie sie wieder zurück. Außerdem hatte sie kürzlich einen Orientteppich für das Wohnzimmer erstanden, auf dem chinesische Schriftzeichen waren, die sie nicht verstand. Die Verkäuferin hatte immer wieder beteuert, daß sie ganz bestimmt *Frieden* und *Ewiges Leben* bedeuteten, aber als Zoë den Teppich mit nach Hause gebracht hatte, machte sie sich doch Gedanken. Was, wenn sie nun doch nicht *Frieden* und *Ewiges Leben* bedeuteten? Was, wenn sie, sagen wir, *Bruce Springsteen* bedeuteten? Und je länger sie darüber nachdachte, desto überzeugter war sie, daß sie einen Teppich besaß, auf dem *Bruce Springsteen* stand, und so brachte sie auch den wieder zurück.

Sie hatte sich auch einen kleinen Barockspiegel für den Windfang vorn gekauft, der, wie Murray Peterson ihr erzählt hatte, die bösen Geister abwehren würde. Der Spiegel jagte aber vor allem *ihr selber* Angst ein, er erschreckte sie mit dem Bild einer Frau, die sie nie wiedererkennen konnte. Manchmal sah sie verquollener und unansehnlicher aus, als sie sich in Erinnerung hatte. Manchmal auch durchtrieben und unerforschlich. Die meiste Zeit sah sie bloß abwesend aus. *Sie sehen aus wie jemand, den ich kenne*, hatten ihr im letzten Jahr gleich zweimal Fremde in Restaurants in Terre Haute erklärt. Tatsächlich, manchmal schien sie überhaupt kein eigenes

Gesicht zu haben, geschweige denn irgendeinen Ausdruck, und sie staunte allmählich darüber, daß ihre Studenten und Kollegen sie überhaupt wiedererkennen konnten. Woran erkannten sie sie? Wie sah sie denn aus, wenn sie einen Raum so betrat, daß die anderen auch wußten, daß sie es war? So wie jetzt? Sah sie so aus wie jetzt? Und so brachte sie auch den Spiegel zurück.

«Ich frage deshalb, weil ich einen Mann kenne, den du, finde ich, kennenlernen solltest», sagte Evan. «Er ist amüsant. Er ist Hetero. Er ist Single. Mehr sag ich jetzt nicht.»

«Ich glaube, ich bin zu alt, um mich zu amüsieren», sagte Zoë. An ihrem Kinn hatte sie ein einzelnes, schwarzes, borstiges Haar, und sie konnte es eben mit ihrem Finger ertasten. Vielleicht begann man dem anderen Geschlecht zu ähneln, wenn man zu lange keinen Kontakt mit ihm gehabt hatte. In einem schöpferischen Verzweiflungsakt begann man, es selbst zu züchten. «Ich will einfach nur kommen, meinen Knochenkopf tragen, mit Charlies tropischen Fischen plaudern und dich nach deinen Erbsenfotos fragen.»

Sie dachte an all die Arbeiten über «Unsere Verfassung: Wirkungen und Einflüsse», die sie korrigieren mußte. Sie dachte daran, daß sie am Freitag zu einer Ultraschalluntersuchung mußte, weil ihr Arzt und sein Assistent bei ihr eine große rätselhafte Wucherung im Bauch festgestellt hatten. Gallenblase, sagten sie immer wieder. Oder Eierstöcke oder Dickdarm. «Und ihr wollt Ärzte sein?» fragte Zoë laut, nachdem sie das Zimmer verlassen hatten. Einmal, als sie klein war, hatte sie ihren Hund zum Tierarzt gebracht, und der Tierarzt hatte zu ihr gesagt: «Also, entweder hat dein Hund Würmer oder Krebs, oder er ist von einem Auto angefahren worden.»

Sie freute sich auf New York.

«Na ja, wie auch immer. Wir lassen es ganz locker angehen. Ich kann's gar nicht erwarten, dich zu sehen, Süße. Vergiß deinen Knochenkopf nicht», sagte Evan.

«Den wirst *du* nicht mehr vergessen», sagte Zoë.

«Kann ich mir denken», sagte Evan.

Die Ultraschalluntersuchung verschwieg Zoë, sogar vor Evan. «Mir ist, als müßte ich sterben», hatte Zoë nur ein einziges Mal am Telefon angedeutet.

«Du stirbst schon nicht», sagte Evan. «Du bist einfach bloß genervt.»

«Ultraschall», sagte Zoë jetzt scherzend zu dem Röntgenassistenten, der ihr das kalte Gelee auf den nackten Bauch schmierte. «Klingt das nun nach einer wahnsinnig tollen Stereoanlage, oder was?» Ein derartiges Getue um ihren nackten Bauch hatte sie seit ihren Collegejahren nicht mehr erlebt, seit ihr damaliger Freund, der ihr, wenn sie sich krank fühlte, nicht von der Seite wich, mit den Armen gewedelt, seine Hände auf ihren Nabel gepreßt und wie ein Evangelist gerufen hatte: «Heil! Heil um deines Jesusbabies willen!» Zoë mußte dann immer lachen, und hernach liebten sie sich, wobei sie beide heimlich hofften, sie würde schwanger werden. Später rätselten sie dann gemeinsam, wie es wohl stand, und er legte den Kopf an ihren Bauch und fragte sie, ob sich ihre Tage verspäteten, hatten sie sich verspätet, war sie sich sicher, könnten sie sich vielleicht verspätet haben? Und als sie nach zwei Jahren noch immer nicht schwanger war, begannen sie sich zu streiten und gingen schließlich auseinander.

«Okay», sagte der Assistent abwesend.

Der Monitor stand nun richtig, und Zoës Eingeweide tauchten auf dem Bildschirm in all ihrer grauen und verschlungenen Hohlheit auf. Sie waren in den zartesten Abstufungen von Schwarz und Weiß gesprenkelt, wie das Gestein in einer alten Kirche oder ein Bild vom Mond. «Glauben Sie», quatschte sie den Assistenten an, «daß die zunehmende Unfruchtbarkeit bei so vielen Ehepaaren hierzulande damit zu tun hat, daß ganz andere Arten sich fortpflanzen wollen?» Der Assistent fuhr mit dem Scanner umher und machte weitere Aufnahmen. Bei einer Einstellung vor allem, auf Zoës rechter Seite, wurde er plötzlich hellwach, und die Maschine, die er bediente, klickte und klickte.

Zoë starrte auf den Bildschirm. «Das, was Sie dort entdeckt haben, muß die Wucherung sein», vermutete sie.

«Ich kann Ihnen keine Auskunft geben», sagte der Assistent streng. «Ihr Arzt wird den Durchleuchtungsbefund heute nachmittag erhalten und Sie dann anrufen.»

«Da werde ich schon nicht mehr in der Stadt sein», sagte Zoë.

«Tut mir leid», sagte der Assistent.

Auf dem Heimweg schaute Zoë in den Rückspiegel und fand, daß sie aussähe wie – nun, wie sollte man das beschreiben? Ein bißchen matt. Sie dachte an den Witz über den Mann, der zu seinem Arzt geht, und der Arzt sagt: «Also, es tut mir leid, Ihnen das sagen zu müssen, aber Sie haben nur noch sechs Wochen zu leben.»

«Ich will noch eine zweite Meinung hören», sagt der Mann. *Sie tun so, als wäre Ihre Meinung mehr wert als die von allen anderen im Seminar.*

«Sie wollen noch eine zweite Meinung hören? Okay», sagt der Arzt. «Häßlich sind Sie auch.» Sie mochte den Witz. Sie fand ihn schrecklich, schrecklich komisch.

Sie nahm ein Taxi zum Flughafen, und Jerry, der Taxifahrer, war glücklich, sie zu sehen.

«Viel Spaß in New York», sagte er und holte ihre Reisetasche aus dem Kofferraum. Er mochte sie oder hatte wenigstens immer so getan, als ob. Sie nannte ihn «Jare».

«Danke, Jare.»

«Weißt du: Ich verrate dir jetzt 'n Geheimnis: Ich bin noch nie in New York gewesen. Und ich verrate dir noch eins: Ich bin noch nie geflogen.» Und er winkte ihr traurig nach, als sie sich durch die Flughafentür zwängte. «Oder auch nur Rolltreppe gefahren!» schrie er.

Der Trick, sicher zu fliegen, sagte Zoë immer, war, niemals ein Ticket zum Sparpreis zu kaufen und sich überdies zu sagen, man habe sowieso keinen Grund weiterzuleben, so daß es, wenn das Flugzeug abstürzte, auch kein großer Verlust wäre. Wenn es dann nicht abgestürzt war, wenn es einem gelungen war, es mit der eigenen Wertlosigkeit in der Luft zu halten, dann mußte man nur noch herauswanken, sein Gepäck finden und, bis das Taxi kam, einen Grund gefunden haben, warum man weiterleben sollte.

«DU BIST DA!» kreischte Evan über das Klingeln hinweg, bevor sie überhaupt die Tür geöffnet hatte. Dann machte sie sie weit auf. Zoë stellte ihr Gepäck im Flur auf den Boden und umarmte Evan fest. Als kleines Mädchen war Evan zärtlich und anhänglich gewesen. Zoë hatte immer auf sie aufgepaßt, ihr Ratschläge erteilt und sie ermuntert, bis vor kurzem; da hatte Evan offenbar begonnen, *ihr* Ratschläge zu erteilen und *sie* zu ermuntern. Das erschreckte Zoë. Sie vermutete, es habe etwas mit ihrem Alleinsein zu tun. Das machte die Menschen unsicher. «Wie *geht's* dir?»

«Im Flugzeug habe ich gekotzt. Abgesehen davon gut.»

«Kann ich dir was anbieten? Hier, gib mir deinen Koffer. Im Flugzeug gekotzt. Iiihh.»

«In eine von diesen Kotztüten», sagte Zoë, falls Evan annahm, sie hätte in den Gang gereihert. «Ich war ganz leise dabei.»

Die Wohnung war geräumig und hell, mit einem Blick über die ganze East Side bis nach Downtown. Es gab einen Balkon und gläserne Schiebetüren. «Ich vergesse immer wieder, wie schön diese Wohnung ist. Zwanzigster Stock, Portier...» Zoë konnte ihr ganzes Leben arbeiten und doch nie eine solche Wohnung besitzen. Evan auch. Es war nämlich Charlies Wohnung. Evan und er wohnten darin wie zwei Jugendliche in einem Studentenwohnheim, überall waren Bierdosen und

Kleider verstreut. Evan stellte Zoës Reisetasche dahin, wo es nicht so unordentlich war, in die Nähe des Aquariums. «Ich bin so froh, daß du hier bist», sagte sie. «Was kann ich dir anbieten?»

Evan machte ihnen eine Kleinigkeit zu essen – Suppe aus der Dose und Salzcracker.

«Mit Charlie weiß ich nicht so recht», sagte sie, nachdem sie fertig waren. «Ich habe das Gefühl, wir sind schon so ein richtig geschlechtsloses mittelalterliches Pärchen.»

«Hmmm», sagte Zoë. Sie lehnte sich in Evans Sofa zurück und starrte aus dem Fenster auf die dunklen Dächer der Gebäude. Es wirkte ein bißchen unnatürlich, so hoch oben am Himmel zu wohnen, wie Vögel, die aufgrund irgendeiner verbohrten Tollkühnheit zu hoch genistet hatten. Sie nickte zum beleuchteten Aquarium hinüber und kicherte. «Ich fühle mich wie ein Vogel», sagte sie, «mit meinen eigenen, individuellen Fischvorräten.»

Evan seufzte. «Er kommt nach Hause und knallt sich bloß aufs Sofa, um sich Flimmer-Football anzugucken. Er trägt quasi psychische Nachtcreme und Lockenwickler, wenn du verstehst, was ich meine.»

Zoë setzte sich auf und ordnete die Sofakissen. «Was ist denn Flimmer-Football?»

«Wir sind noch nicht verkabelt. Auf dem Bildschirm flimmert alles. Charlie guckt sich das einfach so an.»

«Hmmm, ja, das ist ein bißchen deprimierend», sagte Zoë. Sie schaute auf ihre Hände. «Besonders, daß ihr nicht verkabelt seid.»

«Und so kommt er abends ins Bett.» Evan stand auf, um es zu demonstrieren. «Er reißt sich die Kleider vom Leibe, und wenn er bei der Unterhose angelangt ist, läßt er sie bis zum Knöchel rutschen. Dann hebt er das Bein, kickt sie in die Luft und fängt sie auf. Ich guck natürlich vom Bett aus zu. Mehr läuft nicht. Nur das.»

«Vielleicht solltet ihr es einfach hinter euch bringen und heiraten.»

«Wirklich?»

«Ja. Ich meine, ihr glaubt wahrscheinlich, es wäre das angenehmste Arrangement, auf diese Weise zusammenzuleben, aber...» Zoë versuchte, das klingen zu lassen wie aus dem Munde einer älteren Schwester; eine ältere Schwester sollte doch der Elternteil sein, den man nie haben konnte, die coole Zeitgeist-Mom. «... ich habe eigentlich immer die Erfahrung gemacht, daß sich, sobald man denkt, man habe sich bestens arrangiert» – sie dachte an sich selber, allein in ihrem Haus; an die krötengesichtigen Zikaden, die wie kleine Kapuzenmänner nachts herumflogen, auf den Fliegengittern landeten und hereinstarrten; an die Schuhe, Größe vierundvierzig, die sie an der Eingangstreppe plaziert hatte, um Eindringlinge abzuschrecken; an die lächerliche aufblasbare Plastikpuppe, die sie, wie ihr einmal jemand geraten hatte, am Frühstückstisch sitzen haben sollte –, «plötzlich alles wenden kann, und man steht vor einem Trümmerhaufen.»

«Wirklich?» Evan strahlte. «Oh, Zoë. Ich muß dir was erzählen. Charlie und ich heiraten *wirklich*.»

«Wirklich.» Zoë war verwirrt.

«Ich wußte nur nicht, wie ich es dir beibringen sollte.»

«Ja, also, ich denke, das mit dem Flimmer-Football hat mich ein bißchen irregeführt.»

«Ich hoffe, du wirst meine Trauzeugin», sagte Evan, abwartend. «Freust du dich nicht für mich?»

«Doch», sagte Zoë und begann Evan eine Geschichte über eine Geigerin in Hilldale-Versailles zu erzählen, die bereits einige Preise gewonnen hatte; die Geigerin war von einem Wettbewerb aus Europa zurückgekommen und hatte sich mit einem Mann aus dem Ort eingelassen, der sie genötigt hatte, zu all seinen sommerlichen Softball-Spielen mitzugehen und ihn zusammen mit den Ehefrauen von der Tribüne aus anzufeuern, bis sie sich irgendwann umbrachte. Aber als sie halbwegs durch war mit der Geschichte und gerade davon erzählen wollte, wie sie ihn von der Tribüne aus anfeuerte, hörte Zoë auf.

«Was?» fragte Evan. «Was ist dann passiert?»

«Also, ehrlich gesagt, nichts», sagte Zoë leichthin. «Sie ist wirklich total auf Softball abgefahren. Ich meine, echt. Du hättest sie mal sehen sollen.»

Zoë beschloß, sich am Spätnachmittag noch einen Film anzusehen, damit Evan die nötigen Vorbereitungen für die Party treffen konnte – *ich muß das allein machen*, hatte sie, ein bißchen angespannt nach der Geschichte von der Geigerin, erklärt. Zoë überlegte, ob sie in ein Kunstmuseum gehen sollte, aber Frauen, die allein in Kunstmuseen gingen, mußten gut aussehen. Jedenfalls taten sie das immer. Chic und ernst, träge schlendernd, mit einer tollen Handtasche. Statt dessen ging sie zur Kips Bay und spazierte hindurch, an einer Boutique für Ohrringe mit dem Namen ‹Knopf im Ohr› und einem Schönheitssalon mit dem Namen ‹Dorian Gray› vorbei. Das war das Komische, wenn es um *Schönheit* ging, dachte Zoë. Schau in die gelben Seiten, und du findest hundert Einträge, voll aggressivem Witz und kleiner, netter Drohungen. Aber schau mal unter *Wahrheit* nach – ha! Da steht gar nichts.

Zoë dachte daran, daß Evan nun heiratete. Würde sich Evan in die Frau von dem Fischer und seiner Frau verwandeln? Frau Fischer? Würde sie Zoë dazu zwingen, bei der Hochzeit ein rüschenbesetztes, lavendelblaues Kleid zu tragen, genau wie die anderen Brautjungfern? Zoë haßte Uniformen und hatte sich schon in der ersten Klasse geweigert, bei den kleinen Elfen mitzumachen, weil sie nicht das gleiche Kleid wie alle anderen tragen wollte. Nun mußte sie es vielleicht doch. Aber vielleicht konnte sie ihr Kleid irgendwie hervorheben. Es an der Seite mit einer Wäscheklammer raffen. Oder um die Taille Verbandwatte tragen. Oder an ihren Body einen dieser Buttons heften, auf dem in großen Lettern SCHEISSE KANN MAN SCHON MAL BAUEN stand.

Im Kino – *Death by Number* – kaufte sie sich rote Lakritzstreifen, die sie zerpflückte und kaute. Sie setzte sich an den Rand einer Reihe. Sie fühlte sich merkwürdig unsicher, wie sie so allein dasaß, und hoffte, es würde bald dunkel werden. Als es soweit war und die Vorschau begann, langte sie in ihre Handtasche und holte ihre Brille heraus. Sie steckte in einem Plastikbeutelchen. Ihre Kleenex steckten auch in einem Plastikbeutelchen. Ebenso ihr Füller, ihr Aspirin und ihre Pfefferminzbonbons. Alles steckte in Plastikbeutelchen. Das war aus ihr geworden: *eine alleinstehende Frau im Kino, die alles in Plastikbeutelchen mit sich herumträgt.*

Zur Halloween-Party kamen etwa zwei Dutzend Gäste. Es kamen Leute mit Affenköpfen und großen haarigen Händen. Es kam jemand, der sich als Kobold verkleidet hatte. Es kam jemand, der sich als Tiefkühlkost verkleidet hatte. Ein Mann hatte seine beiden kleinen Töchter mitgebracht: eine Ballerina und die Schwester der Ballerina, ebenfalls als Ballerina verkleidet. Es gab eine Horde von sexy Hexen – Frauen, die ganz in Schwarz gekleidet waren, wunderschön zurechtgemacht und mit Schmuck behängt. «Ich hasse diese sexy Hexen. Das hat doch nichts mit Halloween zu tun», sagte Evan. Evan hatte die Mondmaske links liegenlassen und sich als «Hausfrau» herausgeputzt, mit Lockenwicklern und einer Schürze, eine Entscheidung, die sie nun bedauerte. Charlie hatte beschlossen, als Fisch zu gehen, weil er Fische mochte, Fische besaß und Fische sammelte. Er trug Flossen und Augen seitlich am Kopf. «Zoë! Wie geht's dir! Tut mir leid, daß ich nicht da war, als du gekommen bist!» Er verbrachte den Rest des Abends damit, sich an die sexy Hexen heranzumachen.

«Kann ich dir nicht irgendwie helfen?» fragte Zoë ihre Schwester. «Du bist ja völlig ausgepumpt.» Sie rieb ihr sanft über den Arm, als wünschte sie sich, daß sie allein wären.

«Ach Gott, überhaupt nicht», sagte Evan, die gefüllte Champignons auf einem Teller arrangierte. Die Eieruhr schnarrte, und sie zog ein weiteres Blech Champignons aus dem Ofen. «Aber weißt du, was du machen könntest?»

«Was?» Zoë setzte ihren Knochenkopf auf.

«Earl kennenlernen. Das ist der Mann, den ich für dich ausgesucht habe. Wenn er kommt, red einfach mal ein bißchen mit ihm. Er ist nett. Er ist amüsant. Er läßt sich gerade scheiden.»

«Ich versuch's.» Zoë stöhnte. «Okay? Ich versuch's.» Sie sah auf ihre Uhr.

Als Earl eintraf, war er als nackte Frau verkleidet, mit Stahlwolle, die an den strategischen Stellen auf einen Body geklebt war, und großen Gummibrüsten, die wie Schinken vorsprangen.

«Zoë, das ist Earl», sagte Evan.

«Schön, dich kennenzulernen», sagte Earl und umrundete Evan, um Zoë die Hand zu schütteln. Er starrte auf Zoës Kopf. «Toller Knochen.»

Zoë nickte. «Tolle Titten», sagte sie. Sie sah an ihm vorbei und aus dem Fenster auf die Stadt, die sich glitzernd vom Himmel abhob; die Leute sagten, was sie immer sagten: das sehe ja aus wie lauter lose Schmuckstücke, wie ausgebreitete Armbänder und Halsketten. Man konnte die Grand Central Station erkennen, die Uhr vom Elektrizitätswerk, die rotgoldene Spitze des Empire State Building, das Chrysler-Hochhaus, das wie ein in einer Depression erdachtes Raumschiff wirkte. Weit im Westen konnte man einen Blick auf das Astor Plaza erhaschen, dessen freischwebendes weißes Dach wie das Habit einer Nonne wirkte. «Draußen auf dem Balkon steht Bier, Earl – soll ich dir eins holen?» fragte Zoë.

«Klar, äh, ich komme mit. Hey, Charlie, wie geht's?» Charlie grinste und pfiff hinter ihm her. Leute drehten sich um, um ihn zu mustern. «Hey, Earl», rief jemand quer durch den Raum. «Volle Granate.»

Sie quetschten sich zwischen den anderen Gästen hindurch und an den Affen und sexy Hexen vorbei. Die Schiebetür, die sich festgesaugt hatte, löste sich mit einem schmatzenden Geräusch, und Zoë und Earl traten auf den Balkon hinaus, ein Knochenkopf und eine nackte Frau, und die Nachtluft brauste, war dunstig und kühl. Es war noch ein weiteres Pärchen hier draußen, das vertraulich tuschelte. Sie trugen keine Kostüme. Sie lächelten Zoë und Earl an. «Hallo», sagte Zoë. Sie fand die Plastik-Kühlbox, kramte darin herum und holte zwei Bierflaschen heraus.

«Danke», sagte Earl. Seine Gummibrüste falteten sich zusammen, dellten ein und beulten aus, als er die Flasche aufmachte.

«Tja», seufzte Zoë befangen. Sie mußte noch lernen, keine Angst vor Männern zu haben, so wie man als Kind lernte, keine Angst vor Regenwürmern oder Käfern zu haben. Oft, wenn sie mit Männern auf einer Party redete, durchlebte sie alles in Gedanken schon wie im Zeitraffer. Während der Mann höflich weiterplapperte, verliebte sie sich, heiratete, führte dann plötzlich einen bitteren Kampf um das Sorgerecht für die Kinder und hoffte auf eine Versöhnung, damit sie ihn trotz all seiner Seitensprünge nicht verachten müßte, und in den letzten verbleibenden Minuten erfuhr sie vielleicht noch seinen Nachnamen und seinen Beruf, obwohl da wahrscheinlich schon zuviel zwischen ihnen passiert war. Dann nickte sie gewöhnlich, errötete und wandte sich ab.

«Evan hat mir erzählt, daß du Dozentin bist. Wo lehrst du denn?»

«Ach, in Illinois, dicht an der Grenze zu Indiana.»

Er wirkte ein wenig schockiert. «Den Teil hat mir Evan, glaube ich, nicht erzählt.»

«Hat sie nicht?»

«Nein.»

«Tja, typisch Evan. Als wir klein waren, hatten wir beide einen Sprachfehler.»

«Das kann hart sein», sagte Earl. Eine seiner Brüste wurde von seinem Trinkarm verdeckt, aber die andere leuchtete schwach und rosa, voll wie ein Erdbeermond.

«Ja, also, so schlimm war's auch wieder nicht. Wir sind immer zu unserer sogenannten ‹Pech-Perapie› gegangen. Ungefähr zehn Jahre lang mußte ich mir jeden Satz ganz genau zurechtlegen, bevor ich ihn dann wirklich gesagt habe. Nur so konnte ich überhaupt etwas Zusammenhängendes herauskriegen.»

Earl trank einen Schluck Bier. «Wie hast du das gemacht? Ich meine, wie bist du damit fertig geworden?»

«Ich habe 'ne Menge Witze erzählt. Witze, die man schon ganz genau kennt – die kann man so runtererzählen. Ich liebe Witze. Witze und Songs.»

Earl lächelte. Er trug Lippenstift, in einem tiefen Rot, aber das Bier wischte ihn ab. «Was ist dein Lieblingswitz?»

«Äh, mein Lieblingswitz ist wahrscheinlich... Okay, alles klar. Ein Mann kommt zum Arzt und –»

«Ich glaube, den kenn ich», unterbrach Earl sie eifrig. Er wollte ihn selbst erzählen. «Ein Mann kommt zum Arzt, und der Arzt sagt zu ihm, er habe eine gute und eine schlechte Nachricht – das ist der, nicht?»

«Ich weiß nicht genau», sagte Zoë. «Das ist vielleicht eine andere Version.»

«Also sagt der Mann: ‹Erzählen Sie mir zuerst die schlechte Nachricht›, und der Arzt sagt: ‹Okay. Sie haben noch drei Wochen zu leben.› Und der Mann heult: ‹Nur noch drei Wochen! Herr Doktor, was ist denn dann die gute Nachricht?› Und der Arzt sagt: ‹Haben Sie meine Sekretärin vorn gesehen? Ich hab sie endlich gefickt.›»

Zoë runzelte die Stirn.

«Das ist nicht der, an den du gedacht hast?»

«Nein.» Ihre Stimme klang anklagend. «Meiner ging anders.»

«Oh», sagte Earl. Er schaute weg und dann wieder zu ihr hin. «Du lehrst Geschichte, oder? Was für eine denn?»

«Amerikanische hauptsächlich – achtzehntes und neunzehntes Jahrhundert.» Im College sagten die Studenten in den höheren Semestern immer, wenn sie jemanden in der Kneipe anmachen wollten: «Und welches ist dein Jahrhundert?»

«Manchmal gebe ich auch Seminare zu bestimmten Themen», fügte sie hinzu, «sagen wir ‹Humor und Persönlichkeit im Weißen Haus›. Darum geht es auch in meinem Buch.» Sie dachte an etwas, das ihr jemand einmal über Laubenvögel erzählt hatte: daß sie kunstvolle Gebilde bauten, bevor sie sich paarten.

«Du schreibst ein Buch über *Humor*?»

«Ja, und, also, wenn ich ein Seminar zu einem solchen Thema mache, dann gehe ich alle Jahrhunderte durch.» *Und welches ist dein Jahrhundert?*

«Alle drei.»

«Wie bitte?» In der Brise glänzten ihre Augen. Unter ihnen lärmte der Verkehr. Sie fühlte sich kläglich so hoch oben, wie jemand, den man aus Versehen in den Himmel gehoben und dann verschmäht hat.

«Drei. Es gibt nur drei.»

«Also, eigentlich sind es vier.» Sie dachte an Jamestown und an die alten Pilger, die mit ihren Schnallen und spitzen Hüten hierhergekommen waren, um beten zu können.

«Ich bin Fotograf», sagte Earl. Sein Gesicht begann zu glänzen, denn das Rouge unter seinen Augen war zu einem Sonnenuntergang verschmiert.

«Gefällt dir der Job?»

«Also, langsam finde ich ihn ein bißchen gefährlich, ehrlich gesagt.»

«Wirklich?»

«Man verbringt die ganze Zeit in einer Dunkelkammer mit diesem Rotlicht und den ganzen Chemikalien. Weißt du, daß man davon die Parkinsonsche kriegen kann?»

«Nein, das wußte ich nicht.»

«Ich sollte wahrscheinlich Gummihandschuhe tragen, aber das tue ich nicht gern. Wenn ich etwas nicht direkt berühren kann, dann habe ich das Gefühl, es ist nicht echt.»

«Hmmm», sagte Zoë. Das Gefühl, sie sollte bloß aufpassen, durchzog sie, milde wie Tee.

«Manchmal, wenn ich mich geschnitten habe oder so, spüre ich den stechenden Schmerz und denke *Scheiße*. Ich wasche mir dauernd die Hände und hoffe bloß, daß nichts passiert. Ich mag einfach kein Gummi auf meiner Haut.»

«Was du nicht sagst.»

«Ich meine, den Körperkontakt. Den will man doch, was soll das Ganze sonst?»

«Nehm ich auch an», sagte Zoë. Sie wünschte, ihr fiele ein Witz ein, den sie langsam und genüßlich erzählen könnte, mit einem absehbaren Ende. Sie dachte daran, daß Gorillas, die man zu lange allein in einem Käfig gehalten hatte, einander Ohrfeigen verpaßten, statt sich zu paaren.

«Hast du ... eine Beziehung?» platzte Earl plötzlich heraus.

«Jetzt? Während wir miteinander reden?»

«Na ja, ich meine, ich bin sicher, daß du eine Beziehung zu deiner *Arbeit* hast.» Ein seltsames Lächeln nistete sich in seinem Mund ein wie ein Ei. Sie dachte an die Zoos in irgendwelchen Parks und daran, daß die Menschen, wenn ihre Stadt, zum Beispiel während eines Krieges, belagert wurde, die Tiere aßen. «Aber ich meine, zu einem *Mann*.»

«Nein, ich habe zur Zeit keine Beziehung zu einem *Mann.*» Sie rieb sich das Kinn mit der Hand und spürte das eine borstige Haar dort. «Aber mein letzter Freund war ein sehr lieber Mann», sagte sie. Sie dachte sich etwas aus. «Aus der Schweiz. Er war Botaniker – ein Kräuterexperte. Er hieß Jerry. Ich nannte ihn ‹Jare›. Er war ja so komisch. Man ging mit ihm ins Kino, und das einzige, was er bemerkte, waren die Pflanzen. Er achtete nie auf die Handlung. Einmal, bei einem Dschungelfilm, hat er all diese lateinischen Namen heruntergerasselt, und zwar laut. Es war sehr aufregend für ihn.» Sie hielt inne und holte Luft. «Schließlich ist er nach Europa zurückgekehrt, um, äh, das Edelweiß zu erforschen.» Sie sah Earl an. «Hast du eine Beziehung? Zu einer *Frau?*»

Earl verlagerte sein Gewicht, und die Falten in seinem Body verschoben sich, splitterten auf, als sei etwas zerbrochen. Das Schamhaar rutschte auf eine seiner Hüften wie das Korsett an einem Saloon-Mädchen. «Nein», sagte er und räusperte sich. Die Stahlwolle unter seinen Armen glitt auf seinen Bizeps zu. «Ich hab gerade eine Ehe voll schlechter Dialoge hinter mir wie ‹Du willst mehr *Platz*? Hier hast du mehr Platz!› *Boing.* Wie bei den Marx-Brothers.»

Zoë sah ihn mitfühlend an. «Danach verliebt man sich so schnell nicht wieder, denk ich mal.»

Seine Augen leuchteten auf. Er wollte über Liebe reden. «Aber *ich* denke nach wie vor, daß die Liebe wie ein Baum sein sollte. Schau dir so einen Baum an, der hat Beulen und Narben von Tumoren und Krankheiten, von allem möglichen, aber er wächst immer noch. Trotz all der Beulen und Macken hält er sich immer noch ... aufrecht.»

«Nun ja», sagte Zoë, «wo ich herkomme, sind alle entweder verheiratet oder schwul. Hast du den Film *Death by Number* gesehen?»

Earl sah sie ein bißchen verloren an. Sie war dabei, ihm zu entgleiten. «Nein», sagte er.

Eine seiner Brüste war ihm unter den Arm gerutscht und klemmte dort wie ein Baguette. Sie dachte immer noch an Bäume, an Gorillas und Parks, an die Leute, die im Krieg die Zebras aßen. Sie spürte einen stechenden Schmerz im Bauch.

«Wollt ihr ein paar Horsd'œuvres?» Evan quetschte sich durch die Schiebetür. Sie lächelte, obwohl ihre Lockenwickler sich gelöst hatten und schlampig an ihren Haarspitzen baumelten wie Weihnachtsschmuck, wie ausgestreutes Vogelfutter. Sie hielt ihnen einen Teller mit gefüllten Pilzen hin.

«Bittest du um Almosen oder gibst du welche», sagte Earl geistreich. Er mochte Evan, und er legte ihr den Arm um.

«Weißt du, ich bin gleich wieder da», sagte Zoë.

«Oh», sagte Evan und sah besorgt aus.

«Gleich. Ich verspreche es.»

Zoë eilte nach drinnen, durch das Wohnzimmer ins Schlafzimmer und ins danebenliegende Bad. Es war leer; die meisten benutzten die Gästetoilette neben der Küche. Sie knipste das Licht an und schloß die Tür. Der Schmerz hatte aufgehört, und sie mußte auch gar nicht wirklich aufs Klo, aber sie blieb trotzdem da und ruhte sich aus. Im Spiegel über dem Waschbecken wirkte ihr Gesicht unter ihrem Knochenkopf verhärmt, ein violettes Grau schimmerte unter ihrer Haut wie bei einem gerupften und pockigen Vogel. Sie näherte ihr Gesicht dem Spiegel und hob das Kinn ein wenig, um das borstige Haar zu finden. Da war es, unten an der Kinnlade, scharf und dunkel wie ein Stück Draht. Sie öffnete das Medizinschränkchen und kramte darin herum, bis sie eine Pinzette fand. Sie hob wieder den Kopf und stocherte sich mit den Stahlspitzen im Gesicht herum, kniff und zupfte und verfehlte das Haar. Draußen vor der Tür konnte sie zwei Leute leise miteinander reden hören. Sie waren ins Schlafzimmer gekommen und besprachen etwas. Sie saßen auf dem Bett. Einer von ihnen kicherte gekünstelt. Sie stocherte weiter an ihrem Kinn herum, und es begann ein wenig zu bluten. Sie straffte die Haut am Kieferknochen, kniff mit der Pinzette fest dorthin, wo sie das Haar vermutete, und zog. Ein winziges Stück Haut löste sich ab, aber das Haar, an der Wurzel blutrot, blieb. Zoë biß die Zähne zusammen. «Komm schon», flüsterte sie. Das Pärchen draußen im Schlafzimmer erzählte sich nun leise Geschichten und lachte. Es gab einen Plumps, die Matratze quietschte, und man konnte hören, wie ein Stuhl weggerückt wurde. Zoë zielte sorgfältig mit der Pinzette, kniff zu, zog dann sanft, und diesmal kam auch das Haar mit, wobei sie erst einen leicht stechenden Schmerz und dann eine große Welle der Erleichterung verspürte. «Na also!» keuchte sie. Sie schnappte sich etwas Toilettenpapier und betupfte damit ihr Kinn. Danach war das Papier blutbefleckt, und so riß sie noch mehr ab und preßte es fest dagegen, bis es zu bluten aufhörte. Dann knipste sie das Licht aus und öffnete die Tür, um wieder zur Party zurückzukehren. «Entschuldigung», sagte sie zu dem Pärchen im Schlafzimmer. Es waren die beiden vom Balkon, und sie musterten sie ein wenig überrascht. Sie hielten einander umschlungen und knabberten an Schokoriegeln.

Earl war immer noch draußen auf dem Balkon, allein, und Zoë gesellte sich wieder zu ihm.

«Hallo», sagte sie. Er drehte sich um und lächelte. Er hatte seine Verkleidung ein bißchen in Ordnung gebracht, aber die sekundären Geschlechtsmerkmale wirkten etwas demoliert und schienen dazu verurteilt, sich jeden Moment wieder zu verschieben, zu verdrehen und umzustülpen.

«Alles klar?» fragte er. Er hatte sich noch ein Bier aufgemacht und schluckte laut.

«Äh, ja. Ich mußte nur mal aufs Klo.» Sie hielt inne. «Ich bin in letzter Zeit ziemlich viel beim Arzt gewesen.»

«Was fehlt dir denn?» fragte Earl.

«Oh, wahrscheinlich nichts. Aber sie machen alle möglichen Untersuchungen.» Sie seufzte. «Sie haben eine Sonographie gemacht. Sie haben eine Mammographie gemacht. Als nächstes versuchen sie es mit Telegraphie.» Er blickte sie besorgt an.

«Zu viele Worte mit -graphie», sagte sie.

«Hier, die hab ich für dich aufgehoben.» Er hielt ihr eine Serviette mit zwei gefüllten Pilzen hin. Sie waren kalt und hatten eine ölige Spur auf der Serviette hinterlassen.

«Danke», sagte Zoë und schob sie sich beide auf einmal in den Mund. «Paß auf», sagte sie dann mit vollem Mund. «Bei meinem Glück wird's wahrscheinlich 'ne Gallenblasenoperation.»

Earl verzog das Gesicht. «Deine Schwester heiratet also», wechselte er das Thema. «Nun sag mir doch mal, was du wirklich über die Liebe denkst.»

«Die *Liebe*?» Waren sie damit denn nicht schon durch? «Ich weiß nicht.» Sie kaute nachdenklich und schluckte. «Also gut. Ich erzähl dir, was ich über die Liebe denke. Hier ist eine Liebesgeschichte. So 'ne Freundin von mir –»

«Du hast da was am Kinn», sagte Earl und griff danach.

«*Was?*» sagte Zoë und machte einen Schritt zurück. Sie wandte das Gesicht ab und griff sich ans Kinn. Ein Stück Toilettenpapier löste sich wie Tesafilm. «Das ist nichts», sagte sie. «Es ist bloß – es ist nichts.»

Earl starrte sie an.

«Wie auch immer», fuhr sie fort, «so 'ne Freundin von mir war Geigerin und hatte schon eine Reihe von Preisen gewonnen. Sie reiste quer durch Europa und gewann mehrere Wettbewerbe; sie machte Plattenaufnahmen, sie gab Konzerte, sie wurde berühmt. Aber sie hatte überhaupt keine Freunde. Also warf sie sich eines Tages einem Dirigenten zu Füßen, auf den sie furchtbar scharf war. Er hob sie auf, schimpfte sanft und schickte sie wieder in ihr Hotelzimmer. Danach kehrte sie aus Europa zurück. Sie ging wieder in ihre Heimatstadt, hörte auf, Geige zu spielen, und freundete sich mit einem Mann aus dem Ort an. Das war in Illinois. Er nahm sie jeden Abend mit in irgend so eine Sportlerkneipe, um mit seinen Kumpels aus der Mannschaft zu trinken. Er sagte immer so was wie ‹Katharina hier spielt gern Geige›, und dann kniff er sie in die Wange. Als sie einmal vorschlug, sie sollten doch nun nach Hause gehen, sagte er: ‹Was glaubst du, du bist für so 'ne Kneipe zu berühmt? Also, dann will ich dir mal was sagen. Du denkst vielleicht, du bist berühmt, aber du bist nicht *richtig* berühmt.› Zwei Formen der Berühmtheit. ‹Hier hat noch keiner was von dir gehört.› Dann ist er aufgestanden und hat für alle eine Runde ausgegeben, nur für sie nicht. Sie hat sich ihren Mantel geholt, ist nach Hause gefahren und hat sich eine Kugel durch den Kopf gejagt.»

Earl schwieg.

«Das ist das Ende meiner Liebesgeschichte», sagte Zoë.

«Du bist überhaupt nicht wie deine Schwester», sagte Earl.

«Ha, wirklich», sagte Zoë. Die Luft war jetzt kühler, und der Wind pfiff traurig und schwer wie ein Klagegesang.

«Nein.» Er wollte nicht mehr über die Liebe reden. «Weißt du, du solltest viel Blau – Blau und Weiß – ums Gesicht tragen. Es würde deinen Teint mehr hervorheben.» Er streckte den Arm aus, um ihr zu zeigen, wie das blaue Armband, das er trug, zu ihrer Haut paßte, aber sie stieß ihn weg.

«Sag mal, Earl. Sagt dir das Wort *Tunte* irgendwas?»

Er machte einen Schritt zurück, von ihr weg. Er schüttelte ungläubig den Kopf. «Weißt du, ich sollte einfach nicht mehr versuchen, mit Karrierefrauen auszugehen. Ihr seid doch alle völlig verbissen. Man kann euch wirklich ansehen, was das Leben aus euch gemacht hat. Ich glaub, ich komme besser mit Frauen aus, die nur halbtags arbeiten.»

«Ach ja?» sagte Zoë. Sie hatte einmal einen Artikel mit dem Titel «Berufstätige Frauen und die Demographie des Kummers» gelesen. Oder nein, es war ein Gedicht: *Wenn dort ein See wäre, würde das Mondlicht in wilden Sprüngen darübertanzen.* An diesen Vers erinnerte sie sich. Aber vielleicht hatte der Titel auch gelautet: «Das leere Haus: Ästhetik der Unfruchtbarkeit». Oder «Zigeunerinnen im All: Mädchen im akademischen Betrieb». Sie hatte es vergessen.

Earl drehte sich um und lehnte sich ans Balkongeländer. Es wurde spät. Drinnen begannen die Partygäste sich zu verabschieden. Die sexy Hexen waren schon fort. «Aus Erfahrung wird man klug», murmelte Earl.

«Aus Erfahrung verblödet man», antwortete Zoë. Unter ihnen, auf der Lexington Avenue, fuhren keine Autos, nur gelegentlich blitzte golden ein Taxi auf. Earl stützte sich schwer auf die Ellbogen und brütete vor sich hin.

«Guck dir die paar Menschen da unten an», sagte er. «Sie sehen wie Ungeziefer aus. Weißt du, wie man Ungeziefer unter Kontrolle hält? Es wird mit Ungezieferhormonen besprüht, weiblichen Hormonen. Bei diesen Hormonen drehen die Männchen derart durch, daß sie alles vögeln, was ihnen unter die Augen kommt: Bäume, Steine – alles außer Weibchen. Bevölkerungskontrolle. Und genau das passiert jetzt in diesem Land», sagte er besoffen. «Hormone werden in der Gegend rumgesprüht, und die Männer vögeln Steine. Steine!»

Auf seinem Rücken spreizte sich der Magic-Marker-Umriß seiner Arschbacken, ein flüchtiges Schwarz auf Rosa wie in einem Comic. Zoë näherte sich ihm langsam von hinten und gab ihm einen Schubs. Seine Arme stießen vor, rutschten vom Geländer ab, baumelten über der Straße. Bier schwappte aus seiner Flasche und tropfte zwanzig Stockwerke tief auf die Straße hinunter.

«Hey, was machst du denn da?» rief er und fuhr herum. Er richtete sich alarmiert auf und rückte vom Geländer ab, wobei er Zoë auswich. «Was *zum Teufel* machst du denn da?»

«Ich mache bloß Spaß», sagte sie. «Ich hab bloß Spaß

gemacht.» Aber er sah sie entsetzt und erschrocken an, wobei er seinen Magic-Marker-Hintern nun ganz Downtown zuwandte, eine nackte Pseudofrau mit einem blauen Armband ums Handgelenk, die auf einem Balkon einem Wesen in die Falle gegangen war, einem – einem *was nur*? *«Wirklich, ich hab bloß Spaß gemacht!»* schrie Zoë. Der Wind blies ihr Haar himmelwärts, so daß es sich hinter dem Knochen wie Stacheln reckte. Wenn dort ein See wäre, würde das Mondlicht in wilden Sprüngen darübertanzen. Sie lächelte ihn an und fragte sich, wie sie wohl aussah.

WO MAN SEINEN KOPF HAT

Auf dem Schild stand, in kräftigen roten Lettern, «Willkommen in Amerika». Darunter hatte Millie in kleineren blauen Buchstaben *John Spee* geschrieben. Komma, *John Spee.* Sie hielt es sich wie ein Medaillon vor die Brust, einen Glücksbringer, den sie ans Herz preßte: einen Treueschwur. Sie wartete auf einen Jungen, den sie nicht kannte, von dem sie noch nicht einmal ein Foto gesehen hatte, einen englischen Bekannten ihrer Tochter Ariel. Ariel studierte für ein Semester im Ausland, und der Junge war der Bruder einer ihrer Kommilitoninnen im Studentenwohnheim in Warwickshire. Er war Automechaniker in Surrey, und weil er unbedingt nach Amerika wollte, hatte Ariel ihm erzählt, er könne, falls er eine Unterkunft brauche, bei ihren Eltern in New Jersey unterkommen. Sie hatte ihnen vorher geschrieben, um sie darüber zu informieren. «Ich habe John Spee gesagt, daß er in Michaels altem Zimmer wohnen könnte, es sei denn, Ihr benutzt es noch als ‹Büro›. Dann kann er mein Zimmer haben.»

Büro in Anführungszeichen. Millie hatte einmal die Hoffnung gehabt, in diesem Zimmer eine eigene Firma aufzubauen, etwas mit Recycling und anderen Umweltprojekten. Sie hatte gehofft, als Unternehmensberaterin engagiert zu werden, aber jedesmal, wenn sie sich an ein Unternehmen oder eine Gemeindeorganisation wandte, schienen sie dort gar nicht zu wissen, worin nun eigentlich ihre Beratungstätigkeit bestehen sollte. Eine Zeitlang hatte Millie das Zimmer mit Visitenkarten, Büromaterial und Quittungen über verschiedene Ausgaben vollgestopft, für den Fall, daß sie je eine richtige Steuererklärung machen würde. Ihre Tochter und ihr Ehemann hatten die Augen verdreht und peinlich berührt weggeschaut.

«Büro». Ariel machte ihre Anführungszeichen mit vier schnellen Strichen, nicht mit den sorgfältigen Sechsen und Neunen, die man Millie vor langer Zeit beigebracht hatte. Ariel war ein wenig verwöhnt und legte eine leise Unverschämtheit an den Tag, die Millie Sorgen machte. Sie hatte ihrer Tochter geschrieben: «Dein Vater und ich haben im Prinzip nichts dagegen, und natürlich ist es nett, einen Freund von Dir kennenzulernen. Aber nächstes Mal mußt Du uns informieren, *bevor* Du jemanden in *unser Haus* einlädst.» Sie hatte *unser Haus* mit einer gewissen Strenge unterstrichen, die sie nicht zurücknahm. «Du darfst nicht alles für selbstverständlich halten.» Es kostete sie eine Menge Geld, Ariel ins Ausland zu schicken. Millie selbst war nie in England gewesen. Sie war überhaupt nie irgendwo gewesen, wenn man es recht bedachte. Einmal als Kind in Florida, aber sie konnte sich kaum noch an irgend etwas davon erinnern. Zumeist nur an das Gleißen des Himmels und an ein paar undeutliche und zitternde Farben.

Leute kamen aus dem Zoll des Newark Airport, erleichtert und erschöpft, unter ihnen ein dünner, rothaariger Junge von ungefähr zwanzig Jahren. Er zündete sich eine Zigarette an, ließ den Blick über die Menge schweifen und kam dann, als er Millie erspäht hatte, auf sie zu. Er trug ein altes, abgewetztes Sportjackett aus Kamelhaar, blaue Turnschuhe aus künstlichem Wildleder und eine Baseballkappe, auf der *Yankees* stand, ein nachgemachter Aufdruck.

«Sind Sie Mrs. Keegan?» fragte er und sprach es wie *Kaygan* aus.

«Ähm, ja, das bin ich», sagte Millie und errötete, als überrasche sie das. Sie ließ das Schild, das mit seiner übergroßen Buntstift-Mitteilung nun lächerlich wirkte, zur Seite herabsinken. Die andere Hand streckte sie zur Begrüßung aus. Sie versuchte, ein warmes Lächeln aufzusetzen, fragte sich aber, ob sie wohl «gekünstelt» wirkte, etwas, das Ariel ihr manchmal vorgeworfen hatte. «Es ist, als würdest du alles so machen, wie du es in einer Zeitschrift gelesen hast», hatte Ariel gesagt. «Es ist, als würdest du versuchen, nach einer Anleitung glücklich zu sein.» Millie besaß eine Reihe von Büchern darüber, wie man glücklich wird.

John nahm seine Zigarette in die andere Hand und schüttelte Millie die Hand. «John Spee», sagte er. Er sprach es wie *Spay* aus. Seine Hand war groß und knochig, wie eine Hühnerkralle.

«Na, ich hoffe, dein Flug ist ohne Zwischenfälle verlaufen», sagte Millie.

«Oh, nicht ganz», sagte John. «Saß neben einem Typen, der lauter Vietnam-Geschichten erzählte, und hab zwei Filme darüber gesehen. *The Deer Hunter* und – äh, den anderen hab ich vergessen.» Er schien unsicher, aber doch stolz darauf zu sein, daß er dort angekommen war, wo er angekommen war.

«Hast du noch mehr Gepäck? Oder ist das alles?»

«Dassis alles!» zwitscherte er, hielt eine kleine Tasche hoch und drehte sich gerade so weit um, daß Millie seinen U. S.-Army-Rucksack sehen konnte.

«Dieses Schild willst du doch nicht, oder?» fragte Millie. Sie knickte es, faltete es wie eine Serviette zusammen und schob es in ihre Tasche. Über die Lautsprecheranlage wiederholte eine Frauenstimme immer wieder: «Mr. Boone, Mr. Daniel Boone. Bitte an die Informationsleitung.»

«Ist das nicht komisch», sagte Millie.

Auf der Heimfahrt nach Terracebrook holte John Spee eine

Packung Johnny Parliaments heraus und rauchte eine nach der anderen. Er erzählte Millie von seinem Leben in Surrey, seinen Kumpeln im Pub dort, in einem Vorort namens Worcester Park. «War nie ein besonders guter Schüler», sagte er, «hatte deshalb auch nie die Chance, zur Universität zu gehen.» Er sprach von den Schwierigkeiten, Arbeit zu finden, und von seinem «heißen Schlitten», den er verkauft hatte, um die Reise bezahlen zu können. Er hatte sechs Jahre als Automechaniker gearbeitet, ein Job, den er aufgegeben hatte, um hierherzukommen. «Vielleicht bleibe ich länger in den Staaten», sagte er. «Ich denke da an New York City. Aber ich wünschte, ich hätte meinen heißen Schlitten nicht verkaufen müssen.» Er blickte hinaus auf einen hochfrisierten Chevrolet, der an ihnen vorbeizischte.

«Ja, das ist wirklich schade», sagte Millie. Was sollte sie schon sagen? Im Autoradio kamen Nachrichten über den Müllkahn, und sie stellte es lauter, um zuzuhören. Er war von zwei Bundesstaaten und zwei ausländischen Staaten abgewiesen worden und trieb nun heimatlos auf Texas zu. «Ich hatte mal eine Art Firma», erklärte sie John. «Es ging um Müll- und Abfall-Recycling. Es ist aber nicht so richtig was draus geworden.» Der Moderator zitierte jetzt etwas. *Der ekle Kehricht unsrer wimmelnden Gestade*, sagte er. *Ja, ja, ja*, sagte er.

«Jetzt mache ich einen College-Fernkurs mit», sagte Millie und wurde rot. Das war ihr Geheimnis gewesen. Nicht einmal Hane wußte das. «Sag das aber nicht meinem Mann», fügte sie schnell hinzu. «Er weiß nichts davon, er hält nicht soviel von meinem Interesse fürs Geschäftsleben. Er ist Lehrer. Religionslehrer an einem Junior College.»

John blickte hinaus auf die Kette von Autohändlern und die Imbißstuben an der Route 22. «Ist er Vikar oder so was?» Er inhalierte und hielt den Rauch zurück wie einen Gedanken.

«O nein», sagte Millie. Sie seufzte ein bißchen. Hane ging tatsächlich jeden Sonntag zur Kirche. Er war, wie sie wußte, ein gläubiger Mensch. Sie hatte schon vor mehr als einem Jahr aufgehört, regelmäßig hinzugehen. Nun ging sie nur noch ab und zu, wie in eine Kunsthalle, und das machte Hane traurig, aber sie konnte einfach nicht anders. «Es ist nicht mein Ding», hatte sie zu ihrem Ehemann gesagt. Das war eine Formulierung, die sie von Ariel hatte, und sie schien gut zu sein, voller Selbstgerechtigkeit wie Ariel selber.

«Der Verkehr auf dieser Strecke ist fast immer ziemlich stark», sagte Millie. «Aber alle fahren sehr schnell, so daß man nicht aufgehalten wird.»

John schaute sie von der Seite an. «Sie sehen ein bißchen wie Ariel aus», sagte er.

«Wirklich?» sagte Millie fröhlich, denn sie hatte immer gedacht, ihre Tochter sei zu hübsch, um von Hane und ihr zu sein. Ariel hatte die Knochen und Augen von jemand anderem, als sei sie die Tochter von Königen oder einem Filmstar. Mitzi Gaynors Kind. Oder das der Queen. Ironischerweise war es Michael, ihr Ältester, gewesen, der so eindeutig ihr Kind zu sein schien.

Gewöhnlich brachte Millie im Frühling ihre Gäste auf der Stelle in den Garten, damit sie ihre preisgekrönten Tulpen sehen konnten – die in Wirklichkeit überhaupt nicht ihre waren, sondern die der Vorbesitzer des Hauses. Die Frau hatte preisgekrönte Tulpenzwiebeln gekauft und sie sogar in die Ecke des Nachbargartens gepflanzt. Die Gärten waren natürlich klein, aber die Eheleute waren junge Managertypen gewesen, und Millie hatte angenommen, diese Sorte neigte vielleicht auch zu einer Art aggressiver Gartenarbeit.

Millie fuhr den Wagen schwungvoll in die Einfahrt und stellte den Motor ab. «Ich laß die Tulpen im Moment mal aus», sagte sie zu John. «Du willst dich doch bestimmt erst ausruhen. Wegen der Zeitverschiebung und so.»

«Ja», sagte John. Er stieg aus und schwang sich die Tasche über die Schulter. Er musterte die identischen Rasen mit ihrem immer noch winterlich blassen Ockerton und die anderthalbstöckigen Schachtelhäuschen mit ihren schäbigen Vorderveranden, die vor den Eingängen lagen wie Ziegenbärte. Er sah erschrocken aus. *Er dachte, wir seien reiche Amerikaner*, dachte Millie. «Bist du müde?» fragte sie laut.

«Ist nicht so schlimm.» Er holte tief Luft und begann zu schwitzen. Millie ging die Treppe hoch, holte hinter dem schwarzen Metallbriefkasten einen Schlüssel hervor und öffnete die Tür. «Fühl dich ganz wie zu Hause», sagte sie, breitete die Arme aus und bat ihn herein.

John trat mit einer brennenden Zigarette zwischen den Lippen ein und kniff im Rauch die Augen zusammen. Er stellte die Tasche und den Rucksack ab und schaute sich im Wohnzimmer um. Da standen Enzyklopädien und Keramikfiguren. Oben auf einem Regal standen Fotos von Ariel. Ein Großteil des Mobiliars war zerschlissen und alt. Auf dem Kaffeetisch lagen eine Bibel und eine *Time*.

«Ich zeig dir dein Zimmer», sagte Millie, und sie führte ihn einen kleinen Flur hinunter und öffnete die Tür auf der rechten Seite.

«Das war einmal das Zimmer meines Sohnes», sagte sie, «aber er ist – er ist nicht mehr bei uns.» John nickte ernst. «Er ist nicht tot», fügte Millie hastig hinzu, «er ist nur nicht mehr bei uns.» Sie räusperte sich – da steckte etwas in ihrer Kehle, ein Kratzer, eine Beule von Worten. «Er ist vor zehn Jahren ausgezogen, und wir haben nie wieder etwas von ihm gehört. Die Polizei sprach von Drogen.» Millie zuckte die Achseln. «Vielleicht waren es Drogen.»

John sah sich nach etwas um, in das er seine Asche schnippsen konnte. Millie holte einen Begonientopf vom Fensterbrett und hielt ihn ihm hin. «Da sind ein Schreibtisch und ein Aktenschrank, die ich für meine Firma benutzt habe, die kannst du einfach ignorieren.» An der Wand gegenüber standen eine Liege und eine helle Anrichte aus Birkenholz. «Sag ruhig Bescheid, wenn du irgend etwas brauchst. Oh! Handtücher sind im Badezimmer, hinten an der Tür.»

«Danke», sagte John, und er schaute auf seine Uhr wie ein Mann, der Pläne hat.

«Heute gibt's nur Reste!» Millie kam mit wattierten Küchenhandschuhen und einer großen gußeisernen Bratpfanne aus der Küche. Sie strahlte wie die Moderatoren bei den Preisverleihungen, die sie sich manchmal anschaute; sie sah gern Fernsehen, wenn es lauter Glück ausstrahlte.

Hane, der John begegnet war, als er aus dem Badezimmer kam, und ein verlegenes «Guten Tag» gemurmelt hatte, saß nun am Kopfende des Eßzimmertisches und wartete darauf, das Essen auszuteilen. John saß an Michaels altem Platz schräg gegenüber. Er betrachtete die Salatschüssel, die kleeförmigen Umrisse der Pfefferschoten, die Zifferblätter der Tomatenscheiben. Er hatte geduscht und sein nasses Haar ziemlich gewaltsam an der linken Seite gescheitelt.

«Eigentlich sollte man annehmen, daß wir an deinem ersten Abend in Amerika ein bißchen mehr auffahren könnten», sagte Hane und stocherte mit einem Servierlöffel in der Bratpfanne mit Püree, Rüben, Brokkolistückchen und drei einmal gewendeten Spiegeleiern. «Millie hier ist, wie du wahrscheinlich schon weißt, dem Recycling zugetan.» Er sagte das im Tonfall gutmütiger Gekränktheit, einem selbstanklagenden Singsang – seine Art, seine Familie zu tadeln. Er machte keinen wirklichen Unterschied zwischen sich und seiner Familie. Sie waren er. Sie verkörperten seine weibliche, sentimentale Seite und verdienten, ja verlangten laufend Kommentare.

«Das ist alles sehr schön», sagte John.

«Möchtest du lieber fettarme oder normale Milch?» fragte ihn Millie.

«Normale, glaube ich», und dann, ein wenig durcheinander, sagte er: «Ich meine Wasser, bitte. Machen Sie bitte keine Umstände, Mrs. Keegan.»

«In New Jersey macht Wasser genausoviel Umstände wie Milch», sagte Millie. «Du kannst haben, was du möchtest, mein Lieber.»

«Dann bitte Wasser.»

«Bist du sicher?»

«Dann doch lieber Milch, denke ich, danke schön.»

Millie ging wieder in die Küche, um Milch zu holen. Sie fragte sich, ob John wohl dachte, sie seien arm und Milch käme ihnen ein bißchen zu teuer. Die Wohngegend sah wahrscheinlich wirklich schäbig aus. Millie war selbst anfangs enttäuscht gewesen, als sie aus dem Norden der Stadt hierhergezogen waren, nachdem Ariel mit dem College angefangen hatte und Hane nicht, wie er eigentlich gehofft hatte, zum ordentlichen Professor befördert worden war. Es war das einzige Mal gewesen, daß sie ihren Mann hatte weinen sehen, und sie hatte begonnen, sich zu den Armen zu zählen, obwohl sie wußte, daß das albern war. Zumindest ein bißchen albern.

Millie starrte in den Kühlschrank, nicht, weil sie hungrig nach etwas, nach irgend etwas zur Bezähmung ihrer Rastlosigkeit suchte, wie sie es getan hatte, als sie jünger war, sondern jetzt ganz ohne sich zu erinnern, warum sie überhaupt da stand. *Schau im Kühlschrank nach*, war die scherzhafte stehende Wendung ihres Mannes, wenn sie etwas suchte, das sie verlegt hatte. «Wo könntest du mal wieder deinen Kopf haben?» sagte er immer, und dann zählte er die Stellen auf. Einmal hatte sie einen Manilaordner aus Versehen in den Gefrierschrank getan.

«Was wollte ich noch?» sagte sie laut, und der Kühlschrank sprang, auf die warme Luft reagierend, an. Sie hatte die Tür zu lange offengelassen. Sie schloß sie, ging zurück und stand einen Augenblick lang im Eßzimmer. Als sie Johns leeres

Glas sah, sagte sie: «Milch. Genau» und ging sofort wieder zurück, um sie zu holen.

«Na, wie war denn der Flug?» fragte Hane und reichte John einen beladenen Teller. «Wenn das zuviel Rüben sind, sag Bescheid. Beim Salat bedien dich einfach selbst.» Es war Jahre her, daß sie einen Jungen im Haus gehabt hatten, und er fragte sich, ob er überhaupt noch wußte, wie man mit einem redete. Oder es je gewußt hatte. «Warte, bis sie groß sind», hatte er im Zusammenhang mit ihren eigenen beiden Kindern zu Millie gesagt. «Dann weiß ich, was ich ihnen erzählen soll.» Sogar bei den Schülerversammlungen neigte er dazu, zu schwafeln und aus dem Fenster zu starren und ihnen nie, aber auch niemals in die Augen zu sehen. «Wenn sie groß sind, ist es vielleicht schon zu spät», hatte Millie gesagt.

Aber Hane hatte gedacht, *nein, das wird es nicht sein.* Dann wäre er schon Präsident des Colleges oder Rektor einer theologischen Hochschule irgendwo und spräche vom Standpunkt des Erreichten aus, was seinen Kindern etwas bedeuten würde. Er könnte ihnen dann seine Lebensgeschichte erzählen. In der Zwischenzeit hatten seine Kinder jedoch nicht allzu interessiert auf seine Versuche reagiert, mit ihnen ins Gespräch zu kommen. «Vergiß es, Dad», hatte sein Sohn immer zu ihm gesagt. «Vergiß es einfach.» Ganz gleich, was Hane von sich gab, wenn er in der Tür stand oder Essen auftrug – «Wie war die Schule, mein Junge?» –, Michael sagte ihm jedesmal, vergiß es einfach, Daddy. Einmal, im Wohnzimmer, hatte Hane es nicht mehr ertragen können, er hatte Michael am Arm gepackt und ihm zweimal ins Gesicht geschlagen.

«Wunderbar so, danke», sagte John, womit er seine Rüben meinte. «Und der Flug war bestens. Ich habe Filme gesehen.»

«Und was hast du hier eigentlich genau vor?» In Hanes Stimme schwang eine gewisse Schroffheit mit. Das passierte oft, obwohl Hane es selten beabsichtigte oder überhaupt merkte, daß man es aus seinen abgehackten Worten heraushörte.

John trank ein paar Schlucke von seiner Milch und fummelte an der Serviette herum.

«Hane, laß uns das bis nach dem Tischgebet verschieben», sagte Millie.

«Du bist dran», sagte Hane, und er nickte und senkte den Kopf. John Spee saß aufrecht und starrte vor sich hin.

Millie begann. «‹O Herr, segne diese Mahlzeit und hilf uns, dir zu dienen. Und hilf uns auch, stets für andere zu entsorgen.› Huch. ‹Amen.› Habt ihr gehört, was ich gesagt habe?» Sie grinste, als sei sie entzückt darüber.

«Wir nehmen doch an, daß du das mit Absicht gemacht hast, nicht wahr, John?» Hane schaute über seine Brille hinweg und lächelte den Jungen verschwörerisch an.

«Ja», sagte John. Er betrachtete die Keramikfiguren auf dem Regal zu seiner Rechten. Es waren eine Ballerina und ein Clown.

«Na», sagte Millie, «vielleicht hab ich das ja auch.» Sie breitete die Serviette auf ihrem Schoß aus und begann zu essen. Sie genoß die Reste, das warme, sich ausbreitende Fett, den Geschmack und das Ökologische daran.

«Das Essen ist sehr gut, Mrs. Keegan», sagte John kauend.

«Bevor du wieder fährst, koche ich dir natürlich noch ein richtiges Essen. Mehrere.»

«Wie lange bleibst du?» fragte Hane.

Millie legte die Gabel hin. «Hane, das hab ich dir doch schon gesagt: drei Wochen.»

«Vielleicht auch bloß zwei», sagte John Spee. Der Gedanke schien ihn aufzuheitern. «Aber womöglich finde ich ja ’ne Wohnung im Big Apple und bleibe für immer.»

Millie nickte. Leute von außerhalb sprachen immer vom

Big Apple wie von einer verbotenen Frucht, die man in Bergsteigerkluft eroberte. Es schien ihnen Kraft zu geben, sich die Stadt so vorzustellen.

«Was hast du vor?» Hane betrachtete eingehend das Essen auf seiner Gabel, ließ es in einer Art Fegefeuer der Nahrungsaufnahme dort zwischen Gabel und Mund schweben. Was Hane am meisten fürchtete, war Trägheit. Besonders bei Jungen. *Was hast du vor?*

«Hane», dämpfte ihn Millie.

«Keiner meiner Kumpels in England hat 'nen Job. Sie sind alle neidisch, daß ich den Wagen verkauft hab und hier nach New York gekommen bin.»

«Das hier ist New Jersey, mein Lieber», sagte Millie. «Morgen wirst du New York sehen. Ich geb dir einen Fahrplan für die Bahn.»

«Du hast dein Auto verkauft», wiederholte Hane. Hane hatte noch nie einfach so einen Wagen verkauft. Er hatte sie immer für einen neuen in Zahlung gegeben. «Das ist ein ziemlicher Schritt.»

Am nächsten Morgen erstellte Millie für John eine Liste: was er sich in New York ansehen und was er unternehmen sollte. Hane war schon in sein Büro gefahren. Sie saß am Eßzimmertisch und schrieb:

Freiheitsstatue
World Trade Center
Times Square
Broadway Discount-Karten

Sie hielt einen Augenblick inne und dachte nach.

Metropolitan Museum of Art
Circle Line Tour

Die Tür des «Gäste»-Zimmers war noch geschlossen. Komisch, wie ihr das gefiel, daß sich jemand in diesem Raum aufhielt, jemand, der ihn wirklich nutzte. Viel zu lange hatte sie nur einfach da dringesessen, auf ihren Visitenkarten herumgekritzelt und an Michael gedacht. Die Visitenkarten waren auf Umweltschutzpapier hergestellt worden, aber die Drucker hatten vergessen, das auf der Rückseite anzugeben. Also hatte sie es selbst dazugeschrieben. Sie hatten gleichfalls vergessen, Millies Mittel-Initiale zu drucken – Umweltberaterin Mildred *R.* Keegan –, und also hatte sie wochenlang dort gesessen und das *R* wieder reingemalt, Karte für Karte. Später hatte Ariel gemeint, so sähen die Karten blöd aus, und Millie hatte ihr zustimmen müssen. Daraufhin hatte sie Tage damit zugebracht, am Schreibtisch zu sitzen und die Karten in Kreise, Dreiecke und Schnörkel zu zerschneiden, wie wahnsinnig, als sei sie geschäftlich in Sachen Wahnsinn tätig. Sie ließ sie geistesabwesend überall im Haus herumliegen, und Hane begann sie an den seltsamsten Orten zu finden – auf der Küchenanrichte, auf dem Toilettenkasten. Eines Nachts drehte er sich im Bett zu ihr um und sagte: «Millie, du bist einundfünfzig. Du mußt doch keine Karriere machen. Wirklich, das mußt du nicht», und sie hielt sich die Hände vors Gesicht und weinte.

John Spee kam aus seinem Zimmer. Er war vollständig angekleidet, sein helles Haar wie eine Bügelfalte gescheitelt, das Weiße seiner Kopfhaut erschreckend wie eine Operationsnarbe.

«Ich habe eine Liste von Dingen gemacht, die du sicher gern tun möchtest», sagte Millie.

John setzte sich. «Was ist das?» Er zeigte auf das Metropolitan Museum of Art. «Ich bin nicht sonderlich scharf auf Museen. Wir sind immer mit der Schule ins British Museum gegangen. Meine Schwester mag so 'n Kram, aber ich nicht.»

«Das sind ja nur Vorschläge», sagte Millie. Sie setzte ihm einen Muffin und eine geviertelte Apfelsine vor.

John lächelte dankbar. Er nahm sich ein Stück Apfelsine, preßte es an die Zähne und lutschte es aus, bis es nur noch eine feuchte, faserige Scheibe war.

«Ich kann dich zum Bahnhof fahren, damit du den Zug um zehn Uhr zwei kriegen kannst, wenn du in einer Viertelstunde los möchtest», sagte Millie. Sie ließ sich seitwärts auf einem Stuhl nieder und begann einen zweiten Muffin zu verzehren. Sie verhielt sich hin und wieder richtig jugendlich, als erschlösse sich ihr Körper gelegentlich einer Erinnerung oder einem Wunsch.

«Das wäre wunderbar, danke», sagte John.

«Hast du wirklich nicht gern in England gelebt?» fragte Millie, aber sie aßen beide Muffins, und das Reden fiel schwer.

Am Bahnhof drückte sie ihm einen Zwanziger in die Hand und küßte ihn auf die Wange. Er machte einen Schritt zurück und stieg ein. «Geh ins Theater», gab sie ihm mit Lippensprache durch das Fenster zu verstehen.

Beim Abendessen waren Hane und sie allein. Hane redete wieder über Jesus, den historischen Jesus, er sagte, alle hätten die prophetische Kraft von Jesus mißverstanden, Jesus selbst habe falschgelegen.

«Jesus dachte, das Ende der Welt naht», sagte Hane, «aber er irrte sich. Es war nicht bloß Jerusalem. Er sagte das Ende der ganzen Welt voraus. Eschatologisch gesehen irrte er sich. Er sagte es ganz klar, aber er lag falsch. Die Welt existierte weiter.»

«Vielleicht hat er es bloß symbolisch gemeint. Weißt du, im poetischen Sinne, nicht wörtlich.» Millie hatte das von Hane selbst schon einmal gehört. Es waren seine Worte, die sie gebrauchte, es war ein Aspekt seiner Debatte mit sich selbst.

«Nein, er meinte es wörtlich», fuhr Hane sie ein wenig heftig an.

«Nun, wir alle machen Fehler», sagte Millie. «Das ist doch irgendwie komisch, nicht?» Sie bemühte sich stets, Hane zuzuhören. Sie wußte, daß sich nur noch sehr wenige Studenten überhaupt für seine Seminare einschrieben, und diejenigen, die es taten, waren eher örtliche Fundamentalisten, junge Dummköpfe, sagte Hane, die weder mit Geschichte noch mit Metaphorik etwas anfangen konnten. Da sollten sie die Bibel doch lieber gleich wegschmeißen! Hanes Hauptziel im Seminar war es, die Religion mit Wissenschaft und Geschichte auszusöhnen, aber diese jungen «Pfingstler», wie Hane sie nannte, glaubten weder an Wissenschaft noch an Geschichte. «Sie haben nichts im Kopf, zumindest einige von ihnen. Und wenn man Nahrung für die Seele sucht – und das wollen sie, glaube ich –, dann muß man auch was im Kopf haben.»

«Es geht nichts über Reinlichkeit», sagte Millie.

«Wovon redest du denn?» fragte Hane. Er wirkte bedrückt. Manchmal hatte er das Gefühl, eine Idiotin geheiratet zu haben, und dann fühlte er sich ganz allein auf der Welt.

«Ich habe an den Müllkahn gedacht», sagte Millie. «Ich glaube, meine Gedanken wandern genauso ziellos umher wie dieser Haufen Müll.» Sie lächelte. Sie hatte sich jeden Bericht über den Kahn angehört, hatte seinen Kurs von Islip, wo sie Verwandte hatte, bis nach Morehead City, wo sie ebenfalls Verwandte hatte, auf der Karte verfolgt. «Stellen Sie sich vor», hatte sie zu ihrer Nachbarin im Garten gesagt, in der Nähe der preisgekrönten Tulpen, die keiner von ihnen gehörten. «Verwandte an beiden Orten! Müllverwandte!»

Millie wischte sich den Mund mit der Serviette ab. «Er kann nirgendwohin», sagte sie jetzt zu ihrem Ehemann.

Hane nahm sich noch mehr von den Resten. Er dachte über Millies Interesse an Ökologie nach. Es verblüffte und erfüllte ihn mit Ehrfurcht wie alles Weibliche. In der Küche hatte

Millie eine Anzahl Kartons, um den Hausmüll zu recyceln. Kartons mit den Aufschriften *Aluminium, Plastik, Trockener Müll, Feuchter Müll, Abfall.* Sie hatte ihm schon zweimal den Unterschied zwischen Müll und Abfall erläutert, aber die Unterscheidung sagte ihm jedesmal wenig, und er vergaß sie immer wieder. Am Abend zuvor hatte sie ihm von den Schwänen im Park erzählt, die ihr Nest aus alten Stiefeln und den Plastikringen von Sechserpacks bauten. «Legen ihre Eier im Abfall», hatte sie gesagt. Dann sagte sie ihm, er solle etwas väterlicher zu John Spee sein, dem Jungen wohlwollendes Interesse entgegenbringen.

«Sind damit die Reste alle?» fragte Hane. In seinem Büro im College aß er nur sehr wenig zum Lunch. Oft brachte er sich nur ein hartgekochtes Ei mit und bestreute es sorgfältig mit Salz, das er über dem Papierkorb abklopfte, wenn er aus Versehen zuviel darauf getan hatte.

«Das war's», sagte Millie und stand auf. Sie griff nach der Pfanne, nahm einen Servierlöffel und schabte und rührte damit in den hart gewordenen, platten Pfannenresten herum. «Hier», sagte sie und hielt ihn Hane hin. «Mach den Mund auf.»

Hane verzog das Gesicht. «Ach komm, Millie.»

«Nur noch diesen Löffelvoll. Morgen koche ich was Frisches.»

Hane öffnete den Mund, und Millie fütterte ihn sanft und vorsichtig, weil der Löffel so groß war.

Danach saßen sie beide im Wohnzimmer, und Hane las laut einen Abschnitt aus dem zweiten Brief an die Thessalonicher vor. Millie starrte abwesend wie ein Kind auf die Porzellanfiguren, den Clown und die Ballerina, und dachte an Ariel, die ins Ausland reiste und Leute kennenlernte. Wie es sein mußte, heutzutage jung zu sein, mit all diesen Möglichkeiten. Einmal, im letzten Semester, bevor sie nach England gefahren war, hatte Ariel gesagt: «Weißt du, Mom, da ist ein Mädchen in meinem Jahrgang in Rutgers, die heißt genauso wie du: Mildred Keegan. Sie schreibt sich sogar gleich.»

«Wirklich?» rief Millie aus. Ihr Gesicht hellte sich auf. Das war interessant.

Aber Ariel hatte einen Hintergedanken. «Ja. Nur... na ja, letzte Woche ist sie durchgefallen.» Daraufhin begann Ariel zu lachen und mußte aufstehen und aus dem Zimmer gehen.

Um neun Uhr, nachdem sie die Etiketten von einem Haufen Konservendosen gepult und sie ausgespült und gestapelt hatte, fuhr Millie los, um John vom Bahnhof abzuholen.

«Na, was hast du so alles gemacht in der Stadt?» fragte sie, bremste vor einer roten Ampel ab und blickte den Jungen an. Sie war zu schnell aus dem Haus geeilt, und jetzt, während sie hastig in den Rückspiegel sah, versuchte sie, ihr Haar vorn zu glätten, das ihr wirr und schlaff in die Stirn gefallen war. «Hast du dir ein Stück angesehen? Es sollen im Moment ein paar sehr komische laufen.» Millie liebte Theaterstücke. Hane nicht so sehr.

«Nein, mir war doch nicht so danach, die Kohle für ein Stück zu verballern.» Er sagte *Stick*.

«Oh», sagte Millie. Ihre Gesichtszüge sackten zu einem Ausdruck leichten Mißfallens zusammen. Kohle verballern. Ariel hatte diesen Ausdruck auch einmal benutzt. *Geld, Kohle, verballern*, hatte Ariel ungeduldig erklärt. *Kapiert?* «Bist du zum Battery Park gefahren und hast dir die Freiheitsstatue angesehen? Sie ist so schön, seit sie sie renoviert haben.» Nicht, daß Millie selbst sie gesehen hätte, aber vor einer Weile war sie in allen Zeitschriften gewesen, und auf den Bildern hatte sie ganz heilig und feierlich gewirkt.

Die Ampel sprang auf Grün, und sie bog um die Ecke. Abends konnte dieser Teil von New Jersey still und lieblich wirken wie eine richtige Heimatstadt.

«Ich bin einfach rumgelaufen und hab mir die Hochhäuser angeschaut», sagte John und sah weg, aus dem Wagenfenster auf den kleinen, im Dunkel liegenden Geschäftsbezirk von Terracebrook. «Ich bin aufs Empire State Building raufgefahren, und dann bin ich runtergefahren und dann noch mal rauf.»

«Du bist zweimal hochgefahren.»

«Zweimal, ja. Zweimal.»

«Na prima!» rief Millie aus. Und als sie in die Auffahrt einbogen, rief sie noch einmal: «Na prima!»

«Na, wie war's denn in der Stadt?» dröhnte Hane, erhob sich steif und herzlich und bemühte sich derart ungeschickt, dem Jungen das Gefühl zu geben, er sei zu Hause, daß er ein bißchen auf ihn zustürzte, groß und mit knirschenden Gelenken, weil er den ganzen Abend gesessen und gelesen hatte.

«Bestens, danke», sagte John und ging schnell in sein Zimmer.

Millie warf Hane einen besorgten Blick zu, lief John nach und klopfte an seine Tür. «John, möchtest du etwas zu Abend essen? Ich habe eine Dose Suppe und etwas Brot und Käse für ein Sandwich.»

«Nein danke», rief John durch die Tür. Millie glaubte ihn weinen zu hören – weinte er wirklich? Sie ging zurück ins Wohnzimmer zu Hane, der hilflos und verwirrt die Achseln zuckte. Er sah sie an und erwartete ein aufmunterndes Wort von ihr.

Millie zuckte gleichfalls nur die Achseln und ging an ihm vorbei in die Küche. Hane folgte ihr und blieb in der Tür stehen.

«Ich bin wohl nicht der Richtige für ihn», sagte er. «Ich bin von Natur aus nicht der freundlichste Mensch. Aber so was braucht er.» Er nahm seine Brille ab und putzte sie mit dem Saum seines Hemdes.

«Du bestehst ja nur aus lauter Entschuldigungen», sagte Millie und küßte ihn auf die Wange. «Hier. Quetsch mal diese Dose zusammen.» Sie beugte sich vor und stellte eine ausgespülte und etikettenlose Konservendose neben seinen Schuh. Hane hob den Fuß und ließ ihn krachend auf die Dose niedersausen.

Am nächsten Morgen war Freitag, und John Spee wollte wieder in die Stadt. Millie fuhr ihn, damit er den Zug um zehn Uhr zwei bekam. «Viel Spaß», sagte sie auf dem Bahnsteig zu ihm. «Ich hol dich heute abend wieder ab.» Während der Zug dampfend und ohrenbetäubend laut einfuhr, erinnerte sie ihn noch einmal an die verbilligten Karten für die Broadway-Shows.

Als sie wieder zu Hause war, holte Millie den Hoover heraus und begann staubzusaugen. Hane, der freitags keine Seminare hatte, saß im Wohnzimmer und löste ein Kreuzworträtsel. Millie saugte um seine Füße herum. «Hochheben», sagte sie.

In John Spees stickigem und vollgestopftem Zimmer saugte sie die Fensterbretter, ja sogar die Zimmerdecke und die Luft, bevor sie aufhören mußte. Überall auf dem Fußboden lagen Streichholzheftchen von griechischen Cafés und seltsame Wurfzettel, die auf der Straße verteilt wurden: *Live Eddie; Crazy Girls; 20% Ermäßigung bei Dinner-Specials, ab sofort bis Ostern.* Unterwäsche lag verstreut auf dem Fußboden, und in eine Ecke des Schreibtischs waren Socken geknüllt. Millie stellte den Staubsauger ab und begann, die Schreibtischplatte aufzuräumen. Dies hatte einmal ihre Firmenzentrale sein sollen, und jetzt sieh einer an, was daraus geworden war. Sie hob die Socken auf und bemerkte darunter ein Spiralringbuch. Es sah ein bißchen wie das Ringbuch aus, das sie für ihren Fernkurs benutzt hatte, genauso blau, und sie schlug es auf, um nachzusehen.

Auf der ersten Seite stand: *Verrückte, die ich in Amerika gesehen habe.* Darunter war eine Liste.

1. *Asiate im Geschäftsanzug, der auf einem Bahnsteig der U-Bahn wartet. Er schreit.*
2. *Frau, die im Park ihren Hund ausführt. Sie schreit. Sagt dem Hund, er soll wie eine Dame gehen.*
3. *Im Coffee Shop, Frau, der das Essen aus dem Mund quillt. Schreit die Gabel an.*

Millie klappte das Ringbuch schnell wieder zu. Sie hatte Angst davor, weiterzulesen, Angst, was wohl Nummer vier oder Nummer fünf sein könnte. Sie verdrängte den Gedanken an das Ringbuch, ging auf Abstand vom Schreibtisch, zog den Stecker des Staubsaugers heraus, wickelte die Schnur auf, sammelte dann die einzelnen, auf links gewendeten Kleiderklumpen unter der Liege auf und dachte wieder an ihre Müllfirma und wie sie gehofft hatte, sie genau von diesem Zimmer aus zu betreiben, während sie nun wieder hierher zurückgekrochen zu sein schien – ihre arme kleine Firma! – und wie schmutzige Wäsche aussah. Sie hatte Müll gewollt, und jetzt bekam sie schmutzige Wäsche.

«Ha!» Sie lachte laut auf.

«Was?» rief Hane. Er löste immer noch im Wohnzimmer das Kreuzworträtsel.

«Hab nicht dich gemeint», sagte Millie. «Ich wasche nur mal eben ein paar Sachen für John.» Sie ging hinunter in die Waschküche, mit den Körben voll wiederverwendbarer Lappen, den Packungen biologisch abbaubarer Waschmittel, den Kartons mit Flaschen, von denen die Etiketten entfernt worden waren, den Tüten mit Aluminium und Blech. *Das* war ein Büro, in gewisser Weise, der Raum einer Einzelkämpferin: eine Auflehnung gegen die Welt. Oder *für* die Welt. Sie meinte eigentlich *für* die Welt.

Millie stellte das Radio an, das sie auf dem Trockner stehen hatte. Sie wartete zwei Werbespots ab, und dann kam die Nachricht: Der Müllkahn fuhr nunmehr von Louisiana zurück. «In dem Müll ist bestimmt 'ne Menge Abfall», vermutete sie laut. Dies war ihre Unterscheidung zwischen Müll und Abfall, die sie Hane so oft erläutert hatte: Müll war feucht und verrottete und mußte untergepflügt werden. Abfall war properer und papieren und konnte wiederverwendet werden. Müll konnte zu Biogas verbrannt werden, Abfall dagegen wiederaufbereitet und wiederverwendet. Zu Altpapier verwandelt! Recyceltes Kleenex aus billigem Altpapier – das war eine wirklich brauchbare Sache, das war etwas, für das sie sich einzusetzen gehofft hatte, aber vielleicht hatte sie das in ihren ersten Unterlagen nicht genügend herausgestellt. Vielleicht dachten die Leute, sie spräche von Müll, wenn sie von Abfall redete. Oder umgekehrt. Vielleicht hatte sie auch keiner verstanden. Mit Sicherheit hatte sie versäumt, ihre beste Idee hervorzuheben, die der unterschwelligen Werbung in den Seifenopern: die Darsteller reden über ihre Krankheiten und Affären, während sie zugleich Etiketten von Konservendosen pulen und Zeitungen bündeln. Sie war sicher, daß sie die Sendeanstalten zu so etwas bewegen könnte.

Sie drehte den Knopf der Waschmaschine auf *Spar* und drückte ihn. Warmes Wasser strömte in die Maschine wie ein Niagarafall, wie wieder und wieder recycelte Flitterwochen.

Als Millie John am Bahnhof abholte, erzählte er ihr wieder von den Wolkenkratzern.

«Du hast wahrscheinlich keine Gelegenheit gefunden, in ein Stück zu gehen», sagte Millie, aber er schien sie nicht zu hören.

«Fahr morgen wieder rein, um mich noch 'n bißchen mehr umzusehen», sagte er. Er knipste mit seinem Feuerzeug herum, bis es zündete. Er rauchte nervös. «Tolle Autos gibt's da auch.»

«Na wunderbar», sagte Millie. Aber als sie ihn ansah, war sein Gesicht grau. Sein Leben schien sich aufzulösen, um ihn herumzuflattern wie eine Bluse. Das Leben konnte so etwas tun. Millie überlegte, welchen Leuten aus der Nachbarschaft sie ihn vielleicht vorstellen könnte. Es gab einen zweiundzwanzigjährigen Jungen, der weiter unten an der Straße wohnte. Er arbeitete in einer Firma für Gartenbedarf und Saatgut und schien einer von der netten Sorte zu sein.

«Da gibt es jemand bei uns in der Straße, den ich dir vorstellen möchte», sagte sie. «Es ist ein Junge in deinem Alter. Du würdest ihn sicher mögen.»

«Möchte wirklich keinen kennenlernen», sagte er. Er sprach es kennenl*ä*rnen aus. «Wenn ich nich muß.»

«O nein», sagte Millie. «Natürlich mußt du nich.» Manchmal verfiel sie aus Versehen in seine Aussprache. Sie hoffte, daß er sich dann mehr wie zu Hause fühlte.

Am Morgen fuhr sie ihn wieder zum Bahnhof und zum Zehn-Uhr-zwei-Zug. «Allmählich fange ich an, an dieser täglichen kleinen Spritztour Gefallen zu finden», sagte sie. Sie lächelte und meinte es auch so. Sie schlang die Arme um den Jungen, und diesmal küßte er sie zurück.

An diesem Tag rief Ariel um Mitternacht aus Europa an. Sie bereiste den Kontinent – die englischen Universitäten hatten im Frühjahr einen Monat Semesterferien, und sie war nach Frankreich und Italien gefahren, von wo aus sie jetzt anrief.

«Venedig!» rief Millie aus. «Wie wunderbar!»

«Das ist ja großartig, Liebling», sagte Hane am Nebenanschluß im Schlafzimmer. Er reiste nicht gern, aber er hatte nichts dagegen, wenn andere es taten.

«Natürlich», sagte Ariel, «hat man hier die Illusion, daß man vom Müll weg ist. Daß das Wasser und das Essen sich von der Kanalbrühe unterscheiden. Das ist eine entscheidende Illusion, die man braucht. Ein psychologischer Reisepaß.»

Ein psychologischer Reisepaß! Wie ihre Tochter redete! Kinder konnten sich so weit von einem entfernen. «Wie ist das Essen?» fragte Millie. «Ißt du eine Menge Manicotti?»

«Sumpfessen. Brunnenkresse und dunkle Fische.»

«Oh, ich beneide dich ja so», sagte Millie. «Stell dir vor, Hane, in Italien zu sein, in Venedig.»

«Wie geht's John Spee?» fragte Ariel und wechselte das Thema. Oft, wenn sie mit ihren Eltern telefonierte, gingen die beiden an verschiedene Apparate und redeten einfach miteinander. Sie stritten sich über Geldprobleme und die Fehler des anderen mit einer Heftigkeit, die sie von Angesicht zu Angesicht kaum zu zeigen vermochten.

«Ganz gut», sagte Millie. «John geht gerade noch ein bißchen in der Nachbarschaft spazieren, obwohl es eigentlich ein wenig spät dafür ist.»

«Er geht spazieren? Wie spät ist es denn?»

«Ungefähr Mitternacht», sagte Hane am Nebenanschluß. Er war schon unter der Decke, im Pyjama.

«Himmel, ich hab mich völlig in der Zeit vertan. Hoffentlich hab ich euch nicht aufgeweckt.»

«Natürlich nicht, mein Schatz», sagte Millie. «Du kannst jederzeit anrufen.»

«Also, es ist Mitternacht, und John spaziert in dieser deprimierenden Vorstadt herum? Wie schrecklich.» Ariels Stimme kam durch ein Rauschen, war aber laut. Der gedankenlose Singsang ihrer Worte drang in Millie ein wie etwas Rostiges und Scharfes. «Ist er allein?»

«Ja», sagte Millie. «Er wollte wahrscheinlich nur ein bißchen frische Luft schnappen. Er verbringt den ganzen Tag in der Stadt. Er fährt immer wieder aufs Empire State Building, dann läuft er einfach herum und guckt sich andere Hochhäuser an. Und die Autos. Er war noch nicht im Theater oder so.»

Darauf herrschte Schweigen. Hane räusperte sich und sagte in den Hörer: «Ich bin wohl nicht der Richtige für ihn. Er braucht wahrscheinlich jemanden, der besser mit jungen Leuten umgehen kann. Jemand Sportliches vielleicht.»

«Erzähl uns noch mehr von Italien, Liebling», unterbrach ihn Millie. Sie stellte sich Italien wie Florida vor, überall Farben und Licht, aber mit prachtvollen Ruinen hier und da und großen, unbekleideten steinernen Mannsbildern, aber mit wundervollen Tauben auf dem Kopf. Vielleicht gab es ja auch Theaterstücke.

«Es ist großartig», sagte Ariel. «Es ist schwer zu beschreiben.»

Um Viertel nach zwölf legte sie auf. Hane, der am nächsten Morgen in der Kirche die Bibellesung abhielt, schlief gleich ein. Aber Millie war unruhig, wanderte Zimmer für Zimmer durchs Haus und wartete darauf, daß John zurückkam. Sie dachte wieder an Ariel und daran, wie sehr sie neuerdings von der Anerkennung durch das Mädchen abhängig war, und fragte sich, wie Kinder so mächtig werden konnten. In der Woche bevor Ariel nach England gefahren war, waren sie zusammen ins Kino gegangen. Das hatten sie seit Ariels Kindheit nicht mehr getan, und so hatte Millie sich darauf gefreut, wie auf eine Art Party. Aber während des Vorspanns hatte Millie angefangen zu reden. Sie begann Ariel von einem Bekannten zu erzählen, der einmal Müllmann gewesen war und jetzt kurze Industriefilme für verschiedene Firmen machte. Er hatte einen Fernkurs absolviert.

«Mom, du redest so laut», zischte Ariel ihr im Dunkel des Kinos zu. Ariel hatte den Zeigefinger an die Lippen gepreßt und «schhhh!» gesagt, als sei Millie ein Kind. Der Film hatte angefangen, und Millie hatte mit zusammensackender Miene weggesehen und die Augen mit der Hand bedeckt, damit ihre

Tochter nichts merkte. Sie hatte versucht, sich auf den Film zu konzentrieren, auf die Geräusche und Stimmen, aber alles wirkte wie unter Wasser und weit weg. Als Ariel danach in einem Restaurant über den Film diskutieren wollte, so wie sie das immer zu tun behauptete – eine *intellektuelle* Diskussion wie in einem College-Seminar –, hatte Millie bloß genickt und mit den Achseln gezuckt. Gelegentlich hatte sie sich bemüht, ihrer Tochter zuzulächeln, und gesagt: «Oh, da stimme ich dir vollkommen zu», aber das Lächeln zuckte und zitterte, und Ariel hatte sie ratlos angeblickt, als sei ihre Mutter eine Idiotin, die ihr ins Kino gefolgt war und bloß auf ein freundliches Wort oder ein bißchen Kleingeld hoffte.

Millie sah aus dem Fenster des Gästezimmers – John Spees Zimmer – in die Nacht hinaus, um zu sehen, ob sie John vielleicht erspähen könnte, wie er das Haus umrundete oder mit dem Fuß einen Stein die Straße hinabkickte. Der Mond war voll, wie ein Bullauge, durch das die Sonne scheint, und Millie erwartete halb, John auf den Eingangsstufen eines Hauses zu erblicken, nicht ihres Hauses, die Kniescheiben in die weichen Wölbungen seiner Augen gepreßt. Wie enttäuschend mußte Amerika wirken. Durch die Straßen einer Stadt zu laufen, die nicht die eigene war, einer Stadt, die einem den Rücken zukehrte, ein Junge zu sein, der von weit her kam und hier an Land gespült worden war, die eigenen Vorstellungen plötzlich so konkret geworden und so irrtümlich, wie konnte einem das nicht das Herz brechen? Aber vielleicht, dachte sie, hatte John so lange und inbrünstig von diesem Ort geträumt, daß er ihn direkt aus der Welt herausgewünscht hatte. Wahrscheinlich konnte kein Ort auf der Welt solch einer Attacke menschlichen Wünschens widerstehen.

Sie wandte sich vom Fenster ab und klappte wieder das blaue Ringbuch auf dem Schreibtisch auf.

Weitere Verrückte, die ich in den Staaten gesehen habe (mehr als irgendwo sonst)

11. *Frau mit weißen Würmern auf den Beinen. Schnippt die Würmer weg.*
12. *Mädchen auf der Treppe einer Bücherei, die Treppe ist ihr Zuhause. Kamm, Spiegel und Zahnbürste, in die etwas hineingeschmiert ist, liegen auf der Treppe wie auf einem Frisiertisch. Keine Zähne. Sie schreit.*
13. *Stolpernder Mann. Arme über der Brust gekreuzt. Rempelt mich hart an. Rempelt mich an voller Haß in den Augen. Ich denke: ‹Dieser Typ haßt mich, wieso haßt er mich?› Es stinkt. Ich laufe ein bißchen, bis ich weg bin.*

Die Eingangstür ging quietschend auf und schloß sich mit einem dumpfen Geräusch. Millie klappte das Ringbuch zu und ging, nur in ihr Nachthemd gehüllt, ins Wohnzimmer. Sie wollte gute Nacht sagen und sichergehen, daß John die Tür schloß.

Er schien überrascht, sie zu sehen. «Dachte, ich hau mich jetzt aufs Ohr», sagte er. Das hatte er wahrscheinlich schon mal von Ariel gehört. So etwas sagte sie gern.

«Ariel hat angerufen, während du weg warst», sagte Millie. Sie verschränkte die Arme vor ihren Brüsten für den Fall, daß sie durch den dünnen Stoff hindurchschienen.

«Ach ja?» Johns Gesicht schien sich zugleich aufzuhellen und in sich zusammenzufallen. Er fuhr sich mit einer Hand durchs Haar, und Strähnen fielen in einem orangen Zickzack über seinen Scheitel zurück. «Sie kommt bald nach Hause, nicht?» Millie kam plötzlich der Gedanke, daß John Ariel vielleicht überhaupt nicht gut kannte.

«Nein», sagte sie. «Sie bereist den Kontinent. So nennt Ariel das: *den Kontinent*. Aber sie hat nach dir gefragt und läßt dich grüßen.»

John sah weg, hängte seinen Mantel in den vorderen

Wandschrank, an einen Haken neben seine Baseballkappe, die er seit dem ersten Tag nicht mehr getragen hatte. «Dachte, sie kommt vielleicht nach Hause», sagte John. Er konnte Millie nicht direkt ansehen. Irgend etwas sank in ihm wie ein Stein.

«Kann ich dir ein bißchen warme Milch machen?» fragte Millie. Sie schaute in die Richtung, in die John zu blicken schien: auf die Fotos von Ariel. Da war sie bei ihrer High-School-Abschlußfeier, ganz brave Unschuld, Lügen, zum Schnappschuß geworden, und sehr hübsch. Jetzt kam es Millie vor, als sei Ariel zu attraktiv, als sei sie gedankenlos und verletze Menschen.

«Ich möchte bloß ins Bett, danke», sagte John.

«Ich hab dir deine sauberen Sachen ans Fußende gelegt, zusammengelegt», sagte Millie.

«Vielen Dank», sagte er, und im Vorbeigehen streifte er sie und entschuldigte sich sogleich. «Tut mir furchtbar leid», sagte er und machte einen Schritt zurück.

«Vielleicht können wir nächste Woche mal alle zusammen nach New York fahren», platzte sie heraus. Sie richtete die Worte an sein Rückgrat und hoffte, ihn damit zurückzuholen. Er hielt inne und drehte sich um. «Wir können essen gehen», fuhr sie fort. «Und vielleicht die UNO besichtigen.» Sie hatte Postkarten von den Fahnen vor dem UNO-Gebäude gesehen, die sich wie Bettlaken kräuselten, all diese internationale Wäsche, aber sie war nie dagewesen.

«Okay», sagte John. Er lächelte. Dann drehte er sich wieder um und ging den Flur hinunter, tauschte ein Zimmer gegen das nächste ein, entfernte sich und ließ Millie dort stehen, so wie man jemanden verläßt, wenn man etwas ein für allemal entschieden hat.

Am Morgen waren nur noch eine Nachricht und ein Geschenk da. «Vielen Dank dafür, daß Sie mich bei sich beherbergt haben. Ich habe einen frühen Bus nach Kalifornien genommen. Halten Sie mich bitte nicht für unhöflich. Mit freundlichem Gruß, John Spee.»

Millie stieß einen Laut der Bestürzung aus. «Hane, der Junge ist weg!» Hane kleidete sich gerade für den Kirchgang an und kam heraus, um nachzusehen. Er war im Hemd und in Boxershorts und band sich gerade den Schlips. Jetzt hielt er inne, als sei ein Geist, der einmal aus dem Haus vertrieben worden war, gerade zurückgekehrt. An diesem Morgen sollte aus dem dritten Kapitel des Johannes gelesen werden, und Teile davon schwirrten ihm im Kopf herum, wie Unsinn oder ein Gesang. *Denn Gott liebte die Welt so*... John Spee war fort. Hane legte Millie die Hand auf die Schulter. Was sollte er ihr sagen? *Daß Gott die Welt so liebte?* Er glaubte gar nicht wirklich, daß Gott die Welt liebte, jedenfalls nicht so, wie die meisten Leute dachten. *Liebe* war in diesem Fall, so meinte er, nur eine Redeweise. *Eine Metapher*. Wofür allerdings, das wußte er nicht.

«Oh, hoffentlich kommt er zurecht», sagte Millie und begann zu weinen. Sie zog den Bademantel fest um sich und bedeckte ihre Lippen mit der Hand, um ihr Zittern zu verbergen. Es war schrecklich, einen Jungen zu verlieren. Mädchen kamen gut zurecht, aber Jungen gingen in die Welt hinaus, behindert von der Last ihrer Vorstellungen, und sie kamen nie zurück.

Einen Monat später erfuhren Millie und Hane von Ariel, daß John Spee nach England zurückgekehrt war. Er hatte den Bus nach Los Angeles genommen, war ausgestiegen und ein paar Stunden herumgelaufen, dann wieder eingestiegen und sechs Tage direkt zum Newark Airport durchgefahren. Er hatte eigentlich San Francisco sehen wollen, aber ein Mann im Bus hatte ihm erzählt, er solle da nicht hinfahren, dort würden alle sterben. Also fuhr John statt dessen nach Los

Angeles. Für drei Stunden. *Könnt Ihr Euch das vorstellen?* schrieb Ariel. Sie war wieder in Warwickshire, und John kam manchmal vorbei, um sie zu besuchen, wenn sie gerade ganz furchtbar viel zu tun hatte.

Das Geschenk hatte sich, als Millie es auspackte, als Toaster entpuppt – ein großer, der vier Scheiben gleichzeitig toasten konnte. Sie hatte John nie mit einem Paket ins Haus kommen sehen, und sie hatte keine Ahnung, wie oder wann er es hereingebracht hatte.

«Vier Scheiben», sagte sie zu Hane, der nie viel Brot aß. «Was sollen wir denn damit anstellen?»

In jenem Mai und Juni schmiegte sich Millie jede Nacht an Hane, eine Hand auf seiner Hüfte, und der Geruch seiner Haut stieg ihr in den Kopf. Der Sommer klopfte an die Fliegengitter des Schlafzimmers, Nachtgeräusche, und Millie lag wach, schlaflos. «Oh!» sagte sie manchmal laut, obwohl sie keinen Grund dafür hätte angeben können. Hane redete nach wie vor über den historischen Jesus. Millie rieb ihm die Schienbeine, während er redete, die Handfläche an seinen krausen, weißer werdenden Haaren. Manchmal redete sie über den Müllkahn, der jetzt vor Coney Island auf Reede lag, eine mißratene Tour, etwas überhaupt nicht Erheiterndes.

«Vielleicht», sagte sie einmal zu Hane, dann hielt sie inne, ihre Wange an seiner Schulter. Wie vertraute Haut einem mal fremd und dann wieder nah war; wie sie einem in jedem Fall gehörte, ganz egal, was war, ganz gleich. «Vielleicht könnten wir auch einmal irgendwohin fahren.»

Hane wandte sich ihr zu, ein wenig gewöhnlich und doch auch einigermaßen gutaussehend ohne seine Brille. Durch das Fenster schimmerten die Straßenlampen in einem blassen Grün, und der Mond schien wollig und ausgefranst. Hane sah seine Frau an. Sie hatte das runde, vertrocknende Gesicht von einer, die einmal und für kurze Zeit – einen

Herbst vor langer Zeit, ein Wochenende vielleicht nur – sehr hübsch gewesen war, ohne es überhaupt zu merken. «Du bist meine einzige Freundin», sagte er, und er küßte sie fest auf die Braue, wie zum Zeichen, daß sie ihn festhalten solle.

DER JÜDISCHE JÄGER

Dies geschah in einem fernen Land. Es gab dort Sporthallen, doch weder Ironie noch Cafés. Die Leute nahmen die Dinge wörtlich, aber ohne Drogen. Laird, der sie mit diesem Kerl verkuppeln wollte, warnte sie noch vorher im Gymnastikkurs. «Hör mal, Odette, du bist Dichterin. Du bist doch bestimmt schon – wie lange? – zwanzig Jahre im Dichtgeschäft.»

«Erst fünfzehn, ich weiß es genau.» Sie war gerade vierzig geworden und warf ihm einen finsteren Blick über die Schulter zu. Ihre Stimme klang nach kritischen Jahren, nach Whiskey. Sie schwankte und ging dem Ruin durch Zigaretten entgegen. Ihr fehlte die mittlere Tonlage, sie war tief, mit plötzlichen Ausbrüchen nach oben. «Ich hasse diesen Ausdruck *Dichtgeschäft.*»

«Fünfzehn. Na schön. Aber dieser Kerl ist ganz und gar nicht literarisch veranlagt. Er ist ein Bauernanwalt. Ab und zu vertritt er mal einen Flitzer oder eine Zigeunerin aus dem Serbenviertel in Chicago, doch damit hat es sich schon mit der Kunst bei ihm. Er hat mit Bauern und Weideland zu tun. Er wüßte nicht mal den Unterschied zwischen T. S. Eliot und, sagen wir, *Pinky* Eliot. Und wahrscheinlich war er auch noch nie in Minneapolis, von New York ganz zu schweigen.»

«Wer ist Pinky Eliot?» fragte sie. Sie lagen Seite an Seite und machten gerade diese Übung, bei der man die Arme zwischen die angehobenen Knie schnellen läßt, zur Kräftigung der Bauchmuskeln. Die Musik war laut, um die eventuelle Sorge zu zerstreuen, daß man womöglich niemanden im Raum so gut kannte, um so etwas vor seinen Augen zu machen. «Wer zum Teufel ist Pinky Eliot?»

«Jemand, mit dem ich in die vierte Klasse gegangen bin», keuchte Laird. «Es hieß, daß er mehr als die Lehrerin wog, und die war beileibe keine Bohnenstange, das kann ich dir sagen.» Laird bekam eine Glatze, und bei der Gymnastik schoß ihm das Blut über die Kopfhaut, während sich die wenigen verbliebenen Haarsträhnen wie Geschenkbändchen über seinem Ohr lockten. Er hatte bis zu seinem zehnten Lebensjahr in dieser Stadt gelebt, dann war seine Familie nach New Jersey gezogen, wo Odette ihm vor Jahren zum erstenmal begegnet war. Jetzt war er, wie ein Lachs, zurückgekommen, um seine eigenen Kinder hier großzuziehen. Er und seine Frau hatten zwei. Sie nannten sie Little und Moist. «Hör mal, du bist hier in der tiefsten Provinz. Da kommt dir entweder einer wie Pinky Eliot unter oder so ein Typ, der noch nie was von Pinky oder überhaupt einem Eliot gehört hat.»

Sie war schon früher in der Provinz gewesen. Um sich ihre Wohnung in New York leisten zu können, nahm sie oft sogenannte Bibliotheksstipendien an: sechs Wochen und viertausend Dollar, um in der Stadt zu leben, nicht zu veröffentlichende Gedichte zu produzieren und eine Lesung in der Stadtbücherei zu geben. Das Problem mit der Provinz war, daß man dort nie geküßt wurde. Man wurde angestarrt, von oben bis unten, aber nie geküßt.

Um ehrlich zu sein, manchmal konnte man schon jemanden zum Küssen bewegen.

Doch dann mußte man wieder weg. Und bei all diesem Packen und Abreisen, beim Zerreißen der Bande, bei all den ‹Hms› und ‹Ähs› fühlte man sich wie eine mißratene Kreuzung von Odysseus *und* Penelope; im tiefsten Innern kam man sich komisch vor.

«Na schön», sagte sie. «Wie heißt er?»

Laird seufzte. «Pinky Eliot», sagte er und schob energisch die Arme zwischen die Knie. «Ich fürchte, mit dieser verdorbenen Vorstellung habe ich dich irgendwie verwirrt.»

Pinky Eliot hatte abgenommen, obwohl er bestimmt noch immer mehr wog als die Lehrerin. Er war etwa fünfundvierzig, sein Haar noch dunkel. Er sah nicht übel aus mit seiner Elfennase und den Katzenaugen, obwohl ein wenig einem Fußball ähnlich, da Kinn und Wangen eine weiße Kugel bildeten, über die eine unerwartete graue Narbe verlief. Außerdem hatte er einen Schnurrbart, der, wie eine ihrer Zimmergenossinnen am College zu sagen pflegte, den Eindruck erweckte, als hätte er sich zusammengerollt, um ein warmes Plätzchen zum Sterben zu finden.

Sie aßen im einzigen italienischen Restaurant der Stadt zu Abend. Sie trank zwei Gläser Wein, dessen kühle Hitze sich wie Wintergrün in ihr ausbreitete. Demnächst, das wußte sie, mußte sie solche Verabredungen aufgeben. Sie hatte schon einmal verschiedene Erklärungen vor dem Spiegel geübt. «Ich verabrede mich nicht. Tut mir leid. Ich verabrede mich einfach nicht.»

«Irgendwie schmeckt mir das Essen hier immer», sagte Pinky.

Sie schaute in sein rundes Gesicht, und er tat ihr ein bißchen leid, und da sie nun schon mal dabei war, tat sie sich ebenfalls ein bißchen leid, denn das Essen war wahrlich nicht gut: Fade Blasen aus Nudelteig sollten Tortellini darstellen; die Koteletts lagen blaß und durchweicht in einer Art Tomatensauce, die ebenso unbeabsichtigter- wie unverzeihlicherweise orange war. Der arme Pinky konnte keinen Knoblauch von einem Knöchlein unterscheiden.

«Ja», sagte sie im Bemühen, charmant zu sein. «Aber findest du es wirklich italienisch? Mir scheint, es ist nur bis zu den Kanarischen Inseln gekommen und da ins Wasser gefallen.»

«Ein Ostküstensnob.» Er lächelte. Seine Stimme war träge wie die Prärie und tief wie die Großen Seen. «Immer schwarz gekleidet und kann den Mittleren Westen nicht ausstehen. Bist du Jüdin?»

Sie fuhr auf. Ein Nazi. Ein hinterwäldlerischer Nazi und kulinarischer Trottel. «Nein, bin ich nicht», sagte sie hochmütig und warf ihm einen vernichtenden Blick zu, um ihm eine Lektion zu erteilen, folgende Lektion: «Bist *du* Jude?»

«Ja», sagte er. Er sah ihr forschend in die Augen.

«Oh», sagte sie.

«Gibt nicht viele von uns in diesem Teil der Welt, deshalb dachte ich, ich erkundige mich mal.»

«Ja.» Sie empfand ein unangenehmes Verlustgefühl, als sei ihr etwas, das eigentlich ihr gehörte, weggenommen worden, legal von der Polizei. Ihr starrer Blick fiel auf ihre Hände, die sich von allein zu bewegen begonnen hatten wie kleine, als Haustiere gehaltene Nagetiere. Der Wein saß ihr heiß in den Wangen, und als sie sich noch mehr davon in den Mund kippte, stieß sie sich den Rand des Glases gegen den einen Schneidezahn, der länger war als die anderen.

Pinky streckte die Hand über dem Tisch aus und berührte ihr Haar. Sie hatte es sich erst in der vergangenen Woche in kleine Wellen legen lassen, wie japanische Suppennudeln. «Eine multikulturelle Krause macht sich immer gut», sagte er. «Was bist du, Methodistin?»

Bei ihrem zweiten Treffen gingen sie ins Kino. Der Film handelte von außerirdischen Wesen, die sich in Erdlinge bohrten und sie dazu zwangen, ihre Kreditkonten mit enormen Summen zu überziehen. Das Ganze war eine komplizierte Allegorie auf das Leben in der Stadt, voller Krankheit und Verzweiflung, und danach wollte Odette darüber sprechen. «Ganz amüsantes Filmchen», sagte Pinky langsam. Er hatte die ganze Zeit auf seinem Sitz herumgezappelt und war zweimal aufgestanden und zum Wasserspender gegangen. «Ich geh mal eben zum Springbrunnen», hatte er geflüstert.

Jetzt wollte er tanzen gehen.

«Wo kann man denn hier tanzen gehen?» fragte Odette. Sie dachte immer noch an die Szene, in der die zwei Hauptdarsteller ihre Sprechmuscheln getauscht und sich dabei ineinander verliebt hatten. Sie wünschte sich sehnlichst, daß entweder Pinky oder sie etwas Tiefschürfendes über die Sichtweise des Regisseurs oder die Erzählparameter der filmischen Bildersprache sagen würden. Aber es sah nicht so aus, als sei einer von ihnen dazu bereit.

«Es gibt da einen Laden hinter der Umgehungsstraße, ungefähr sechs Meilen von hier.» Sie gingen auf den Parkplatz hinaus, und er beugte sich zu ihr und küßte sie auf die Wange – plump vertraulich, übereilt, eine übriggebliebene Geste einer kürzlich beendeten Liebesaffäre –, und sie errötete. Sie war schlecht in der Liebe. Es gab Menschen auf der Welt, die gut in der Liebe waren, und solche, die schlecht darin waren. Sie war schlecht darin. Früher hatte sie geglaubt, sie sei gut darin und verstehe sich bloß nicht auf Intimität. Doch man mußte beides beherrschen. Liebe ohne Intimität war eine ungesungene Melodie. Sie existierte nur im Kopf. Man sagte: «Hör dir das mal an!» und merkte plötzlich, daß das, was man sang, Quatsch war, Käse, Schrott. Das Ganze erinnerte sie an eine Dinner-Party, zu der sie einmal gegangen war. Dort wurde das Dessert auf Tellern serviert, in die ein Dekor von französischen Liedern eingebrannt war. Nach dem Essen mußte jeder vom Teller singen, doch auf ihrem lag noch Schlagsahne, und als sie an die Reihe kam, brachte sie die Noten und Worte durcheinander und schob mit einer Gabel verzweifelt die Schlagsahne herum, damit sie die nächste Textzeile sehen konnte. Oh, so schlecht, genauso schlecht war sie in der Liebe.

Pinky fuhr mit ihr in ein Lokal sechs Meilen südlich der Umgehungsstraße, das Humphrey Bogart's hieß. Es war rustikal und ganz aus Holz, mit einer hohen Balkendecke, eine ehemalige Jagdhütte. Vorn auf einer provisorischen Bühne spielte eine Country-Band «Tequila Sunrise», fünfzehn Jahre zu spät, vielleicht auch zu früh. Woher sollte man das wissen? Pinky nahm ihre Hand und improvisierte einen langsamen Jitterbug zum Baß. «Was soll ich jetzt machen?» rief ihm Odette ständig über die Musik hinweg zu. «Was soll ich jetzt machen?»

«Das», sagte Pinky. Er hatte den umsichtigen Charme des ehemaligen Dicken, und seine Hand auf ihrem Rücken fühlte sich groß und sanft an. Seine Narbe schien bei der Tanzbeleuchtung zu verschwinden, und sein Lächeln schob den Schnurrbart aufwärts in schmeichelhafte Schatten. Odette war seit jeher dünn und verkrampft.

«In New York tanzen wir selten», sagte sie.

«Ja, was macht ihr dann?»

«Wir, äh, stehen Schlange vor Geldautomaten.»

Pinky schmiegte sich an sie, führte ihre Hand nah an seine Schulter und wiegte sich. Er legte seinen Mund an ihr Ohr.

«Du hast eine tolle Art», sagte er.

Am Sonntag nachmittag fuhr Pinky mit ihr zur Höhle der vielen Hügel. «Es wird dir gefallen», sagte er.

«Prima!» sagte sie, als sie zu ihm in den Wagen stieg. In dieser Gegend brachte man Dingen einen bestimmten Enthusiasmus entgegen, und sie versuchte, den entsprechenden Dreh herauszubekommen. Dazu mußte man eine ansprechende Haltung einnehmen und in einen quietschvergnügten Singsang verfallen. Was für ein frisches Lüftchen! Sie trug eine Sonnenbrille und einen übergroßen Pullover.

«Eigentlich wollte ich dich erst fragen, was eine Höhle der vielen Hügel sein soll, aber dann habe ich mir gesagt: ‹Odette, willst du's *wirklich* wissen?›» Sie kramte in ihrer Handtasche. «Ich meine, es klingt wie ein Bordell. Du hast nicht zufällig Zigaretten, oder?»

Pinky tippte an ihre Sonnenbrille. «Die wirst du nicht brauchen. In der Höhle ist es dunkel.» Er ließ den Motor an und fuhr los.

«Schon gut, sag mir Bescheid, wenn wir da sind.» Sie starrte geradeaus. «Ich nehme also an, daß du keine Zigaretten hast.»

«Nein», sagte Pinky. «Rauchst du?»

«Manchmal.» Sie fuhren an zwei Wagen vorbei, auf denen blutende Rehe festgezurrt waren, wie Girlanden, wie Trophäen, *wie Frauen*, dachte sie. Sie murmelte: «Verdammte Jäger.»

«Welche Marke rauchst du? Virginia Slims?» fragte Pinky grinsend.

Odette wandte sich ihm zu, schob ihre Sonnenbrille ein Stück nach unten und blickte über den Rand auf sein sonnenhelles Profil. «Nein, ich rauche keine *Virginia Slims*.»

«Ich glaube, doch. Ich könnte schwören, daß du Virginia Slims rauchst.»

«Na gut, ich rauche Virginia Slims», sagte Odette kopfschüttelnd. Was war das bloß für ein Typ?

Zehn Meilen weiter südlich kündigten Schilder die Höhle der vielen Hügel an. HÖHLE DER VIELEN HÜGEL, 20 MEILEN. HÖHLE DER VIELEN HÜGEL, 15 MEILEN. Bei 5 MEILEN lenkte Pinky den Wagen auf den Randstreifen. Es standen nur Bäume da und in einiger Entfernung eine Scheune und eine einzige Kuh.

«Was machen wir jetzt?» fragte Odette.

Pinky stellte die Automatikschaltung auf Parken, ließ jedoch den Motor laufen. «Ich möchte dich jetzt küssen, bevor wir in die Höhle gehen und ich vollkommen die Beherrschung verliere.» Er beugte sich zu ihr, und plötzlich schien sein Körper, riesenhaft und in Jacke, über ihr zu schweben, während sie rücklings gegen die Wagentür sank. Er schloß die Augen und küßte sie, lang und langsam, und sie behielt ihre Sonnenbrille auf, damit sie die Augen offenlassen und sehen, zusehen konnte, wie sich seine Wimpern, Blütenblättern gleich, aneinanderlegten, wie seine Narbe ruhig und weiß über Kinn und Wange lief, wie sich seine Lippen träge gegen die ihren preßten, um sich dort häuslich niederzulassen, wie sie sich bewegten, als kämen Worte über sie, und dann doch wiederum überhaupt nicht so, während seine Hände sie mit sanftem Geraschel umschlossen, hinten unter den Pullover über ihre nackte Taille und die Wirbelsäule fuhren, wo sie sich spreizten, weit aufblühten und sie ganz kurz umfaßt hielten, bevor er sich von ihr losriß, sich wieder zusammennahm und ruhig den Gang einlegte.

Odette richtete sich auf und starrte durch die Windschutzscheibe in die Ferne. Pinky steuerte den Wagen auf den Highway zurück und beschleunigte.

«In New York tun wir das nicht», sagte Odette krächzend und räusperte sich.

«Nein?» Pinky lächelte und legte seine Hand auf ihren Oberschenkel.

«Nein, das liegt an den, äh, Geldautomaten. Man... wartet da. Ewig. Man verbringt einfach sein ganzes Leben» – ihre Hand durchschnitt vage die Luft – «davor.»

«Bitte, berühren Sie die Formationen nicht», schrie die Höhlenführerin ständig über ihre Köpfe hinweg. Entlang dem feuchten Pfad durch die Höhle waren Lampen montiert, die einen Blick auf gold-rosa marmorierte Wände boten, wie Cheddarkäse in Portwein; nippelförmige Vorsprünge, fensterlose Galerien, alles von Arterien durchzogen, kalkig und feucht; Stalagmiten und Stalaktiten in walroßartigen Vertikalen barsten sehnsüchtig aus dem Boden oder hingen, dochtlos tropfend, von der Decke, von wo sie sich im Lauf der Zeit ihren Weg zum Boden bahnten. Die ganze Höhle schien in Tränen aufgelöst, alles war naß und glitschig; stille ockergelbe Wasserlachen säumten den Weg, der sich gemächlich abwärts wand. «Das Guggenheim der Natur», sagte Odette, und da Pinky anscheinend nicht wußte, wovon sie redete, fügte sie hinzu: «Das ist ein Kunstmuseum in New York.» Sie hatte sich ihre Sonnenbrille hoch auf den Kopf geschoben. Sie strahlte Pinky an, und er erwiderte ihr Lächeln auf eine Art, die zu besagen schien, sie sei ein niedliches Wesen, allerdings eines aus dem Weltraum, das bald die Hauptfigur in einem Kinorenner werden würde und dann später als Spielzeug auf den Markt käme.

«...damit Sie wissen, welche welche sind», erklärte die Führerin, «sollten Sie sich merken: Die müden liegen am Boden. Die Tüten haben ihre Spitzen oben.»

«Hast du das mitgekriegt?» fragte Pinky zu laut und stupste sie. «Die Titten sind oben?»

«Bist du vielleicht schwerhörig?» fragte Odette.

«Ein bißchen», sagte Pinky. «Auf dem rechten Ohr.»

«Als nächstes kommen wir zu dem einzigen Stalagmiten in der Höhle, den die Besucher berühren dürfen. Er befindet sich, wenn wir weitergehen, zu Ihrer Rechten, und Sie können ihn nach Herzenslust traktieren.»

«He-hm», sagte Pinky.

«Also wirklich», sagte Odette. Sie spähte nach vorn zur Spitze der Gruppe, die sich jetzt unbeeindruckt um den Stalagmiten versammelt hatte, ein kurzes dickes Ding, das oben vom vielen Berühren ganz weiß gerubbelt war. Er übte ungefähr so große Anziehungskraft aus wie ein Stück Seife in einem Tankstellenklo. «Ich glaube, ich möchte lieber umkehren und mir noch mal die Grottenkoralle ansehen.»

«Welche war das?»

«Das Ding, das aussah wie ein Brokkoli aus Zement. Ich möchte auch noch einmal zu der Kapelle mit dem Altar. Also *der* sah einem gewissen Organ sehr ähnlich.»

«Und nun», sagte die Führerin, «kommen wir zu dem Teil unseres Rundgangs, wo wir Ihnen die Höhle bei natürlicher Beleuchtung zeigen möchten.» Sie ging weiter und knipste einen Schalter aus. «Jetzt dürften Sie Ihre Hand nicht mehr vor den Augen sehen.»

Odette riß die Augen weit auf, kniff sie dann zusammen und konnte ihre Hand noch immer nicht erkennen. Die Dunkelheit war dicht und solide, kein schützendes, tanzendes Dunkel, sondern ein lähmendes, tiefes Sargschwarz. Sie hatte etwas Wildes und Zeitloses an sich, etwas Unerforschliches und Unbelebtes, wie etwas, über das man lieber nicht mit Kindern spricht.

«Ich bin hier», sagte Pinky und trat nah an sie heran, «falls du mich brauchen solltest.» Er tätschelte ihre Schulter und legte ihr den Arm um. Sie roch seinen dampfenden Atem, das Aroma seines Nackens an ihrem Gesicht und ließ sich, blind und hungrig, gegen seinen Arm sinken. Sie streifte an ihrem kratzigen Pullover vorbei und tastete nach seiner Hand.

«Wir können uns jetzt vorstellen, wie die Höhle einst aussah, als sie entdeckt wurde, und wie sie seit Ewigkeiten existiert hat, wie sie im Stockfinstern allmählich wuchs, sich dem Dunkel entgegenwölbte, während das Leben und die See darin gefangen waren und niemals das Licht erblickten, eine kleine feuchte Grotte, die im Verlauf von Jahrmillionen entstand und sich innerlich ausdehnte und ausdehnte...»

Als sie miteinander schliefen, weinte sie fast. Er war ein Kußtyp, und er küßte und küßte. Es kam ihr vor, als sei dies das Netteste, was ihr je passiert war. Er küßte und flüsterte und brachte ihr ein großes Glas Wasser, als sie darum bat.

«Wann gehst du nach New York zurück?» fragte er, und da es in weniger als vier Wochen war, sagte sie: «Oh, hab ich vergessen.»

Pinky stieg aus dem Bett. Er war nackt und ungehemmt, irgendwie wunderschön, seine langen, gerundeten Linien und der steile Absturz seines Rückens. Er ging zum Videorecorder, klapperte in der Dunkelheit mit einigen Kassetten und hielt jede einzelne gegen das Fenster, durch das von der Straße ein verregnetes, mondhelles Licht fiel, wie ein Traum; er hob Kassette für Kassette hoch, bis er diejenige fand, die er suchte.

Es war ein Band, das *Holocaust Survivors* hieß, und der Titel leuchtete blutrot vom Bildschirm, wie zur Warnung, daß er dort eigentlich gar nicht hingehöre. «Ich sehe mir das ständig an», sagte Pinky ganz ruhig. Er starrte in teilnahmsloser Trance geradeaus, doch als er nach hinten griff und Odette den Arm umlegte, wußte er genau, wo sie sich befand, nämlich gleich hinter seiner Schulter, die Decke eng an die Brust gepreßt. «Du solltest deine Brüste nicht verstecken», sagte er, ohne hinzusehen. Aber sie verharrte in dieser Stellung, gut verpackt, auf den Spuren von Treblinka, den Wegen nach Auschwitz, während die Kamera, so ungläubig angesichts dieser historischen Ödnis, lange auf Unkraut und Wind verweilte, als wolle sie vielleicht doch lieber, in einem Anflug von Ekel und Reue, einen Dokumentarfilm über die Natur aufnehmen. Stellenweise erweckte der Film den Eindruck, als sei er sich über sein Thema im unklaren, eine Verwirrung, die durch genaues Wissen verursacht wurde.

Jemand erzählte von den Transporten. Wie sie die Menschen in Laster mit nach innen geführtem Auspuff steckten, wie sie so lange herumfuhren, bis sie blau waren, die Menschen, und durch eine Falltür nach draußen geschaufelt werden konnten. Neben Stacheldraht vertrockneten Astern auf einem Feld.

Als es vorbei war, wandte sich Pinky ihr seufzend zu. «Harter Stoff», sagte er.

Harter Stoff? Ihr stockte der Atem, setzte dann schnell wieder ein und stockte erneut. *Wer auf der Welt hatte das Recht, solche Worte zu gebrauchen?*

Wer auf der Welt? Sie war auf jede erdenkliche Weise verwundert darüber, daß sie mit ihm geschlafen hatte.

Sie verabredete sich erneut mit ihm, doch diesmal begrüßte sie ihn mit steifem Lächeln und Handschlag an seiner Tür, wie eine Frau, die gewillt ist, sich gütlich zu einigen. «So lässig», sagte er, als er in der Tür stand. «Ich weiß nicht. Ihr coolen Großstädter von der Ostküste.»

«Unsere Herzen sind kalt», sagte sie in einem Akzent, der ganz und gar kein Akzent war. Akzente gelangen ihr nie.

Als sie wieder miteinander schliefen, versuchte sie, sich nicht allzu viel daraus zu machen. Wieder sahen sie sich *Holocaust Survivors* an, ein anderes Band, keine Fortsetzung, und die Kamera suchte, peinlich berührt wie ein blutunterlaufenes müdes Auge, das ängstlich auf die Menschen und ihre Taten blickt, noch immer etwas Natürliches, das sie festhalten konnte. *Sie zündeten die Leichen und die Baracken an*, sagte eine Stimme. *Die Scheiterhaufen brannten viele Tage lang.*

Wellen klatschten. Regenwasser perlte auf Schilfrohr. Im Bad drehte sie den Wasserhahn auf, damit er sie nicht hören konnte, während sie dasaß, krank, den Blick starr auf ihre Beine gerichtet, die Beine ihrer Mutter; wann hatte sie bloß die Beine ihrer Mutter bekommen? Als sie in sein Bett zurückkroch, schlief er wie ein kleiner Junge, so wie Männer schlafen.

Am Morgen stand sie früh auf, suchte einen Laden, der am ehesten einem jüdischen Deli glich, und brachte triumphierend Beigel und geräucherten Lachs mit. Draußen lag die Stadt museumstot da, doch der Himmel war von der Sonne zitronengelb erleuchtet, und lange Lichtfinger besprenkelten Pinkys Decke mit blau erhellten Ovalen. Sie deckte das Frühstück darauf, und er drehte sich um und küßte sie, sein Gesicht noch wächsern vom Schlaf. Er zeigte auf den Lachs. «Magst du das Zeug?»

«Ja.» Ihr Mund war bereits voll damit, mit diesem kühlen, schleimigen Rosa. «Ich esse es ständig.»

Er seufzte und sank auf sein Kopfkissen zurück. «Nach dem Frühstück bringe ich dir ein paar jiddische Wörter bei.»

«Ich kenne schon ein paar jiddische Wörter. Ich komme aus New York. Hier, probier mal.»

«Ich bringe dir *Tuches* bei und *Schmock.*» Pinky gähnte, dann grinste er. «Und *Schickse.*»

«All die Dinge, an denen ein netter jüdischer Junge übt, bevor er ein nettes jüdisches Mädchen heiratet. Die kenne ich.»

«Was ist los mit dir?»

Sie weigerte sich, ihn anzusehen. «Ich weiß nicht.»

«Aber *ich*», sagte Pinky und stellte sich im Bett auf wie ein zum Sprung ansetzendes Kind, turmhoch nackt, priapeisch. Oh, hätte ich nur ein perlendes Rohr. Einen Zug, der im Tunnel verschwindet. «Du verliebst dich in mich!» rief er aus und schaute fröhlich nach unten. Sie trug noch immer ihren Mantel und hatte aufgehört zu kauen. Sie blickte ungläubig zu ihm auf. Manchmal glaubte sie, sie wolle bloß ein bißchen Spaß haben im Leben, und dann wieder wurde ihr klar, daß sie fürchterlich verwirrt war. Sie kniff die Augen zusammen. Dann riß sie weit den Mund auf, so daß er die verunglückten Reste von zerkautem Beigel und Lachs sehen konnte.

«Das gefällt mir», sagte Pinky. «Das steht dir sehr gut.»

Mit ihren Gedichten ging es, wie sie ihren Freunden in New York brieflich mitteilte, nicht gut voran; sie hatte sie auf die lange Bank geschoben, und sie waren hinten heruntergefallen. Sie hatte diesen Typen getroffen. In einer Höhle war irgend etwas mit ihnen geschehen, was, wußte sie nicht genau. Sie mußte hier weg. In knapp drei Wochen gab sie ihre Abschlußlesung vor den Damen und Herren von der Bücherei, und damit hatte es sich wahrscheinlich. *Ich hoffe, du trägst nicht diese neuen ausgestellten Abendkleider, die ich überall in den Zeitschriften sehe. Man sieht darin aus wie ein Sahnebaiser. Es ist kalt hier. In Liebe, Odette.*

Laird war neugierig. Während der Klappmesser sah er immer wieder zu ihr hinüber. «Also klappt es zwischen dir und Pinky?»

«Wer weiß das schon», sagte Odette.

«Na ja, natürlich hat jeder seine Schwierigkeiten im Leben; von seinen weiß ich nur wenig. Ich dachte mir, du könntest ihn interessant finden.»

«Sicher, vom anthropologischen Standpunkt aus.»

«Du hältst ihn für einen Trampel.»

«Laird, wir sind vierzig. Worte wie Trampel kannst du nicht mehr verwenden.» Die Übung wurde anstrengender. «Er ist kein Trampel. Er ist ein Trottel. Vielleicht. Vielleicht ein Idiot.»

«Du bist eine harte Frau», sagte Laird.

«Oh, das bin ich nicht», wandte Odette ein und klappte auf der Gummimatte zusammen. «Ehrlich, das bin ich nicht.»

Nachts hielt er sie jetzt auf eine Weise, die sie tief berührte. Im Schlaf legte er ihr eine Hand auf den Rücken, die andere lag wie eine Kappe an ihrem Kopf, als wolle er sie vor bösen Gedanken beschützen. Oder vielleicht vor Gedanken überhaupt. Wie schnell fanden doch Körper in der Liebe zueinander und schworen sich ewige Treue, ohne um Erlaubnis zu fragen. Beim Verstand! Könnte sie doch bloß ihren Verstand ausschalten, ihr Herz aufgehen lassen, in Flammen, während ihr Gehirn tage-, ja jahrelang aussetzte und ihre Gedichte zu Limericks zusammenschrumpften. Sie würde vor den Stipendienverleihern von der Bücherei den Mund öffnen, und heraus käme: *Da war eine Frau aus...* Jemand würde zur Telefonzelle rennen und die Polizei rufen.

Aber vielleicht konnte man wirklich nur vom Hals an abwärts leben. Vielleicht konnte man nur leben, indem man sich ausgezogene Kleider auf den Kopf türmte, vor das Gesicht, nicht nur einen Pullover mit einem zu engen Kragen, sondern einfach alles – Hose, Schuhe und Socken –, ein verrücktes Knäuel auf den Schultern statt eines Kopfes, während der Körper splitternackt zu einem Leben im Jammertal bereit wäre, in der tiefsten Provinz, in der Einöde, wo kein Flugzeug landet, kein Wagen hält. Vielleicht war das möglich. Denn, sobald sie so bei ihm schlief, reduzierte sich der Rest der Welt auf einen Koffer unter dem Bett. Dieses Besitzen, es setzte jeglichem Verlangen ein Ende. O hier, o sie war hier. Dann schmiegte er sich an sie, nahm ihren Kopf wie den eines Kindes in die Hand und flüsterte ihr, ihrem Hals, ihrer Brust beim Einschlafen Dinge zu. *Schlaf ein, schlaf mit mir ein.*

Am Morgen wärmte sie sich die Arme über den blauen Zinnien der Gasflammen und machte Wasser für Kaffee und Eier heiß. Beim Zeitunglesen stellte sie sich vor, sie und Pinky seien Beatrice und Benedict, oder Nick und Nora Charles, so wie sie es sich immer vorstellte, wenn sie verliebt war, wenigstens einige Tage lang, bis die Gegenbeweise sie überwältigten.

«Warum redest du immer mit den Händen?» fragte Pinky. «Hältst du dich für eine Jüdin?»

Sie starrte ihn wütend an. «Weißt du, das hasse ich an dieser Gegend», erwiderte sie. «Alle sind so steif. Sobald man beim Sprechen auch nur ein bißchen den Körper einsetzt, glauben die Leute, man will für eine Broadway-Show vorsprechen.»

«Küß mich», sagte er, und er schloß die Augen.

Werktags saß Pinky in seinem Büro und bearbeitete den Bankrott irgendeiner Farm oder einen Fall von Tierquälerei. «Mit meinen Klienten», sagte er matt, «würdest du niemals zum Essen gehen wollen. Sie kommen in mein Büro und stinken nach Kuhscheiße, sie lehnen sich im Sessel zurück, strekken den Bauch heraus und erzählen dir dann, daß ihnen so ein Bastard vom Tierschutzverein eine Vorladung geschickt hat, weil ihre Ziegen Würmer haben.» Über sein Gesicht huschte ein tragischer Ausdruck. «Schon traurig, wenn man mit seinen Klienten nicht essen gehen kann.» Er schüttelte den Kopf. «Schon traurig, so eine Ziege mit Würmern.»

Pinky hatte etwas Nettes an sich, aber dieses Etwas hatte nichts mit Nick Charles zu tun. Pinky glich eher einem gesetzten und seriösen Bruder von Nick, der Chuck hieß. Chuck Charles. Wenn einem die Eltern einen solchen Namen verpaßten, hatte man nichts zu lachen.

«Wovon handeln deine Gedichte?» fragte er einmal mitten in der Nacht.

«Von Huren», sagte sie.

«Huren», wiederholte er und nickte im Dunkeln.

Sie gab ihm Gedichtbände: Wordsworth, Whitman, all die *W*s. Wenn sie ihn fragte, wie sie ihm gefielen, antwortete er: «Gut. Ich bin auf Seite...», und dann erzählte er ihr, wie viele Seiten er an diesem Tag geschafft hatte. «Der Wadsworth ist ein bißchen zu hochliterarisch für mich.»

«Wordsworth», verbesserte sie ihn. Sie saßen in seiner Küche und tranken Saft.

«Wordsworth. Gibt es nicht einen Dichter, der Wadsworth heißt?»

«Nein. Wahrscheinlich denkst du an Longfellow. Das war sein Mittelname.»

«Longfellow. Wer ist das noch mal?»

«Was hältst du von den *Grashalmen*? Wie gefallen dir die Gedichte in dem Band?»

«Ganz gut. Ich bin auf Seite fünfzig», sagte er. Dann zeigte er ihr seine Flinte, die er in der Küche in einem Lederkoffer aufbewahrte, wie eine Posaune. Im Keller, sagte er, habe er noch ein Jagdgewehr.

Odette runzelte die Stirn. «Du gehst auf die Jagd?»

«Klar. Ich weiß schon, Juden sollten das eigentlich nicht. Aber in dieser Gegend ist es besser, wenn man ein Gewehr hat.» Er lächelte. «Hier wimmelt es von *Bayern*, verstehst du. Hier, probier es mal aus. Ich möchte sehen, wie du mit einem Gewehr aussiehst.»

«Ich habe Angst vor Gewehren.»

«Brauchst du nicht. Heb es einfach hoch, schau auf die Spitze des Gewehrlaufs und richte das Visier.»

Sie seufzte, hob das Gewehr, drückte den Kolben fest gegen ihre rechte Schulter und zielte auf die Küchenanrichte. «Siehst du jetzt die Kerbe in dem Metallteil, das in der Mitte des Laufs hochsteht?» fragte Pinky. «Die Kerbe muß mitten im Kreis stehen.»

Sie schloß das linke Auge. «Ich verspüre das dringende Bedürfnis, dieses Schneidebrett abzuknallen», sagte sie.

«Das Ding ist nicht geladen. Wird es wahrscheinlich erst im Frühjahr. Truthahn-Saison. Obwohl ich auch den Rotwild-Schein habe.»

«Du jagst Truthähne?» Sie nahm das Gewehr herunter. Es war schwer.

«Du ißt doch Truthahn, oder?»

«Die Truthähne, die ich esse, werden auf Farmen gezüchtet. Das ist der Unterschied. Die haben von vornherein ihren Totenschein unterschrieben.» Sie schwieg und seufzte wieder. «Was machst du, gehst aufs Feld raus und ballerst los?»

«So ungefähr. Ich versuche sie im Flug zu treffen. Hör zu,

ich möchte dich auf die Rotwildjagd mitnehmen. Dieses Wochenende sind die letzten zwei Tage, und ich habe den Schein. Warst du schon mal jagen?»

«Gott bewahre», sagte sie.

Es war kalt im Wald. Sie blies abwechselnd Atemwölkchen und Rauchringe in den abgestorbenen Farn. «Es ist schön hier draußen. Meinst du nicht, daß wir uns die Natur einfach ansehen sollten, statt auf sie zu schießen.»

«Ohne die Jagd würden die Rehe verhungern», sagte Pinky.

«Vielleicht sollten wir dann für sie kochen.» Sie hatten eine Flasche Jim Beam dabei, und sie schraubte sie auf und trank einen kräftigen Schluck. «Warst du schon mal verheiratet?»

«Einmal», sagte Pinky. «Mein Gott, wann war das, vor zwanzig Jahren. Er legte flink das Gewehr an, im Glauben, etwas gehört zu haben, aber nein.

«Oh», sagte sie. «Eigentlich wollte ich nicht fragen, aber weil du nie darüber geredet hast, dachte ich, ich erkundige mich mal.»

«Und du?»

«Ich nicht», sagte Odette. Sie hatte ein Gedicht über die Ehe geschrieben. Es fing an: *Ehe ist der Tod, den du sterben willst.* Bei ihren Lesungen trug sie es nie besonders überzeugend vor. Meistens wippte sie während des ganzen Gedichts mit dem Fuß.

Sie sah auf ihre Brust hinab. «Ich glaube nicht, daß Orange überhaupt jemandem steht», sagte sie. Sie trugen leuchtend orangefarbene Kappen und Westen. «Ich finde, wir sehen aus wie diese Dinger, die mitten auf der Straße stehen, damit die Autos drum herum fahren.»

«Pssst», sagte Pinky.

Sie trank noch einen kräftigen Schluck Jim Beam. Sie hatte die falschen Stiefel angezogen – graue wildlederne, die bis übers Knie reichten und viel zu hohe Absätze hatten –, und jetzt betrachtete sie sie interessiert. Ein Absatz war locker, und an den Schuhspitzen trocknete Matsch. «Erklär mir bitte nochmal», flüsterte sie Pinky zu, «wie wir eigentlich auf den Gedanken kommen, daß ein Hirsch unseren Weg kreuzt?»

«Nicht weit von hier hat eine Hirschkuh ihr Lager», flüsterte Pinky. «Das lockt den Hirschbock an.»

«Böcke, Kühe – zum Glück läuft alles aufs gleiche raus, sage ich immer.»

«Während der Paarungszeit baut sich die Hirschkuh ein Lager, und dann uriniert sie außen herum. So kommt sie zu ihrem Partner.»

«Ach, *so* geht das», murmelte Odette. «Ich habe immer *ins* Bett gepinkelt.»

Plötzlich feuerte Pinky in die Bäume, der Krach erfüllte den Wald wie Kriegsgetöse, und die gelblichen Nadeln einer Lärche fielen zu Boden.

«Ahhhhhh!» schrie Odette. «Was ist los?» Gewehre, kam ihr in den Sinn, waren nichts für Mädchen. Sie waren etwas für Jungs. Sie wurden von Jungs erfunden. Sie wurden von Jungs erfunden, die nie über die Enttäuschung hinweggekommen waren, daß ihr Orgasmus ohne gewaltigen Donner vonstatten ging. «Was zum Teufel machst du da?»

«Verdammt!» schrie Pinky. «Daneben!» Er stand auf und bahnte sich geräuschvoll einen Weg durchs Unterholz.

«O mein Gott!» jammerte Odette und stolperte hinter ihm her, indem sie die gleichen Zweige mit den Füßen zertrat, sich unter dem gleichen Stacheldraht hinwegduckte. «Wohin laufen wir?»

«Ich habe den Hirsch nur verwundet», rief Pinky ihr über die Schulter zu. «Ich muß ihn töten.»

«Mußt du das?»

«Sprich leise», sagte Pinky.

«Du kannst mich mal», sagte Odette. «Ich warte da hinten, wo wir gerade waren», aber dann raschelte etwas hinter ihr im Busch, und der blutende Hirsch sprang heraus, in einem traurigen Galopp, seine Hüfte war eine blutige, klaffende Wunde. Pinky legte das Gewehr an, schoß und traf den Hirsch im Genick. Die Luft flirrte vom Echo des Schusses, und die Blätter fielen von einer Roßkastanie. Die Beine des Tieres knickten ein, und als es in irgendwelche Beerensträucher fiel, blinzelten seine toten Augen nicht einmal, sondern starrten lidlos und dunkel ins Leere, schwarz wie das All.

«Ich lasse die Eingeweide für die Falken zurück», sagte Pinky zu Odette, doch sie war nicht mehr da.

*

Oh, die Damen kommen runter aus dem Pepsi Hotel
nicht anders heißt ihr Zuhaus
als das Schild, das da hängt
wie ein Cola-Rondell:
Pepsi-Cola-nimm-dir-ein-Pepsi-Hotel.

Von Odettes Gedichten über Huren reimten sich nur wenige – es waren jene, die sie in letzter Zeit geschrieben hatte –, aber vielleicht gefielen sie ja dem Publikum in der Bücherei am besten, wegen der Vorahnung, die einem verriet, wie das nächste Wort ungefähr lauten mußte, und doch nicht wissen ließ, welches es genau sein würde; Strophe für Strophe gäbe das Ganze eine Mischung von Trost und Überraschung, die ein Publikum möglicherweise zu schätzen wußte.

Der örtliche Förderkreis der Bücherei hatte an der Fensterfront neben dem Raum mit den Nachschlagewerken ein Lesepult aufgestellt und Stühle für ungefähr achtzig Personen in Reihen angeordnet. Der Raum war kühl und beängstigend voll. Während Odette las, versuchte sie, an den Gesichtern vorbei auf die Atlanten und biographischen Lexika zu sehen.

Sie zerrte an dem großen Kragen ihres Pullovers und zog ihn sich zwischen den Gedichten übers Kinn. Sie versuchte sich die Köpfe der Leute als lauter kleine Maiskolben vorzustellen, so wie es früher einmal ein Tanzlehrer im Ballettunterricht geraten hatte, als sie sieben war und den Eltern vortanzen mußte.

Sie steigen runter zu den Dicken
oder die Dicken gehn hoch
in die Zimmer im bunten Bordell.
Sie machen sich frei zum Ficken
denn nichts anderes läuft
im Pepsi-nimm-dir-ein-Pepsi-Hotel.

Es war still. Eine Tür öffnete sich quietschend und schlug dumpf zu. Odette sah auf und erkannte Pinky, der ganz hinten auf Zehenspitzen zu einem Stuhl schlich und sich setzte. Sie hatte ihn seit einer Woche nicht mehr gesehen und gesprochen. Vorn drehten sich zwei ältere Frauen um, um zu sehen, was los war.

Sie stöhnen o Honey; sie sagen es laut
wir geben nicht viel, doch das gibt's ganz schnell
und weil hier der Himmel auf Erden ist
scheint uns die Arbeit so hell im ...

Es folgten noch weitere Strophen, zu viele, und sie leierte sie herunter. Dann las sie ein Gedicht mit dem Titel «Schlecht geschlafen». *Heute nacht schlief sie schlecht auf dem Rücken*, begann es, *darum hält sie sich jetzt den Kopf, verrückt vor Einsamkeit und noch verrückter vom Reden*. Danach las sie noch ein weiteres langes mit dem Titel «Mädchen bekommt Diphtherie, verliert gutes Aussehen». Sie sah auf und durchs Fenster. Die Leute betrachteten sie argwöhnisch, mit niedrigem Blutzuckerspiegel vom frühen Abendessen, und hin und wieder lenkten Odettes Schuhe, die spitz und beige waren, ihr Interesse auf sich. «Ich werde mit einem Gedicht schließen», sagte sie laut ins Mikro, «das ‹Le Cirque im Regen› heißt.»

Dies handelt nicht von einem französischen Affenzirkus,
entmutigt vom Wetter:
Dies handelt von dem Restaurant,
vor dem du im Taxi ankommst,
wo dein Leben schlimm endet,
wie das Gejaule eines Hundes,
mit deinem Herz am falschen Fleck.

Es erzählte die Geschichte eines Callgirls in Manhattan, das eine Glaubenskrise durchlitt. *Was ist ein Heiligenschein, wenn nicht ein schöner Zufall / aus Licht und erdumkreisendem Staub. Was ist ein Herz / wenn nicht ein . . .* Sie schaute wieder die beiden älteren Damen an, die höflich und halbwegs aufmerksam, nicht aus der Ruhe zu bringen, in der vordersten Reihe saßen. Eine hatte ihr Strickzeug herausgeholt. Odette sah wieder auf ihr Blatt. *Schimpanse in der Brust* hatte sie in einer früheren Fassung geschrieben, und genau das sagte sie jetzt.

Hinterher wurde am alphabetischen Katalog ein kleiner Empfang gegeben. Kleine Stücke Pfefferkäse lagen wie Spielwürfel auf einem Tisch. Des weiteren gab es ein Crakker-Schachbrett, dunkel und hell, und ein Aufschnitt-Roulette. «Das ist ja ein gottverdammtes Casino.» Sie drehte sich zu Pinky um, der hergekommen war und den Arm um sie gelegt hatte. «Ich habe dich vermißt», sagte er. «Ich habe Wild gegessen und an dich gedacht.»

«Ja, gut, danke, daß du gekommen bist.»

«Ich fand, du hast sehr gut gelesen», sagte er. «Allerdings habe ich nicht alles verstanden, ehrlich gesagt. Einiges von deinem Zeug ist etwas zu hoch für mich.»

«Wirklich», sagte Odette.

Leute schüttelten ihr die Hand. Sie sahen sie seltsam an, bombardierten sie mit Vermutungen und Mutmaßungen, mit Dingen, die sie für intimes Wissen über sie hielten. Im Vergleich dazu fühlte sie sich unbewaffnet, benachteiligt. Sie zündete sich eine Zigarette an.

«Denken Sie wirklich so über Männer?» fragte ein Mann mit einem skeptischen Zug um den Mund.

«Denken Sie wirklich so über Frauen?» fragte ein anderer.

«Ihre Stimme», sagte eine junge Studentin. «Sie klingt wie – wie heißt gleich diese Schauspielerin?»

«Mercedes McCambridge», sagte ihr Freund.

«Nein, nicht die. Oh, ich habe es vergessen.»

Einige ältere Paare waren schon in Hut und Mantel, kamen aber noch zu Odette, um ihr die Hand zu schütteln. «Sie waren wunderbar, Liebe», sagte eine Frau und starrte Odette in die Nase.

«Ja», sagte die andere und studierte ihre verpfuschte Strickarbeit – einen Schal mit einem wellenförmigen Rand.

«Wir kommen jedes Jahr zu diesen Lesungen», sagte ein Mann neben ihr. Er hatte auch etwas sagen wollen, und das war nun herausgekommen.

«Schön, ich danke Ihnen, daß Sie auch dieses Jahr gekommen sind», sagte Odette und zog an ihrer Zigarette.

Kay Stevens, die Verantwortliche für die Stipendiatenlesungen, trat an sie heran und küßte sie auf die Wange, und das süße Vanillewachs ihres Lippenstifts klebte wie ein Bonbon. «Ein großer Erfolg», sagte sie schnell, sah dann mißfallend drein und eilte davon.

«Darf ich dich irgendwo zu einem Drink einladen?» fragte Pinky. Er stand immer noch neben ihr, und sie drehte sich wieder zu ihm um und sah ihn dankbar an.

«Ui», sagte sie. «Gern.»

Pinky fuhr mit ihr hinter die Stadtgrenze, ins Humphrey Bogart's. Er trank auf ihr Wohl, schnipste einen glänzenden Fussel von ihrer Wange, sah ihr in die Augen und sagte: «Gratuliere.» Er wurde betrunken, rückte seinen Stuhl näher und lehnte den Kopf an ihre Schulter. Er hörte der Musik zu, kaute auf seinem Cocktailstäbchen, klopfte mit den Füßen den Takt.

«Irgendwelche Wünsche?» knurrte der Bandleader ins Mikro.

«Oh, spiel uns ein Lied von Zion», brüllte Pinky.

«Wie bitte?» Die Worte knallten und donnerten ins Mikrofon.

«Nichts», sagte Pinky.

«Vielleicht sollten wir gehen», sagte Odette und griff unter dem Tisch nach Pinkys Hand.

«Okay», sagte er. «Also gut.»

In der Dunkelheit des Schlafzimmers zündete er mit einem Streichholz eine Kerze an, deren Licht die Wand erscheinen ließ, als sei sie in Hektik gestrichen worden. Er ging zu ihr zurück und kuschelte sich an sie. «Warum komme ich eigentlich nicht mit dir nach New York?» flüsterte er. Sie schwieg, und daher sagte er: «Nein, ich glaube, du solltest hierbleiben. Ich könnte dich zum Skilanglauf mitnehmen.»

«Ich mag Skilanglauf nicht», flüsterte sie zurück. «Es erinnert mich daran, wie man als kleines Kind mit Vaters Hausschuhen herumschlappte.»

«Ich könnte dich zum Schneemobilfahren am Sand Lake mitnehmen.» Wieder trat ein langes Schweigen ein. Pinky seufzte. «Nein. Du wirst nicht bleiben. Ich höre dich schon mit deinen Freunden im Osten telefonieren und ihnen sagen, du hättest beschlossen hierzubleiben, und wie sie aufschreien: «*Was* ist los mit dir?»

«Du kennst doch uns Ostküstenbewohner», sagte sie verzweifelt. «Wir kommen einfach irgendwohin, vergewaltigen und plündern.»

«Weißt du», sagte Pinky, «du bist wahrscheinlich der klügste Mensch, den ich je kennengelernt habe.»

Sie hielt den Atem an. «Du kommst nicht viel herum, nicht wahr?»

Er rollte sich fort von ihr und starrte an die schattige Decke mit ihren Grübchen und Flecken. «Als ich zur High-School ging, war ich ein schlechter Schüler. Ich mußte Sonderkurse in dem Haus hinter der Schule belegen. Es wurde ‹Das Haus› genannt.»

Sie rieb sein Bein sanft mit ihrem Fuß. «Willst du mich zum Weinen bringen?»

Er nahm ihre Hand, holte sie unter der Decke hervor, legte sie an seinen Mund und küßte sie. «Für dich ist alles ein Witz», sagte er.

«Für mich ist nichts ein Witz. Es hört sich nur immer so an.»

Sie verbrachten eine letzte Nacht zusammen. Bei ihm zu Hause, spät, bei abgeschaltetem Licht, sahen sie sich ein weiteres Band der *Holocaust Survivors* an. Es handelte von einem Jungen, der gezwungen wurde, für die Nazis zu singen, wieder und wieder. Weil er singen konnte, sollte er als letzter durch Kopfschuß sterben, und als sie auf ihn schossen, verfehlten sie das Zentrum des Gehirns. Er wurde lebend aufgefunden. «Ich muß an schöne Dinge denken», sagte er jetzt, alt und ins Leere starrend. «Vielleicht ist das nicht gerade das, was andere tun, aber ich muß es tun.» *Er hatte eine wunderschöne Stimme*, sagte eine Frau, eine andere Überlebende. *Sie war schön wie ein Vogel, der zugleich ein Gott mit Flöten war.*

«Hart», murmelte Pinky, als es zu Ende war. Er drückte auf die Fernbedienung und wandte sich in der Dunkelheit ab, der Wand zu, in einer Höhle aus Laken. Odette robbte nah an ihn heran und umschlang ihn von hinten mit den Händen, die Handflächen auf den sanften Hügeln seiner Brüste, die Finger tief im zarten Haargestrüpp.

«Ist alles in Ordnung?» fragte sie.

Er drehte sich zu ihr um und küßte sie, und in der Dunkelheit kam er ihr gealtert und traurig vor. Er legte einen ihrer Finger auf sein Gesicht. «Du hast mich noch nie danach gefragt.» Er führte ihren Finger über Kinn und Wange und ließ ihn, wie die Narbe, blind im Schnurrbart enden.

«Ich gebe mir Mühe, nicht nach zu vielen Dingen zu fragen. Wenn ich erst einmal damit angefangen habe, kann ich nicht mehr aufhören.»

«Willst du's wissen?»

«Ja.»

«Ich war in der High-School. Irgendein Junge nannte mich einen Juden, und ich rannte ihm hinterher. Aber ich war ungeschickt und fett. Er zerschlug eine Flasche und zog sie mir quer durchs Gesicht. Als ich nach Hause kam, fiel meine Großmutter beinahe in Ohnmacht. Das Komische daran war, ich hatte keine Ahnung, daß ich Jude war. Meine Großmutter wartete bis zum nächsten Tag, um es mir zu sagen.»

«Wirklich», sagte Odette.

«Man muß die Juden im Mittleren Westen verstehen: sie haben Angst, daß man sie durchschaut. Sie haben Angst, daß man ihnen auf die Schliche kommt.» Er atmete gleichmäßig ein und aus, und das Rouleau vor dem Fenster bewegte sich in der Heizungswärme leicht hin und her. «Wie du wahrscheinlich inzwischen weißt, wurden meine Eltern in den Lagern ermordet.»

Odette sagte gar nichts, und dann: «Ja. Ich weiß.» Und in dem Augenblick, als sie es aussprach, wurde ihr klar, daß sie es wirklich wußte, es irgendwie die ganze Zeit über gewußt hatte, wenngleich die Tatsache an sich unter der Oberfläche verborgen geblieben war, mit Kiemen und schwimmend wie ein Fisch, der nun plötzlich, nach Luft schnappend, mit aufgesperrtem Maul aufgetaucht war.

«Fährst du wirklich am Freitag?» fragte er.

«Was?»

«Freitag. Fährst du?»

«Entschuldige, ich habe dich nicht verstanden. Es ist windig draußen oder so.»

«Ich habe dich gefragt, ob du am Freitag wirklich fährst?»

«Oh», sagte sie. Sie preßte das Gesicht fest gegen seinen Nacken. «Warum kommst du nicht mit?»

Er lachte mißmutig. «Sicher», sagte er, «schon gut.» Und in diesem Augenblick war er sich der merkwürdig vagen Grenzlinie zwischen Barmherzigkeit und Ironie, zwischen Mundraub und Liebe weitaus klarer bewußt als sie.

An diesem letzten Tag dachte sie ausschließlich an ihn. Sie packte und putzte gründlich ihr Zimmer, aber das hatte sie nun schon so oft in ihrem Leben getan, daß es ihr nichts mehr bedeutete, nicht in ihrem tiefsten Innern und nichts von dem, was sie ihm gern an Bedeutung beigemessen hätte.

Sie sollte bleiben.

Sie sollte hier bei ihm bleiben, ihn durch die entwaisende Kraft der Liebe entwaisen und weise und schlicht in einer Welt leben, die ungeheuerlich genug für unendlich viele Huren und jahrelangen Tod war, und unendlich viele Gedichte über Huren und den Tod, so ungeheuerlich, wie konnte man da überhaupt leben? Man mußte sich Schutzwälle bauen. Man mußte sich Nischen suchen und darin leben. Sie sollte da leben, wo es Bäume gab. Sie sollte da leben, wo es Vögel gab. Kein Vogel, kein Baum hatte sie jemals unglücklich gemacht.

Aber das wäre, als käme man in den Himmel und träfe nicht einen einzigen alten Freund. Ihr Leben würde glückselig ins Leere starren. Und wenn er nach New York ginge, nun, er wäre konfus. Er war noch nie da gewesen und würde zweifelsohne seine Zeit damit verbringen, die Wolkenkratzer zu bestaunen und auszurufen: «Mensch, schau dir bloß diese riesigen Monster an!» Er würde mit offenen Schnürsenkeln durch den mal hier, mal da fließenden Urin patschen. Er würde durch die Hundescheiße laufen, die wie Minen auf ihn wartete. Er würde die Speisekarten in den Fenstern der Restaurants lesen und angesichts der Preise einen Pfiff ausstoßen. Er würde einen Besoffenen anstarren, der sich, auf dem Gehsteig zusammengesackt und alle viere von sich gestreckt, am Hosenlatz fummelte, und dazu nicht unfreundlich sagen: «Der Kerl hat wirklich alles unter Kontrolle.» Er würde sich die Frauen ansehen.

Und ihre Ruhelosigkeit würde in Bewegung kommen, Wellen schlagen, wie von einem kühlen Hauch. Sie würde sich im Bett von ihm abwenden, die Hände unterm Kissen, während die Digitaluhr die Ziffern der abgelaufenen Zeit verschluckte. Sie würde ein wenig über das Verrinnen der Zeit seufzen, über diesen endlosen Korridor, dessen Wände an ihr vorbeiwischten – dunkel, schnell und unaufhaltsam.

«Was hast du vor, übernachtest du unterwegs irgendwo?» fragte er, als er neben ihrem Wagen in der Kälte stand. Es war Freitag morgen, und einzelne Schneeflocken fielen. Er war vorbeigekommen und half ihr den Wagen packen.

«Ich fahre, bis es dunkel wird, dann suche ich mir ein Motel und lese, bis ich einschlafe. Dann stehe ich um sechs auf und fahre wieder ein Stück.»

«Ja, hm, was hast du denn zum Lesen dabei?» fragte er. Er machte einen unglücklichen Eindruck.

Sie hatte eine *Vogue* und das *Jung-Lesebuch* dabei. «Etwas von Jung», sagte sie.

«Jung?» fragte er. Sein Gesicht wurde ausdruckslos.

«Ja», seufzte sie; sie wollte nichts erklären. «Ein Buch von ihm mit dem Titel *Das Jung-Lesebuch*.» Sie fügte hinzu: «Das ist ein Psychologe.»

Pinky sah ihr tief in die Augen. «Ich weiß», sagte er.

«Wirklich?» Sie war ein wenig überrascht.

«Ja. Du solltest seine Autobiographie lesen. Sie hat einen sehr interessanten Titel.»

Sie lächelte. «Wer *bist* du nur? Seine Autobiographie? Wirklich?»

«Ja», sagte Pinky langsam. «Sie heißt *Jung geblieben*.»

Sie lachte laut; sie wollte ihm eine Freude machen. Dann sah sie ihm ins Gesicht, um ihn so in der Erinnerung zu fixieren. Er trug ein schwarzes Hemd, einen schwarzen Pullover, schwarze Hosen. Er lächelte. «Du siehst heute aus wie Zorro», sagte sie, merkwürdig berührt. Die spinnenartigen Adern an seinen Schläfen glichen Wesen unter Wasser, tentakelbesetzt und ertrunken. Sie küßte ihn, lange und auf den Rand seines Ohrs, und spürte dabei in den Windungen und Räumen ihres Gehirns eine vage, vage Grenzlinie. Sie stieg in den Wagen. Sie hatte noch nicht einmal den Motor angestellt, und doch hatte ihr Abschied bereits stattgefunden, ohne sie, ihr vorauseilend, so daß sie nur noch eines fühlte, den Spott, zurückgelassen zu werden, etwas zu wiederholen, zu imitieren, noch einmal tun zu müssen, und jetzt, und wieder.

«Deine ganze Umherzieherei», sagte er, ins Fenster gebeugt; sein Gesicht war weiß wie Frischkäse, und seine Narbe glich der ausgeprägten Zickzackspur eines Schneemobils auf einem winterlichen See. «Wie soll dir jemals ein Mensch nahekommen?»

«Ich weiß nicht», sagte sie. Sie schüttelte ihm durchs Fenster die Hand und zog dann ihre Handschuhe an.

Und darüber dachte sie auf der Fahrt durch Indiana nach, und dann beim Sonnenuntergang, der wie ein neuer Osterhut das Dach des Motels in Sandusky aufleuchten ließ, und in der Morgendämmerung von Pennsylvania, in die sie glitt wie bei der Geburt – wie jemand, der übt, geboren zu werden. Es gab Dinge, die sie vergessen hatte: ein Nachthemd, das an einem

Haken hinter der Badezimmertür hing, Ohrringe auf dem Nachttisch im Motel. Und die Liebe, die sie überfallen hatte, mußte zur Erinnerung werden, ein Lastwagen auf einem Highway, der zur Linken herandonnerte und den sie vorüberziehen lassen mußte.

Sie würde direkt an der Delancey Street parken; gegenüber dem Hotel mit dem Pepsi-Schild und dem darunter leuchtenden HOTEL-Schriftzeichen fände sich ein Parkplatz. Die ganze Nacht über würden Sirenen heulen, und der Verkehr würde rauschen und sich die Houston und die Canal Street hinunterquälen, in Richtung Holland Tunnel – ein verbogenes Schild, das direkt auf ihr Fenster zielte. Am Morgen würde sie aufstehen und allerlei Dinge besorgen; der Verkäufer in der Bodega an der Ecke würde die Zahlen falsch in die Kasse tippen, und die Zahnpasta käme auf zweitausend Dollar. «Zweitausend Dollar!» würde der Verkäufer schreien. «Da hast du ja 'ne *richtige* Zahnpasta erwischt!» Von weit her, und nachts, würde ein Mann anrufen und unsicher sagen: «Ich sollte dich am Valentinstag besuchen», Geschichte aus allem möglichen, unvereinbar und sich selbst zerfleischend, an den eigenen Lippen nagend.

Falls sie Geschenke des Schicksals oder Gottes oder einen ernsthaften Ersatz dafür verschmäht hatte, so würde sie es doch niemals so empfinden. Sie fühlte sich jetzt wie jemand, den sie gern hatte, als sei sie ihr eigener alter und zukünftiger Freund, noch unverbraucht und irgendwo in der Ferne, wie ein sich bewegendes Licht.

WIEDER HUNGERN

Dennis' Ex-Frau hatte sich in einen Mann verliebt, der, so sagte sie, wie aus einem Roman war. Dennis vergaß zu fragen, aus welchem Roman. Er war niedergeschlagen und verabredete sich selten. «Ich hätte zu ihr sagen sollen: ‹Aha, und aus welchem?›» Wenn Dennis telefonierte, trat er sich immer, eine an und für sich schwierige Angelegenheit, da man am Telefon nicht «aua» sagen kann. Seine Freundin Mave kritzelte mit Vorliebe vor sich hin, wenn sie mit ihm telefonierte, gewagte Formen mit Gesichtern oder ein einsames Kästchenspiel. Manchmal unterbrach sie ihn sogar, weil sie wissen wollte, wie spät es war. Ihre Uhr stand im anderen Zimmer.

«Aber, weißt du», sagte Dennis, «ich habe meine eigene Art, mich zu rächen: Wenn sie mit anderen Männern ausgehen will, bleibe ich eben zu Hause und lasse sie einfach ziehen.»

«Das ist eine unglaublich wirkungsvolle Form der Rache», sagte Mave. Sie hatte ihre Schwierigkeiten mit dem Telefonieren. Sie brauchte das Gesicht, das Bild von Augen, Nase, zitterndem Mund. Wenn sie am Telefon saß, mußte sie häufig Dennis' Gesicht aus einem Fenster improvisieren: die plattgequetschte Nase des Griffs, die verglasten Augen, der Lippenvorsprung der Fensterbank. Oder sie zeichnete eben eine andere gewagte Form mit Gesichtszügen. Leute, die miteinander redeten, sollten ein Gesicht sehen, dieses verunglückt Kuchenartige, das es an sich hatte, dieses Versteckspiel des Herzens, das sich darauf abspielte. Am Telefon sagte man Worte, sah sie aber nie ankommen. Man verabschiedete sie am Flughafen, konnte jedoch nie wissen, ob jemand da war, der sie abholte, wenn sie aus der Maschine stiegen.

Sie trafen sich zum Abendessen in einer Art makrobiotischem Restaurant, weil Dennis seit kurzem davon besessen war. Bevor ihn seine Frau verließ, hatte seine Vorstellung von gesunder Ernährung einen Gang zu McDonald's und die Bestellung eines Fisch-Macs beinhaltet, aber jetzt besaß er stapelweise Bücher über Miso. Und über Tempeh. Die meisten seiner Bücher handelten jedoch von der Liebe. Ihn überzeugte dieser Weg zur Erforschung des eigenen Herzens. Männer waren eben so, hatte Mave festgestellt. Sie sahen gern in den Spiegel. Für Frauen waren Spiegel lästige Pflichterfüllung: Sie schauten hinein, runzelten die Stirn, holten ihr Werkzeug hervor und machten sich an die Arbeit. Für Männer dagegen war ein Spiegel gleichbedeutend mit Sex: Sie nahmen ihr Spiegelbild ins Visier, zogen sich mit den Augen aus und starrten sich erschreckend lange an. Mave glaubte, daß die fehlende Fähigkeit, das eigene Leben klar zu überblicken, es klug zu untersuchen, vermutlich nichts anderes bedeutete, als daß man mittendrin stand, und das konnte doch unmöglich schlecht sein.

Diesen Monat las Dennis nur Bücher, die wohl für Frauen geschrieben worden waren, Titel wie *Wach auf, Mädchen, wach auf* und *Warum ich mich hasse*. «Solche Bücher verheißen nichts Gutes», sagte Mave. «Zu viele gut angepaßte Menschen werden der Kunst in diesem Land schaden. Ganz zu schweigen von den akademischen Berufen.» Sie musterte Dennis' verdrehte Krawatte, das weiche, herausgerissene Auge des Etiketts. «Du hast beschlossen, gesund zu leben, und läßt dafür zu viele gute Menschen links liegen.»

Doch Dennis entgegnete, er könne sich mit diesen Büchern identifizieren, sie seien unglaublich, und er langte in seine Büchertasche, die er jetzt überallhin mitschleppte, und las Passagen laut vor. «Hier», sagte er zu Mave, die ihren eigenen Whiskey mit ins Restaurant gebracht hatte und ihn jetzt in ein Wasserglas goß, aus dem sie das Wasser ausgetrunken und nur das Eis zurückgelassen hatte. Sie hatte sich mit der Kellnerin herumstreiten müssen, um das Eis zu bekommen. «Oh, nein – hier», sagte Dennis. Er hatte eine andere Stelle in *Warum ich mich hasse* gefunden und begonnen, laut und gefühlvoll vorzulesen, als er plötzlich verzweifelt zu schluchzen anfing, tief und aus dem Bauch heraus. «O Gott, es tut mir leid.»

Mave schob ihm quer über den Tisch ihr Whiskeyglas zu. «Schon in Ordnung», murmelte sie. Er nippte und packte dann sein Buch ein. Er wühlte in seiner Tasche und fand ein Kleenex, mit dem er sich die Nase abtupfte.

«Es ist nicht meine Schuld, daß ich so geworden bin», sagte er. «Dafür sind gewisse Leute verantwortlich.» In seiner Tasche entdeckte Mave eine Zeitschrift mit der empörten Überschrift: *ÄTHIOPIEN: WARUM VERHUNGERN SIE DIESMAL?*

«Gelangweiltsein ist herzlos», sagte Dennis, und die Tränen flossen spärlicher. Er deutete auf die Zeitschrift. «Wenn das Gesicht zum Gähnen ansetzt, fließt weniger Blut ins Herz.»

«Bist du fertig mit meinem Drink?»

«Nein.» Er trank noch einen Schluck und schüttelte sich. «Das heißt, ja», und er reichte ihn Mave zurück, wischte sich den Mund mit einer Serviette ab. Mave betrachtete Dennis' Gesicht und war froh, daß sich in letzter Zeit niemand von ihr getrennt hatte. Denn sobald sich jemand von dir trennt, wirst du sehr unattraktiv, und das bestätigt sämtliche Zweifel, die dieser Mensch von vornherein dir gegenüber gehegt hat. «Warte, nur noch einen Schluck.» Jemand macht Schluß mit dir, und du jammerst. Du kriegst Bläschen, welkst dahin und wirst rot. Du entschuldigst dich bei leblosen Objekten und trinkst, obwohl du geschworen hast, es nicht zu tun. Du läufst herum und summst die Melodie aus dem *Tal der Puppen*, summst sogar die Instrumente und bleibst bei der Zeile hängen, in der es heißt: *weggehen müssen, weggehen, gehen müssen*... Es ist einfach nicht gut, für die Liebe ein derartiges Risiko einzugehen. Fürs Essen sollte man ruhig ein Risiko eingehen, aber nicht für die Liebe. Liebe kann man nicht essen. Die Liebe, dachte Mave, glich eher den Toiletten im Ziegfeld: in jeder Kabine ein Waschbecken, na und? Mave gab sich sogar alle Mühe, hinterher ganz schnell das Aussehen der Männer zu vergessen, mit denen sie ausgegangen war. So was nannte man sich selbst am nächsten sein.

«Der Rest gehört dir», sagte Dennis. Er lächelte. Der Whiskey trieb ihm hübsch das Blut ins Gesicht.

Mave sah auf die Speisekarte. «Hier gibt's ja nicht mal Spaghetti mit Hackfleischsoße. Ich wollte mir die Kinderportion Spaghetti mit Hackfleischsoße bestellen.»

«Oh, dabei fällt mir ein», sagte Dennis und schüttelte gewichtig einen Finger. Es sah aus, als hätten die verschwundenen Bücher und der Whiskey sein Selbstbewußtsein gestärkt. «Hab ich dir schon erzählt, daß der Typ, mit dem meine Frau rumhängt, Italiener ist? Aus Mailand, nicht aus Brooklyn. Was könnte es deiner Meinung nach bedeuten, daß sie sich in einen Italiener verliebt?»

«Das bedeutet, daß sie sich dauernd dreckig vorkommen wird. Das bedeutet, daß er die Fusseln auf ihrer Bluse anstarrt, während sie ihm irgendeine schmerzliche Geschichte über einen Kindergeburtstag erzählt, zu dem niemand kam. Machen wir uns doch nichts vor: Allmählich wird ihr die Tatsache fehlen, daß dein Haar in alle gottverdammten Himmelsrichtungen strebt.»

«Ich laß es morgen schneiden.»

Mave setzte ihre Lesebrille auf. «Das hier ist doch kein Restaurant. In Restaurants serviert man ganz andere Dinge.»

«Weißt du, eins muß ich dir zu diesen Frauenbüchern sagen. Dieses ständige Betonen, man solle seine homosexuelle Seite aufspüren und akzeptieren, hat tatsächlich eine starke Wirkung. Es entwickelt und setzt eine andere Art von Liebe frei.»

Mave blickte zu ihm auf und lächelte. Sie fühlte sich zu Verrückten hingezogen, wegen ihres blitzscharfen Verstandes. «Du hast also aufgespürt und akzeptiert?»

«Ja, zumindest ist mir folgendes bewußt geworden. Ich mag Männer. *Und* ich mag Frauen.» Er beugte sich vertraulich zu ihr hinüber. «Ich mag bloß keine *Mauen*.» Er griff wieder nach Maves Whiskey. «Natürlich lebe ich in der absolut falschen Stadt. Darf ich?» Er legte den Kopf zurück, und die Eiswürfel klackerten gegen seine Zähne. Wasser perlte auf seinem Kinn. «Aber Mave, von wem schwärmst *du* eigentlich in letzter Zeit?» Dennis sah inzwischen leicht betrunken aus. Seine Lippen waren glatt und dick und klafften auf wie ein Portemonnaie.

«In letzter Zeit?» Es gab kleine Tricks, wie man Zeit gewinnen konnte.

«In dieser letzten Zeit.»

«In letzter Zeit. Dieser. Ich habe Mitch mal wieder ab und zu getroffen.»

Dennis ließ seine Stirn in die Hand fallen, die ungewollt vom Tisch hochgeschnellt war, so daß sich beide auf halbem Weg mit einem häßlichen Klatschen trafen. «Mitch! Mave, das ist doch so ein Aufreißertyp!»

«Dann wollte ich eben aufgerissen werden. Es ging sowieso der Lack ab.»

«Weißt du eigentlich, was du tust? Du holst dir all deine

Freunde im Sonderangebot. Das nennt man Ausverkauf. Opfer der Lust.»

«Hör zu, wenn du dich aufreißen lassen willst, gehst du eben zu einem Aufreißer. Ich nehme solche Dinge nicht mehr ernst. Mein Prinzip heißt jetzt: Vergiß, wie sie alle aussehen. Ich mache es wie Rudolph Bing. Ich habe den Verstand verloren und latsche mit einem ungeeigneten Liebhaber in der Südsee herum, und daran glaube ich. Ich denke, jeder Mensch mit einer Liebesaffäre ist sowieso ein Rudolph Bing, und es ist sinnlos, das abzustreiten ... O mein Gott, der Mann in der Strickjacke da drüben befühlt die Lymphknoten seiner Freundin.» Mave nahm ihre Lesebrille ab und kramte in ihrer Tasche nach der Whiskeyflasche. Das war die Sache mit dem Hunger: Er legte etwas Gefährliches in einem bloß, etwas Bodenloses, wie ein Universum oder eine Klippe. «Tut mir leid. Rudolph Bing geht mir nicht aus dem Kopf. Er geht mir wirklich schon lange nicht aus dem Kopf. Ich habe den Eindruck, wir sind alle ein bißchen wie er.»

«Ein bißchen wie *Being in love*», sagte Dennis. *«What a day this has been. What a rare mood I'm in.»* Mave nahm gerade einen ausgiebigen Schluck. «Ich habe dieses *Live at Carnegie Hall*-Band zu oft gehört.»

«Musik! Reden wir doch lieber über Musik! Oder den Tod! Warum müssen wir bloß immer über die Liebe reden?»

«Weil unsere Eltern verrückt waren und wir nach Liebe hungern.»

«Weißt du, was ich beschlossen habe? Ich möchte nicht verbrannt werden. Ich wollte das mal, finde aber inzwischen, daß es zu sehr nach Backofen klingt. Jetzt möchte ich lieber einbalsamiert werden und mir dann von einem plastischen Chirurgen überall Silicon-Implantate einsetzen lassen. Und danach wie Schneewittchen im Wald aufgebahrt werden, mit einem Grabstein, auf dem *Gotta Dance* steht.» Der Whiskey lief süß hinunter. So kam es nach einer Weile, wenn keine Mahlzeit Hilfe leistete – der Whiskey mußte die Arbeit des Essens übernehmen. «Gut. Wir haben über den Tod geredet.»

«Das nennst du über den Tod reden?»

«Was ist *Grünkohl*? Ich verstehe gar nicht, warum man unsere Bestellung noch nicht aufgenommen hat. Ich meine, jetzt ist es zwar voll, aber vor zehn Minuten war es das noch nicht. Vielleicht wegen der Geschichte mit dem Eis.»

«Weißt du, was meine Frau noch über diesen Italiener erzählt? Sie sagt, er singt immer das gleiche Lied vor sich hin. Weißt du, welches?»

«Santa Lucia.»

«Nein. Die Titelmelodie aus der ‹Addams Family›: *Their house is a museum, when people come to see-um* ...»

«Das erzählt dir deine Frau?»

«Wir sind immerhin Freunde.»

«Erzähl mir bloß nicht, daß ihr Freunde seid. Du haßt sie.»

«Wir sind Freunde. Ich hasse sie nicht.»

«Du hältst sie für eine Schmarotzerin und eine Schlampe. Sie ist mit einem Typen zusammen, der schicke Schuhe trägt und einen Friseur hat, der bei seinem Anblick nicht zusammenbricht.»

«Du warst früher mal ein netter Mensch.»

«Ich war kein netter Mensch. Ich bin ein netter Mensch.»

«Dieses Jahr ist furchtbar», sagte Dennis, und seine Augen standen wieder unter Wasser.

«Ich weiß», sagte Mave. «Achtundachtzig. Zuviel Sergio Mendes oder so.»

«Weißt du, es ist in Ordnung, wenn man kein netter Mensch ist.»

«Brauche ich deine Erlaubnis? Danke.» Genau das tat Dennis neuerdings: Er erlaubte jedem, sich so zu fühlen, wie derjenige sich sowieso fühlte. Das lag an den Büchern. Dennis hatte zu seinen Gefühlen eine zärtliche, buchhalterische Beziehung entwickelt. Eine offenbarende. Entomologische.

So könnte Mave niemals sein. Sie behandelte ihr Gefühlsleben wie ihren Wagen: sie ließ es laufen, überließ es sich selbst. Zu ihren Freunden sagte sie Dinge wie: «Ich weiß schon, du denkst, das ist ein 79er Modell, aber es ist ein 87er.» Letztendlich wollte sie gar nicht allzuviel von ihrem Gefühlsleben verstehen; sie ging einfach hin und lebte es. Hauptsache, dachte sie, du wohnst diesem dürftigen Theater ruhig bei und stehst nicht mittendrin und schreist: «O mein Gott, man sieht ja die Leute hinterm Vorhang!» Es gab einen Punkt, an dem die Erforschung einer Sache zu einer beängstigenden und naiven Angelegenheit wurde.

«Aber Dennis, wirklich, warum denkst du soviel über die Liebe nach, ob dich jemand liebt oder nicht? Du liest nichts anderes, du redest über nichts anderes.»

«Steck doch mal alle Hungernden dieser Welt in einen Raum, dann wirst du sehen, daß nur ein Haufen Gerede über Roastbeef dabei herauskommt. Sollten sie vielleicht über den Napoleonischen Code reden?» Bei der Erwähnung von Roastbeef leuchtete Maves Gesicht auf, grünlich, fluoreszierend. Sie schaute an Dennis vorbei und sah die Bedienung endlich an ihren Tisch kommen; sie kam langsam näher, gemein, drohend. Ein großer Papieruntersetzer klebte an ihrem Schuh. «Weißt du...», sagte Dennis und sah Mave eindringlich an, aber Mave beobachtete die herannahende Bedienung. *O Leben, o süßes, vergeben sei das mit dem Eis*... Er packte Mave am Handgelenk. Es gab immer einen Notfall. Und dann kam die Liebe. Und dann gab es den nächsten Notfall. Das war das Sandwichartige daran. Notfall. Liebe. Notfall. «Also, natürlich will ich nicht behaupten, daß du eingedöst bist», sagte Dennis, und seine Stimme erreichte sie jetzt, hoch und schniefig. «Ich meine, sag's mir ruhig, wenn ich unrecht habe», sagte er, «aber ich glaube doch nicht, daß ich mich die ganze Zeit mit mir selbst unterhalten habe.» Er packte noch fester zu. «Oder doch?»

WIE ETWAS LEBENDIGES

Alle lieben den Zirkus.
Clowns! Elefanten! Dressierte Pferde! Erdnüsse!
Alle lieben den Zirkus.
Akrobaten! Seiltänzer! Kamele! Kapellen!
Stell dir vor, du hättest die Wahl, entweder in den Zirkus zu gehen oder ein Bild zu malen. Was würdest du wählen?
Du würdest den Zirkus wählen.
Alle lieben den Zirkus.

V. M. Hillyer und E. G. Huey,
Kunstgeschichte für Kinder

Sämtliche Filme in jenem Jahr handelten von Leuten mit Metallplatten im Schädel: Geister aus einer anderen Galaxie versammeln sich nächtens in einem Ferienort und bemächtigen sich aller Einwohner – bis auf den Mann mit der Metallplatte im Schädel. Oder: Ein Mädchen mit einer Metallplatte im Schädel spaziert über den Strand und glaubt, sie sei jemand anders. Am Strand wird der Beweis dafür angespült. Seeleute tauchen auf. Oder: Eine Frau träumt von einem Haus, in dem niemand wohnt, und eines Tages geht sie an genau diesem Haus vorbei – eine Kuppel, Giebel und eine Vorderveranda. Sie geht hin, klopft an die Tür, und diese wird langsam von ihr selbst geöffnet! Von einer Frau, die ihr vollkommen gleicht und grinst. Sie hat eine Metallplatte im Schädel.

Das Leben schien eben so geworden zu sein. Als sei es aus seiner Schale geplatzt wie ein Insekt.

Im Februar überzog ein Tauwetter die Stadt mit dem tränenden Schmier einer Wunde. Viele hatten Erkältungen, Leute husteten in der U-Bahn. Auf den Gehsteigen schäumte etwas wie käsige Spucke, und die Treppen, Hauseingänge und Bushaltestellen waren gesäumt mit Rosigen – so nannte man sie, die arbeitslosen Männer, Frauen und Kinder mit kürbisgroßen Beulen oder Fieber, flehenden, hassenden Augen und geschwollenen, lavendelfarbenen Mündern, so überzeichnet wie Gemälde von Mündern. Die Rosigen verkauften Blumen: eine züchtige Tulpe, eine strotzende Schwertlilie. Meistens kaufte ihnen niemand eine Blume ab. Und wenn, dann waren es bloß andere Rosige, die untereinander Blumen tauschten, bis eine von ihnen, eine Frau oder ein Kind, auf der Straße starb und die anderen sich klagend um sie versammelten, in den kurzen dunklen Morgenstunden, die gar nicht der Morgen waren, sondern noch Nacht.

Jenes Jahr war das erste, in dem es denen, die in Wohnungen oder Häusern wohnten, gesetzlich verboten war, keinen Fernseher zu besitzen. Die Regierung behauptete, wichtige, lebenswichtige Informationen müßten im Fall eines Falles automatisch gesendet werden und sofort auf dem Bildschirm erscheinen können, was dadurch möglich wurde. Die Zivilisation stehe auf dem Spiel, hieß es. «Schon ausgespielt», sagten andere, die allmählich der Verdacht beschlichen hatte, man spioniere sie aus und kontrolliere sie, und das, was sie als Kinder geglaubt hatten – daß die Leute im Fernsehen einen sehen konnten –, sei nun wahr geworden. Man hatte den Fernseher die ganze Zeit eingestöpselt zu lassen, die Plastikantenne zu einem V gespreizt – ob als Zeichen für Sieg oder Frieden, konnte keiner sagen.

Mamie schlief nicht mehr gut. Sie begann, Dingen zu mißtrauen, sogar ihren eigenen Worten; zuviel war in sie eingedrungen. Objekte, die wie Satellitenschüsseln in den Körper eingesetzt wurden – Zahnfüllungen, Ohrringe, Spiralen –, mochten Botschaften empfangen, die eigenen Worte durch ihre ersetzen, einem ganze Sätze eingeben. Man konnte nie wissen. Man machte kaum den Mund auf, und schon traktierte er einen vielleicht mit Lügen, mit Überspanntheiten, mit Launen und sprach Dinge aus, die man gar nicht so meinte. Das, was man dann von sich gab, waren möglicherweise alte Radiosendungen, die von den Metallfüllungen der Backenzähne empfangen wurden, oder Taxirufe, die der muschelartige Handschuh des Ohrs wie einen Baseball auffing. Was man als wirklich beschrieb, war vielleicht nur ein Bild, etwas aus der Zeitschrift *Life*, dem nachzuleben man gezwungen war, eine Fotografie, die man bloß imitierte. Ganze Körper wurden vielleicht von einem Bauchredner gesteuert. Simuliert. Gut möglich, daß man irgend so einem Wesen auf dem Schoß saß und bloß die Lippen bewegte. Man konnte es mit der Angst zu tun bekommen. Man konnte es mit der Angst zu tun bekommen angesichts dessen, daß etwas einem angst machte: eine neue Angst, raffiniert, wie für den Feinschmecker, die Paranoia eines Paranoikers.

Das war keine Zukunftsmusik. Das war etwas, mit dem man jetzt schon die Wohnung teilte.

Mamie lebte in einem umgebauten Schönheitssalon – eine Zwischendecke aus Blech, der Gestank von Terpentin und zusätzliche Waschbecken. Nachts lag ihr Mann, ein am Hungertuch nagender Maler, schlechtgelaunt und mit nach Bier stinkendem Atem neben ihr und schlief, an sie gekuschelt, während ein gleichgültiges Pfeifen aus seiner Nase kam. Sie schloß die Augen. *Was man alles lieben soll*, begann ein Gebet in ihrer Kindheit. Was man alles lieben soll?

Seine Knochen stapelten sich wie Holz neben ihr.

Der Heizkörper, der sich abquälte und spuckte. Die Hitze, die in den Rohren flatterte wie Vögel.

Sie blieb wach. In den Nächten, in denen sie schlief, träumte sie von ihrem Lebensende. Sie mußte immer irgendwohin, an den Ort, an dem sie sterben sollte, wo es in Ordnung war, wenn sie starb. Sie war immer in einer Gruppe, wie bei einer Feuerwehrübung oder einer Klassenfahrt. Können wir hier sterben? Sind wir schon da? Wo kann es nur sein?

Oder es war der Haus-Traum. Immer der Haus-Traum, wie der Film über den Traum von dem Haus. Sie entdeckt ein Haus, klopft an die Tür, und diese öffnet sich langsam, ein Keil aus Dunkelheit, und hält dann inne, und ihr eigenes Profil grüßt sie, schwebt dort wie ein Kronleuchter in der Luft.

Der Tod, sagte ihr Ehemann Rudy. Er hatte immer ein kleines Beil unter der Matratze, falls jemand versuchte hereinzukommen. *Der Tod.* Letztes Jahr war sie zu einem Arzt gegangen, der sich ihre Kehle und einen Leberfleck auf ihrem Rücken angesehen und sie wie einen Rorschachtest nach irgend etwas nur ihm Ersichtlichen untersucht hatte. Er entfernte den Leberfleck und tat ihn in eine Laborflasche, in der er schwamm wie ein winziges Meerestierchen. Als er in ihre Kehle spähte, sagte er: «Präkanzeröses Vorstadium» – wie ein Geheimnis oder ein Sternzeichen.

«Präkanzerös?» hatte sie leise wiederholt, denn sie war eine von der leisen Sorte. «Ist das nicht... wie etwas *Lebendiges?*» Sie saß, und er stand. Er fummelte mit etwas Alkohol und Wattebäuschen herum, die er auf dem Tresen in nach Küche aussehenden Gläsern aufbewahrte, das Mehl und der Zucker der ärztlichen Welt.

Er nahm ihr Handgelenk und drückte es kurz. «Es ist *wie* etwas Lebendiges, aber es ist nicht *unbedingt* lebendig.»

Außenherum zog sich ein schmiedeeiserner Zaun, und da war ein verschlossenes Tor, aber was ihr zuerst auffiel, war das Vogelhäuschen, die hölzernen Arme und der offene Schlund der Bretter, die dort auf einen Pfahl genagelt waren. Es war kurz vor dem Valentinstag, ein Morgen mit bösem Schneematsch, und sie war unterwegs zur Maklerin, einer anderen diesmal, unweit der Haltestelle der F-Linie an der Ecke Vierte und Smith, von wo aus man die Freiheitsstatue sehen konnte. Auf ihrem Weg war sie auf das Haus mit dem Vogelhäuschen gestoßen. Ein Vogelhäuschen! Und mit einem Baum davor, eine hoch aufragende Eiche, mehr als hundertfünfzig Jahre alt. Eine Volksschullehrerin hatte ihre Klasse dorthin geführt und stand jetzt davor, zeigte auf das Haus und sagte: «Vor hundertfünfzig Jahren. Kann mir einer sagen, wann das war?»

Aber anfangs war es das Vogelhäuschen gewesen: ein Kreuzrahmen mit einem Satteldach obendrauf – eine kahle Vogelscheuche, mit Horizontalen geschmückt wie ein Frank-Lloyd-Wright-Haus oder ein alpines Motel, dessen hölzerne Simse mit Hirsesamen bestreut waren. Im gesprenkelten Schnee darunter lagen winzige Gewürzdöschen voller Erdnußbutter, die hinuntergestoßen worden waren. Ein schnatterndes Erdhörnchen, das umherhüpfte und dann wieder zuckend verharrte, hielt sie sich eins nach dem anderen an die Nase und knabberte daran. Im Häuschen saß ein Taubenpärchen – lidlos, mit dickem Hals, städtische Wasserspeier; aber da, war da nicht auch ein Spatz? Und ein Kernbeißer?

Das Haus war ein richtiges Haus, eines der wenigen, die es in New York noch gab. Ein verfallendes Beispiel Edwardianischer Gotik mit einer Kuppel, die einst silbergrau gestrichen worden war und von der jetzt die Farbe abblätterte. Es gab eine Vorderveranda und kunstvolles Gitterwerk – ein Haus, in das man zur Klavierstunde ginge, wenn es noch Leute gäbe, die Klavierunterricht nahmen, ein Haus, das unweigerlich zu einem Beerdigungsinstitut umfunktioniert werden würde. Es war zwischen zwei Geschäfte gequetscht – dem Büro der Maklerin und einem Waschsalon.

«Sie suchen etwas mit einem Schlafzimmer?» fragte die Maklerin.

«Ja», sagte Mamie, obwohl es ihr vorkam, als sei das gleichzeitig zuviel und zuwenig verlangt. Die Maklerin hatte die vertrauenerweckende Frisur und das Make-up einer Frau, die wie im Schlaf wußte, wie man ein Halstuch bindet. Mamie betrachtete das Halstuch der Maklerin eingehend, versuchte, die genaue Geometrie der Falten zu erraten, die Stelle, wo der Knoten saß. Wenn Mamie je operiert werden sollte und Narben kreuz und quer auf ihrer Kehle hätte, müßte sie solche Sachen wissen. Ein Hut, ein Halstuch, ein Fleckchen Rouge, Pfefferminz im Mund: schließlich hatte jeder in New York irgend etwas zu verbergen.

Die Maklerin holte ein Formular heraus. «Ihr Name?»

«Mamie Cournand.»

«*Was*? Hier. Füllen Sie es lieber selbst aus.»

Es war so ziemlich das gleiche Formular, das sie vorher schon bei anderen Maklern ausgefüllt hatte. Was für eine Wohnung suchen Sie; wieviel verdienen Sie; womit verdienen Sie es...?

«Was ist denn eine Illustratorin für Kindersachbücher», fragte die Maklerin unbewegt. «Wenn ich fragen darf.»

«Ich, äh, arbeite an einer Reihe von Geschichtsbüchern, genauer gesagt Bilderbüchern, für Kin–»

«Freiberuflich?» Sie blickte Mamie ernst und zweifelnd, mißtrauisch und dann voller Sympathie an, um sie zur Offenheit zu ermuntern.

«Für den McWilliams Verlag.» Sie begann zu lügen. «Ich habe dort ein Büro, in dem ich arbeite. Die Adresse steht hier unten.» Sie erhob sich ein bißchen von ihrem Stuhl, um darauf zu zeigen.

Die Maklerin rückte ab. «Ich bin schon orientiert», sagte sie.

«Orientiert?»

«Sie brauchen nicht aufzustehen und darauf zu zeigen. Ist das Ihr Telefon, zu Hause und bei der Arbeit? Ist das Ihr Alter...? Sie haben vergessen, Ihr Alter einzusetzen.»

«Fünfunddreißig.»

«Fünfunddreißig», wiederholte die Maklerin und setzte es ein. «Sie sehen jünger aus.» Sie sah Mamie an. «Wieviel sind Sie bereit zu zahlen?»

«Ähm, bis neunhundert oder so.»

«Viel Glück», schnaubte sie, und auf ihrem Bürostuhl mit Rollen sitzen bleibend, rumpelte sie zu einem Aktenschrank, holte einen Manila-Ordner heraus und klappte ihn auf. Sie legte Mamies Formular zuoberst. «Wir sind nicht mehr in den Achtzigern, wissen Sie.»

Mamie räusperte sich. Tief in ihrer Kehle konnte sie die Wunde spüren, die dort saß, unverheilt. «Aber doch noch nicht lange. Ich meine, erst seit ein paar Jahren.» Wieder stand der betretene, erschrockene Ausdruck in ihren Augen, das wußte sie. Angst, die aus ihrem Gesicht ein Kindergesicht machte – sie haßte das an sich. Als Mädchen hatte sie immer mit einem etwas leidenden Ausdruck zugehört und nur gesprochen, wenn sie gefragt wurde. Im College dann war sie der Typ Studentin, der manchmal schon Angst davor hat, die Cafeteria zu betreten. Oft blieb sie einfach in ihrem Zimmer, trank warmen Eistee aus einer Mixpackung und schlürfte eine Heiße Tasse. «Sie wohnen in der Nähe?» Die Maklerin deutete hinter sich. «Warum wollen Sie denn umziehen?»

«Ich verlasse meinen Mann.»

Ihr Mundwinkel kräuselte sich. «*Heutzutage?* Viel Glück.» Sie wirbelte achselzuckend auf dem Bürostuhl herum, um wieder in den Akten zu wühlen. Längere Zeit herrschte Schweigen, während die Maklerin den Kopf schüttelte.

Mamie reckte den Hals. «Ich würde auf jeden Fall gern sehen, was Sie haben.»

«Wir haben nichts.» Die Maklerin knallte die Schublade zu und drehte sich wieder um. «Aber versuchen Sie es weiter bei uns. Vielleicht bekommen wir schon morgen etwas herein. Wir erwarten ein paar neue Angebote.»

Sie waren seit vierzehn Jahren verheiratet und lebten seit beinahe zehn Jahren im südlichen Teil von Brooklyn. Es war eine Nachbarschaft, die einst derart stark von Iren geprägt worden war, daß selbst noch in den fünfziger Jahren Kinder auf der Straße Fußball gespielt und auf gälisch geschrien hatten. Als Rudy und sie einzogen, war das Viertel voller Italiener gewesen, die kaum noch Italienisch konnten, sich aus den Fenstern von Privatclubs beugten und brüllten: «Wie geht's 'n so?» Jetzt versammelten sich Mädchen hispanischer Abkunft in grellen Trikots nach der Schule an der Straßenecke, rauchten Zigaretten und faulenzten. *Abhängen* sagten die Jungen dazu. Künstler waren ins Viertel gezogen, und auch am Hungertuch nagende Schauspieler, Junkies und verzweifelte Rosige lebten auf der Straße. *Nimm dich in acht vor den Schauspielertypen*, lautete der übliche Scherz.

Mamies und Rudys früherer Schönheitssalon besaß jetzt eine Tür mit Sicherheitsschloß, und die Fenster zur Straße waren mit Brettern zugenagelt. Drinnen waren der ursprünglich lavendelfarbene Anstrich der Wände und die goldmetallicfarbenen Zierleisten geblieben. Sie hatten an einem Ende der Wohnung ein Hochbett gebaut, und am anderen Ende standen Bücherregale, Staffeleien, Leinwände und ein Zeichentisch. An der Wand neben der Tür lehnten Rudys riesige Bilder von knurrenden Hunden und der Jungfrau Maria. Er besaß von beiden Motiven eine Serie und hoffte, bevor er starb, *bevor ich mir an meinem vierzigsten Geburtstag eine Kugel in den Kopf jage*, eine Galerie zu finden. Bis dahin renovierte er

Wohnungen oder lieh sich Geld von Mamie. Er war nur für einen Posten zuständig – Betriebskosten – und mußte mehrmals loseilen, um die Männer vom Elektrizitätswerk abzufangen, die in Helm und Stiefeln anrückten, um den Strom abzustellen. «Nur ja keine Langeweile», sagte Rudy, während er ihnen das Bargeld in die Hand drückte. Einmal hatte er versucht, die Rechnung mit zwei kleinen Stilleben zu bezahlen.

«Du nimmst die Realität nicht zur Kenntnis, Rudy. Da draußen existiert eine reale Welt.» Sie hatte das Gefühl, daß er sich auf einem sehr schmalen Grat zwischen Wahnsinn und Charme bewegte. «Eine reale Welt, die kurz davor ist, in die Luft zu fliegen.»

«Du glaubst nicht, daß ich mir Sorgen mache, wenn die Welt in die Luft fliegt?» Sein Gesicht verfinsterte sich. «Du glaubst nicht, daß mir jeden gottverdammten Tag die Tränen kommen, wenn ich an die Rembrandts im Met denke und daran, was aus ihnen wird, wenn das wirklich passiert?»

«Rudy, ich war heute bei einer Maklerin.»

Sie war in ihrer Ehe wahrscheinlich zu verträumt und unbeständig gewesen. Damit Liebe dauerte, mußte man entweder Illusionen haben oder nicht. Aber man mußte sich an eines oder das andere halten. Es war das Hin- und Herschwanken, das alles gefährdete.

«Schon wieder?» Rudy seufzte, ironisch, aber verletzt. Einmal hatte die Liebe wie etwas Magisches gewirkt. Jetzt schien sie nur noch billiger Budenzauber zu sein. Man mußte mit ihren Taschenspielertricks, knurrenden Hunden, Jungfrau Marias und Haken und Ösen umzugehen lernen! Trotz all ihres eigenen Seelenmülls, der Zeiten, wo sie einander freigegeben hatten, Zeiten des Zorns, der erlaubten Abwesenheit, der zur Gefahr gewordenen Einsamkeit, war sie immer wieder zu ihm zurückgekommen. Er hatte sich darauf verlassen – Abrakadabra! Aber am Ende begann das Elend von neuem. Konnte man in der sterilen Perfektion von etwas leben – dem tumben Mörtel eines Körpers, der hohlen Schale, aus der die Liebe herausgekrochen war? Ja, glaubte er.

Der Bildschirm flackerte automatisch auf, eine dieser Regierungsreklamen: hübsche Pärchen, die Zeugnis von ihrer unsterblichen Liebe füreinander ablegten und Zeugnis von unsterblichen Körpern. «Wir sind die Unsterblichen», sagten sie, und sie knuddelten ihre Kinder, die ineinanderlaufende Sommersprossen auf den Wangen und Spielzeugtiere mit glasigen Knopfaugen hatten. *Unsterblich*, sagten die Werbefilme. *Seid unsterblich.* «Ich kann es nicht ertragen», sagte Mamie. «Ich kann diese Reklamebrüder und -schwestern nicht ertragen. Ich kann diese Mütter und Söhne nicht ertragen. Ich kann die Reklame für die Unsterblichen nicht ertragen. Ich kann es nicht ertragen, meine Haare mit Spülmittel oder das Geschirr mit billigem Shampoo zu waschen, weil wir zuwenig Geld haben oder zu unorganisiert oder deprimiert sind, um beides gleichzeitig dazuhaben.» Sie waren immer irgendwie ausgekommen. Als Klopapier benutzten sie Servietten mit Weihnachtsaufdruck – Cocktailservietten mit Sternchen. Eine große Schachtel davon, mit einem Tablett, war Rudy aus Versehen zugesandt worden. Als Handtücher benutzten sie Badvorleger. Als Badvorleger wiederum Weihnachtsservietten. Sie kauften Billigseife mit Sprüchen auf dem Etikett wie *Sei freundlich, dann brauchst du nicht stark zu sein.* «Wir hausen hier wie im Zelt, Rudy. Das ist doch wie auf dem Campingplatz!» Sie versuchte an irgend etwas zu appellieren, das er verstehen würde. «Meine Arbeit. Es beeinträchtigt meine Arbeit. Schau dir das an!» Und sie ging zu einem kleinen Zeichentisch und hielt ihre halbfertige Zeichnung vom Maispflanzer Squanto hoch. Sie hatte nach einer dem nuklearen Zeitalter gemäßen Metapher gestrebt: wie der weiße Mann lernte, Dinge in der Erde anzupflanzen, die später wieder hervordrängten, und wie es der weiße Mann dann mit dem Anpflanzen übertrieben hatte. «Er sieht wie eine Kröte aus.»

«Er sieht aus wie ein Catcher von den Boston Red Sox.» Rudy lächelte. Würde sie ebenfalls lächeln? Er sagte in neckischem Ernst: «Das Vermögen der Urteilskraft und das der Großzügigkeit liegen immer im Streit miteinander. Du mußt dich entscheiden, ob du Muse oder Künstlerin sein willst. Eine Frau kann nicht beides sein.»

«Ich kann's nicht glauben», sagte sie und starrte anklagend auf ihre Wohnung. «Das ist kein Leben hier. Das ist etwas anderes», und die schlechtbeleuchtete Stätte starrte verletzt zurück, eine abgetakelte alte Schönheit, die mit den Mathematikaufgaben von jemand anderem durchgefallen war.

«Vergiß diesen Squanto-Kram», sagte er und sah sie mitfühlend an. «Ich habe eine Idee für dich. Ich denk schon den ganzen Tag darüber nach: ein Kinderbuch mit dem Titel *Zu viele Lesben.*» Er begann mit den Armen zu wedeln. «Lesben in Büschen, Lesben auf Bäumen... *Such die Lesben...*»

«Ich geh mal ein bißchen an die frische Luft», sagte sie, und sie schnappte sich ihren Mantel und eilte zur Tür hinaus. Es war schon Abend, zinkgrau und kühl, die Pfützen auf den Gehsteigen waren mit einer dünnen Glasur überfroren. Sie rauschte an den zitternden Rosigen an der Ecke vorbei und lief im Zickzack sechs Blocks weit, um noch einen Blick auf das Vogelhäuschen zu werfen. Such einen Ort bei Nacht auf, das wußte sie, und er ist dein.

Als sie dort ankam, lag das Haus im Dunkeln und hielt geräuschlos den Atem an, als wolle es nicht entdeckt werden. Sie preßte ihr Gesicht an das Tor, an die harten Wimpern seiner Ziselierungen und seufzte, weil sie sich nach einem anderen Leben sehnte, dem Leben einer Frau, die in solch einem Haus wohnte, mit der lieblich gerunzelten Braue seines Mansardendaches und der Gedankenfülle seiner Zimmer. Sie empfand ihrem eigenen Leben gegenüber ein Mißtrauen wie diese Raumfahrtingenieure, die nicht gern in den

Fluggeräten flogen, die sie selbst entworfen hatten, weil sie fürchteten, daß ihre eigene Effekthascherei ihnen den Tod bringen würde.

Das Vogelhäuschen stand aufrecht wie ein Soldat. Es waren keine Vögel da.

«Du solltest nie fortgehen. Du kommst einfach immer zurück», flüsterte Rudy. *Ein Tourist in der eigenen Verzweiflung*, hatte er einmal gesagt. Es war der Titel eines seiner Bilder. Das Bild eines knurrenden Hundes, der über ein Sofa sprang.

Sie starrte durch das kleine Fenster neben ihrem Bett, ein Streifen Himmel und ein einzelner trüber Stern, ein Sternchen im Text, das ihr kurz eine Erklärung versprach – die Nacht, die mit einer Fußnote prahlte. Er umschlang sie, küßte sie. Nur hier im Bett schien er nicht andere Menschen nachzuahmen. Nach fünfzehn Jahren hatte sie all diese Imitationen gesehen – Freunde, Eltern, Filmschauspieler –, bis es allmählich beängstigend wurde, als bestünde er aus lauter verschiedenen Personen, Personen, auf deren Rollen er nicht aus Verzweiflung umschaltete, sondern wie ein Fernsehkanal, ein Verstand mit Kabelsalat. Er war Jimmy Stewart. Er war Elvis Presley. «Waren deine Eltern irgendwie blöd, als du klein warst?» fragte sie ihn einmal.

«*Meine Eltern?* Du machst wohl Witze», sagte er. «Ich meine, ab und zu *merkten* sie sich mal was.» Er war Dylan auf der Harmonika. Lebensecht; absolut lebensecht. Er war James Cagney. Er war eine musikalische Mischung, die er Smokey Robinson Caruso nannte.

«Meinst du nicht, daß wir wunderschöne Kinder hätten?» beschwor Rudy sie jetzt schläfrig, während seine Hand die Haare ihres Ponys von ihren Brauen wegstrich.

«Sie wären nervös und durchgedreht», murmelte sie.

«Du bist nur überspannt wegen deiner Gesundheit.»

«Aber vielleicht könnten sie auch Leute imitieren.»

Rudy küßte ihr die Kehle, die Ohren, wieder die Kehle. Sie mußte täglich in eine Flasche im Badezimmer spucken und regelmäßig ins Krankenhaus gehen und die Flasche mitbringen.

«Du denkst, wir lieben uns nicht mehr», sagte er. Er konnte zärtlich sein. Aber manchmal war er grob, preßte sich, wenn er mit ihr schlafen wollte, mit einem Ungestüm auf sie, das sie erschreckte, und küßte sie brutal, während er sie an die Wand drückte: *Nun komm schon, komm*; auch seine Gemälde waren brutaler geworden, fieberhaft hingekleckste Männer in Geschäftsanzügen, die es mit Tieren trieben: *Das ist mein Kommentar zu den Yuppies, okay?*; und in Coffee Shops setzte er sich oft über ihre Anfälle trauriger Langeweile hinweg, indem er angewidert umhersah, während sie mit feuchten Augen in ihren Lunch blinzelte – aber hier, unbekleidet, wo sie ihn ganz offen ansah, konnte er ein zärtlicher Ehemann sein. «Du glaubst das vielleicht, aber es ist nicht wahr.» Schon vor Jahren hatte sie seine kleinen Lügen durchschaut, zum größten Teil harmlose, die aus Eitelkeit und Zweifeln sprossen und manchmal schlicht von der Sehnsucht genährt waren, sich Dinge vom Leibe zu halten, bei denen es zu anstrengend wäre, die Wahrheit herauszukriegen. Sie wußte, wie er die immer gleichen Anekdoten aus seinem Leben erzählte, wieder und wieder, jedesmal ein bißchen anders, sie kannte die Übertreibungen und Widersprüche, die mal auf einen bestimmten Zweck abzielten – seine Selbstdarstellung als verkanntes Genie – und mal überhaupt keinen zu haben schienen. «Zehn Zentimeter von der Tür entfernt stand ein leerer Einkaufswagen, der die Tür blockierte», erzählte er ihr einmal, und sie sagte: «Rudy, wie kann er zehn Zentimeter von der Tür entfernt sein und sie gleichzeitig blockieren?»

«Er war voller Zeitungen und Blechdosen, so 'n Zeug. Ich weiß es nicht.»

Sie konnte nicht einmal sagen, wann die Liebe zwischen

ihnen zu kränkeln begonnen hatte, wie lange sie schon vor ihrem eigenen Grab vor Empörung und Pflichtgefühl jämmerlich vor sich hin gejapst hatte. Sie hatten mehr als ein Drittel ihres Lebens miteinander verbracht – ein Drittel, wie Schlaf. Er war der einzige Mann, der jemals, und sei es auch nur ein einziges Mal, behauptet hatte, er finde sie schön. Und er war bei ihr geblieben, hatte sie geliebt, schon als sie zwanzig war und sich, voll erschreckter Hörigkeit, beim Sex nicht zu bewegen wagte, aus Höflichkeit, oder war es Furcht. Er hatte ihr geholfen. Später lernte sie, sich nach dem trunkenen Herzen des Sex zu sehnen, nach den Drogen auf seinem Grunde: all das unerläßliche Küssen und Fummeln schien nur nötig zu sein, um an die Drogen zu kommen. Aber das war alles mit Rudy geschehen, immer mit ihm. «Jetzt stecken wir wirklich unter einer Decke», jauchzte sie an dem Tag, als sie auf dem Standesamt getraut wurden.

«Ich seh nicht gut aus in Decken», sagte er und legte ihr locker den Arm um. «Wir sollten uns tätowieren lassen.»

Wie oft sie sich aus Enttäuschung Küsse gaben; Trauer nährte sie, ließ sie sich entfalten. Die Stadt vibrierte, und die Welt um sie herum verschwand. Rudy malte seinen Madonnen Schmollmünder, ließ seine Bierdosen aufknallen und sah sich alte Filme im Fernsehen an. «*Man ist so lange glücklich, wie man es nicht sagt. Dann ist man nicht länger glücklich.* Bonnard. Der große Maler des Glücks, das sich zu Tode erklärt.»

Vielleicht hatte sie angenommen, das Leben würde ihr etwas Dauerhafteres und Schmeichelhafteres als Sex bieten, aber das hatte es nie, nicht wirklich. Eine Zeitlang hatte sie sich wie eins dieser Mädchen an der Straßenecke gefühlt: in einer Welt aus Trikots und Drogen – Drogen, nach denen man hungerte und für die man fasten mußte.

«Meinst du nicht, daß unsere Liebe etwas ganz Besonderes ist?» fragte Rudy. Aber sie glaubte nicht an die besondere Liebe. Auch wenn sich alle anderen pragmatisch verhielten, glaubte sie – so wie man sich im Winter nach Wind sehnt – doch nur an eine Art der Liebe, die, von der die Kunstwerke erzählen: die, für die man stirbt. Sie habe zu viele Bücher gelesen, sagte Rudy, viktorianische Romane, in denen die Kinder im Konjunktiv sprachen. *Du nimmst dir zuviel zu Herzen*, schrieb er ihr einmal, als sie fort war und in Boston mit einer alternden Tante und einem Zeichenblock lebte.

«Ich würde nie für dich sterben», sagte sie leise.

«Natürlich würdest du das», sagte Rudy. Er seufzte, legte sich zurück. «Möchtest du ein Glas Wasser? Ich geh runter und hol dir eins.»

Manchmal wirkte ihre Ehe wie eine Heilige, die guillotiniert worden ist und danach noch kilometerweit mit dem Kopf unterm Arm durch die Stadt läuft. Sie hatte sich oft vorgestellt, die ganze Wohnung ginge in Flammen auf. Was würde sie mitnehmen? Welche paar Sachen würde sie mit in ein neues Leben retten? Der Gedanke erheiterte sie. *Du nimmst dir zuviel zu Herzen.*

Im Haus-Traum geht sie durch das Tor hinein und am Vogelhäuschen vorbei und klopft an die Tür. Diese öffnet sich langsam, und sie tritt ein, ist drin und dreht sich um, bis sie selbst es ist, die die Tür öffnet, von der anderen Seite, und sich fragt, wer wohl geklopft hat.

«Der Tod», sagte Rudy noch einmal. «Tod durch eine Atomkatastrophe. Jeder hat solche Träume. Außer mir. Ich habe diese absolut peinlichen Alpträume über schlechte Haarschnitte und darüber, daß ich auf einer Party niemanden kenne.»

Am Morgen sickerte die Sonne durch das Fenster am Bett. Im Winter fiel mehr Licht in ihre Wohnung, wenn Schnee auf dem Dachvorsprung lag und das Sonnenlicht reflektierte, das sodann in die Wohnung fiel, den Teppich granatrot färbte und das Bett mit Streifen versah. Ein herumstreunender Kater, den sie gezähmt und zu sich genommen hatten und fütterten, räkelte sich auf dem Fensterbrett. Sie nannten ihn Fressack oder Bill of the Baskervilles, und gelegentlich war Rudy nett zu ihm, hob ihn hoch, damit er die Regale erkunden und die Decke beschnuppern konnte, was er gerne tat. Mamie streute Vogelfutter im Schnee aus, um Tauben anzulocken, die den Kater amüsierten, wenn er drinnen war und aus dem Fenster schaute. Kater-Fernsehen. Rudy, das wußte sie, haßte Tauben, ihre Eidechsenkrallen und ihren Erbsenverstand, ihre seltsame, sture Gemeinheit. Er bewunderte seinen Freund Marco, der draußen auf seinen Air-conditioner Metallspieße gesteckt hatte, damit die Tauben dort nicht landen konnten.

Gewöhnlich stand Mamie als erste auf, um Kaffee zu kochen, kletterte vorsichtig die improvisierten Sprossen hinab, die in den Pfosten gehämmert worden waren, schlurfte in die Küchenecke, setzte Wasser auf, spülte die Becher aus, goß den Kaffee auf, holte Orangensaft heraus und brachte alles wieder mit ins Bett. So frühstückten sie, das Bettzeug gemustert von den Flecken, wo sie etwas verschüttet hatten.

Aber heute, wie an den anderen Tagen, an denen er fürchtete, sie würde ihn verlassen, kroch Rudy vor ihr nackt aus den Laken, während sie zusammengeklappt wie ein Taschenmesser am Rande des Hochbetts lag, und landete mit einem Plumps auf dem Fußboden. Mamie betrachtete seinen Körper: schlaksig, mit großen Ohren; seinen Rücken, seine Arme, seine Hüften. Von den Hüften eines Mannes, von diesen beiden harten, identischen Sätteln, redete nie jemand. Er zog Boxershorts an. «Ich mag diese Unterwäsche», sagte er. «Damit fühle ich mich wie David Niven.»

Er machte Kaffee mit Wasser aus einem Plastikabfalleimer. Darin bekamen sie es wöchentlich geliefert, wie Selters, und sie bezahlten zwanzig Dollar dafür. Sie spülten das Geschirr mit dem Wasser, das aus der Leitung kam, und sie duschten sogar kurz damit, obwohl man davon, wie die Amtsärzte sagten, Ausschlag bekommen konnte. Einmal hatte Mamie eine warnende Durchsage im Radio nicht gehört und geduscht, sich fest mit einem alten Schwamm abgeschrubbt und war anschließend mit brennenden Striemen auf Armen und Schultern aus der Dusche gekommen: später erfuhr sie, daß eine Chemikalie in das Wasser eingeleitet worden war, die die Verbreitung von Viren durch verflohte Wasserratten verhindern sollte. Sie hatte ihre Haut mit Mayonnaise gekühlt; das war das einzige, was sie gehabt hatten, und die Blasen öffneten sich und legten das schinkenrosa Fleisch darunter bloß.

Abgesehen von dem Vergnügen – dem Geschenk –, daß Rudy ihr den Kaffee brachte, haßte sie diesen Ort. Aber man konnte mit Haß leben. Sie hatte es getan. Er war so mächtig, daß er schon wieder Stil hatte; die meiste Zeit trat er zur Seite, um einen vorbeizulassen. Es war die bloße Abneigung, die alles verdüsterte und an einem nagte und einem auf den Geist ging, wie ein Kind, das unbedingt etwas will.

Rudy kam mit dem Kaffee zurück. Mamie rollte zur Bettkante und nahm ihm das Tablett mit dem Sternchenmuster ab, als er wieder hinauf- und über sie hinwegkletterte. «Da ist der Kaffeemann», sagte sie und versuchte, es fröhlich, ja nach Gezwitscher klingen zu lassen. Sollte sie das etwa nicht versuchen? Sie stellte das Tablett zwischen sie, griff nach ihrem Kaffee und trank einen Schluck. Es war komisch: Mit jedem Schluck konnte sie diesen übelriechenden Ort umformen, ihn mit den Augen eines koffeinierten Herzens neu sehen, ja sogar schön machen. Aber das wäre nur der warme Regen von Gefühlen, die man für einen verhaßten Ort empfand, bevor man ihn verließ. Und sie würde ihn verlassen. Wieder einmal. Sie würde die Wände und die Waschbecken und den Terpentingeruch zu einer Erinnerung werden lassen, einen Schauplatz kleiner Verbrechen aus ihnen machen und mit einer falschen, wankelmütigen Liebe an sie denken.

Aber dann konnte man darauf verfallen, alles falsch und wankelmütig zu nennen und überhaupt nicht mehr zu wissen, was echt war und von Herzen kam.

Der Kater erschien und rollte sich neben ihr zusammen. Sie massierte die kühle, ledrige Waffel seines Ohres und pflückte Staub von seinen Schnurrbarthärchen. Er hob den Kopf und schloß schläfrig und zufrieden die Augen. Wie traurig, dachte sie, wie schrecklich und welch ein Glück, ein Tier zu sein und das Putzen und Pflegen für Liebe zu halten.

Sie legte ihre Hand auf Rudys Arm. Er beugte sich hinab, um sie zu küssen, kam dann aber doch nicht so weit hinunter, ohne seinen Kaffee zu verschütten, und so richtete er sich wieder auf.

«Fühlst du dich jemals einsam?» fragte ihn Mamie. Jeder Augenblick eines solchen Morgens, so schien es, mußte erkämpft werden; und die Vergangenheit und Zukunft schienen darin gleichzeitig Schutz zu suchen. Sie legte ihre Wange an seinen Arm.

«Mamie», sagte er sanft, und das war alles.

In den letzten fünf Jahren waren fast alle ihre Freunde gestorben.

Die Indianer waren nicht an die Krankheiten gewöhnt, die die Engländer in die Neue Welt einschleppten. Viele wurden krank. Wenn sie Windpocken oder Mumps bekamen, starben sie meist. So ein stolzer Indianer wachte vielleicht eines Morgens auf, schaute in den Spiegel, den er von einem englischen Händler bekommen hatte, und sah ein rotes Fleckenmuster auf seinem Gesicht! Der stolze Indianer war sehr wütend. Er rannte vielleicht gegen einen Baum, um sich zu verstümmeln. Oder er mochte sich von einer Klippe stürzen oder ins Feuer springen (s. Abbildung).

Die Maklerin trug heute ein anderes Halstuch – aus türkisem Jacquard, zu einem langen Knäuel gedreht, das sie wie einen Kragen um ihren Hals gewunden hatte. «Ein Zimmer», sagte sie schnell. «Würden Sie auch ein Zimmer nehmen?»

«Ich weiß nicht», sagte Mamie. Wenn sie mit jemandem redete, der so kurz angebunden und übermächtig war, war sie deprimiert und fühlte sich an die Wand gedrückt.

«Na, dann kommen Sie wieder, wenn Sie's wissen», sagte die Maklerin auf ihrem Bürostuhl und rollte auf die Ablage zu.

Mamie nahm den Zug nach Manhattan. Sie würde sich in den Kunstgalerien in SoHo umsehen, nachdem sie ein Manuskript bei McWilliam abgegeben hatte. Dann würde sie nach Hause fahren und einen Abstecher zur Klinik machen. Sie hatte ihre gläserne Spuckflasche in der Handtasche.

In der Damentoilette von McWilliam stand eine Sekretärin namens Goz, mit der Mamie ein paarmal gesprochen hatte. Goz stand vor dem Spiegel und schminkte sich die Augen. «Hey, wie geht's denn so?» fragte sie, als sie Mamie sah.

Mamie stand neben ihr, wusch sich den Dreck aus der U-Bahn vom Gesicht und wühlte in ihrer Handtasche nach einer Haarbürste. «Ganz gut. Und Ihnen?»

«Auch.» Goz seufzte. Sie hatte zwei wächserne Parfümstäbchen, Mascara und verschiedene Lidschatten vor sich auf dem Spiegelsims ausgebreitet. Sie prüfte ihr Spiegelbild und saugte ihre Wangen ein. «Wissen Sie, ich habe Jahre gebraucht, um mein Augen-Make-up so hinzukriegen.»

Mamie lächelte einfühlsam. «'ne Menge Übung, was.»

«Nein – Jahre von *Augen-Make-up*. Ich hab's drauf gelassen.»

Mamie beugte sich vor und bürstete sich die Haare hoch.

«Hmmm», sagte Goz ein bißchen gereizt. «Was haben Sie denn so gemacht?»

«Oh, wieder so 'ne Kindersache. Ich hab zum erstenmal

die Bilder *und* den Text gemacht.» Mamie richtete sich wieder auf und warf den Kopf zurück. «Ich, äh, geb heute ein Kapitel für Seth ab.» Das Haar fiel ihr wie ein Halbschatten ums Gesicht. Sie sah wie eine Wahnsinnige aus.

«Oh. Hmmm», sagte Goz. Sie betrachtete Mamies Haar mit Interesse. «Ich mag *gepflegte* Frisuren. Ich finde nicht, daß eine Frau so aussehen sollte, als hätte sie gerade Sex gehabt.»

Mamie lächelte sie an. «Wie steht's mit Ihnen? Gehen Sie viel aus, amüsieren Sie sich?»

«Ja», sagte Goz ein wenig zurückhaltend. Alle waren neuerdings so zurückhaltend, wenn es um ihr Leben ging. Alle hatten sich arrangiert. «Ich gehe aus. Ich gehe da mit so 'nem *Mann* aus. Und meine Freundinnen gehen auch mit solchen *Männern* aus. Und manchmal gehen wir alle zusammen aus. Das Problem ist, daß wir alle ungefähr dreißig Jahre jünger sind als diese Männer. Wir gehen ins Restaurant oder so, und ich guck in die Runde, und echt jeder Mann am Tisch ist dreißig Jahre älter als die Frau, mit der er ausgeht.»

«Ein Vater-Tochter-Bankett», sagte Mamie, im Bestreben zu scherzen. «So etwas hatten wir immer in der Kirche.»

Goz starrte sie an. «Ja», sagte sie und machte sich daran, ihr ganzes Make-up wegzuräumen. «Sind Sie immer noch mit diesem Typen zusammen, der in dem Schönheitssalon wohnt?»

«Rudy. Mein Ehemann.»

«Was auch immer», sagte Goz, und sie ging in eine Kabine und schloß die Tür.

Keiner der Engländer schien krank zu werden. Das sorgte für viel Getuschel in den Indianerdörfern. «Wir sterben», sagten sie, «und sie nicht. Wieso?»

Und so zog der schwache und kränkliche Häuptling englische Kleidung an und ging zu den Engländern. (s. Abbildung)

«Das ist für Seth Billets», sagte Mamie und gab dem Mann am Empfang einen großen Manila-Umschlag. «Wenn er irgendwelche Fragen hat, kann er mich ja anrufen. Danke.» Sie drehte sich um und floh aus dem Gebäude, wobei sie lieber die Treppe als den Fahrstuhl nahm. Sie traf sich nie gern mit Seth. Er war gewöhnlich gehetzt und abwesend, und sie konnten genausogut auch am Telefon arbeiten. «Mamie? Tolle Sache», sagte er gern. «Ich schick das Manuskript mit meinen Vorschlägen zurück. Aber ignorier sie einfach.» Und jedesmal kam das Manuskript nach drei Wochen zurück mit Kommentaren am Rand wie *Also bitte* und *Was du nicht sagst*.

Sie kaufte sich eine Zeitung und ging in Richtung Downtown zu einigen Galerien an der Grand Street, die sie kannte, und unterwegs machte sie in einem Coffee Shop an der Lafayette halt. Normalerweise bestellte sie sich eine Tasse Kaffee *und* eine Tasse Tee, dazu einen Brownie, und brachte ihre Traurigkeit mit Schokolade und Koffein auf Vordermann, so daß eine ordentliche Angst daraus wurde.

«Wollen Sie bestellen oder nicht?» fragte die Kellnerin sie.

«Was?» Erschrocken bestellte Mamie die Slenderella.

«Gute Wahl», sagte die Kellnerin, als sei das gerade ein Test gewesen, und trottete dann lahm in die Küche.

Mamie breitete die Zeitung quer über den Tisch aus und las all die Nachrichten vom Krieg in Indien, von denen die Zeitungsseiten stoisch voll waren, und im Lokalteil die von den Frauenleichen, die wöchentlich aus dem Gowanus-Kanal gefischt wurden. Verschwundene Frauen, voller Quetschungen und Prellungen. Geschlagen und ertränkt. Sekretärinnen, Studentinnen, eine Rosige oder auch zwei.

Die Slenderella kam mit Eiersalat, und sie aß sie langsam, ließ sie im Munde zergehen, das feuchte, tröstliche Gelb. Auf der Seite mit den Nachrufen standen verschiedene Todesanzeigen, immer junge Männer, wie im Krieg, und immer stand am Ende: *Er hinterläßt seine Eltern*.

Sie ließ die Zeitung wie ein Trinkgeld auf dem Tisch liegen und verbrachte den Rest des Morgens damit, daß sie in Galerien ging und sich Bilder ansah, die sie viel schlechter fand als die von Rudy. Warum die und nicht die ihres Mannes? Malen war das einzige, was er je gewollt hatte, aber niemand unterstützte ihn. Das Alter hatte schon begonnen, sein Gesicht zu zeichnen: Seine Wangen waren eingesunken wie die eines Hundes, sein Bart war von weißen Haaren durchzogen. Borsten sprossen wie Weizen aus seinen Ohren. Sie ging immer mit ihm zu den Vernissagen und hörte sich Leute an, die völlig irre Sachen sagten wie: «Die Syntax? Fährst du nicht auch auf *Syntax* ab?» oder: «Jetzt weißt du, warum die Menschen in Indien verhungern – wir mußten eine Stunde auf unser Biriyani warten!» Sie gewöhnte sich an, früh zu gehen, während er noch länger dablieb, in einer schwarzen Secondhand-Lederhose, in der er schrecklich aussah, und die Händler, die Berühmten und die Erfolgreichen anquatschte. Er bot ihnen an, ihnen seine Dias zu zeigen. Oder er verstieg sich in sein Gerede über Theoretische Katastrophenkunst, daß man Scheußlichkeiten verhindern könne, indem man sie abbildete. «Antizipieren und imitieren», sagte er. «Man kann einen Holocaust unterbinden und vereiteln, indem man ihn seiner Originalität beraubt; genügend Bücher und Stücke und Gemälde, und man kann die Geschichte ändern, indem man als erster zur Stelle ist.»

Ein East-Village-Händler sah ihm scharf in die Augen und sagte: «Wissen Sie, wenn eine Biene in einem Bienenkorb etwas mitzuteilen hat, dann beginnt sie zu tanzen. Aber wenn sie nicht aufhört zu tanzen, dann stechen die anderen sie tot.» Und der Händler drehte sich um und begann mit jemand anderem zu reden.

Rudy ging immer allein nach Hause, langsam über die Brücke, und sein Leben war ganz genauso wie vorher. Sein Herz, das wußte sie, war voll von dieser Ghetto-Sehnsucht danach, sich mit einem einzigen, simplen Akt aus der Armut in den Reichtum zu katapultieren, diesem Verlangen, das die Armen erschöpfte – etwas, das die Stadt brauchte: einen erschöpften Armen. Dann kämmte er immer die Müllcontainer nach Kleidern, Kunstbüchern und Holzstücken durch, aus denen er Bilder- und Keilrahmen machen konnte, und in den frühen Morgenstunden kam er dann mit irgendeiner riesigen, vertrockneten Pflanze, die er auf der Straße aufgesammelt hatte, einem wackligen Blumenständer oder einem kleinen Spiegel mit schräggeschliffenen Kanten nach Hause. Wenn er keine Wohnung anzustreichen hatte, ging er dann vielleicht in die Stadt, stellte sich an die Ecke Broadway und Wall Street und spielte für ein bißchen Kleingeld Mundharmonika. Shanties und Bob Dylan. Manchmal verlangsamten die Passanten bei «Shenandoah» ihre Schritte, was er so voller Trauer spielte, daß einmal sogar einer von der Sorte, die er «Plagiator des Lebens» nannte, in einem beigen Wettermantel, «so ein Typ, der sein Arschloch auf dem Ärmel trägt», in der Lunchpause stehenblieb und sein altes Selbst beim Zuhören, bei diesem Austausch, bei der Erinnerung an alte Zeiten wieder aufleben ließ. Aber meistens rauschten alle bloß vorüber, ganz angespannt, weil sie soviel zu erledigen hatten, und trampelten dabei auf die Schuhschachtel, die Rudy für die kleinen Spenden auf den Bürgersteig gestellt hatte. Er spielte nicht schlecht, und er konnte so gut aussehen wie ein Schauspieler. Aber irgendwie auch verrückt – da war so ein seltsamer Ausdruck in seinen Augen. Und tatsächlich fühlten sich Verrückte auch zu ihm hingezogen, kamen wie alte Kumpel auf ihn zugesteuert, brüllten psychotisch, schüttelten ihm die Hand und legten ihm den Arm um die Schulter, während er spielte.

Aber Leute, die Geld hatten, gaben es nicht so einem Typen mit einer Mundharmonika. Ein Typ mit einer Mundharmonika mußte ein Trinker sein. Ganz zu schweigen von einem Typen mit einer Harmonika, der ein T-Shirt trug, auf dem stand: *Allo cogito: Ich denke, also trinke ich.* «Ich denk manchmal einfach nicht dran», sagte Rudy wenig überzeugend. «Ich denk manchmal einfach nicht dran und zieh das T-Shirt an.» Leute mit Geld würden sich für sechs Dollar einen Cocktail gönnen, aber einem Typen mit so einem Hemd nicht achtzig Cents für ein Bier vom Faß spendieren. Rudy kam dann immer mit genau so viel Bargeld zurück nach Hause, daß er sich davon einen neuen Pinsel leisten konnte, und mit diesem neuen Pinsel malte er dann ein Bild von einem Haufen Geschäftsleute, die es mit irgendwelchen Viechern trieben. «Das Beste an der figürlichen Malerei», sagte er gern, «ist die Entscheidung, was die Leute anhaben sollen.»

An den Tagen, an denen sein Freund Marco und er Arbeit hatten und eine Wohnung streichen sollten, verdienten sie dafür richtig Geld, schwarz, und gingen anschließend chinesisch essen. Sie nannten ihr Renovierungsteam *Wir wollen an die Wand*, und als Gag verteilten sie Luftballons. Bei diesen Gelegenheiten mochten die reichen Leute sie – «Hey, wo ist mein Luftballon, Jungs?» –, bis sie entdeckten, daß Alkohol fehlte oder auf ihrer Telefonrechnung merkwürdige Ferngespräche ausgewiesen waren. Das führte dazu, daß sie selten weiterempfohlen wurden.

Und nun geschah irgend etwas mit ihm. Noch häufiger als früher bedrängte er sie nachts, nötigte sie, und sie bekam allmählich Angst vor ihm. *Ich liebe dich*, murmelte er dann. *Wenn du nur wüßtest, wie sehr.* Er packte sie an den Schultern, daß es schmerzte, preßte seinen Mund fest auf ihren, und sein Körper tat ihr weh. In Museen und Galerien machte er sich leise über ihre Urteile lustig. «Du verstehst überhaupt nichts von Kunst», sagte er und schüttelte verächtlich den Kopf, wenn ihr etwas von jemandem gefiel, der nicht Rembrandt war, jemand, den er als Konkurrenten empfand, der in seinem Alter, der eine Frau war.

Sie begann, wie auch jetzt, allein loszugehen, sauste durch die Galerieräume und blieb dann lange vor einem Werk stehen, das ihr gefiel, vor etwas, das sie in sich hineinsog und ein wenig vibrierte, bevor es sie wieder entließ. Sie mochte Landschaften, etwas mit Wasser und einem Boot, aber so etwas entdeckte sie selten. Meistens gab es nur das, was sie Warntafelkunst nannte: *Wie der Mensch* hieß so eins. *Liebe ist Haß* hieß ein anderes.

Oder sie ging ins Kino. Ein Junge mit einer Metallplatte im Schädel verliebt sich in ein Mädchen, das ihn verschmäht. Er kidnappt sie, gibt ihr Essen und tötet sie dann, indem er ihr den Schädel öffnet, um auch ihr dort eine Platte einzusetzen. Er setzt sich in einen Sessel und malt Aktbilder von ihr mit Aquarellfarben.

Wenn sie am Nachmittag mit der U-Bahn zurückfuhr, kam es ihr vor, als habe jeder Bettler Rudys Gesicht und drehe sich lauernd zu ihr um. Sie rückten ihr plötzlich auf den Leib, setzten sich neben sie und rülpsten, holten eine Mundharmonika hervor und spielten ein altes Volkslied. Oder sie saßen weit weg und glotzten nur. Sie schaute auf, und jeder Penner im Waggon hatte diesen starren Blick, durchdringend wie ein Schmerz.

An der Fourth Avenue stieg sie aus und gab ihr Fläschchen in der Klinik ab.

«Wir faxen Ihnen die Ergebnisse», sagte ein junger Mann in einem silbrigen Anzug, ein Laborant, der sie argwöhnisch beäugte.

«In Ordnung», sagte sie.

Um sich zu trösten, ging sie in eine Boutique um die Ecke und probierte Kleider an. Rudy und sie machten das manchmal, zwei junge, arme Leute, die in teuren Kleidern posierten, nur um dem anderen mal zu zeigen, wie sie aussähen, *wenn*. Sie traten aus der Umkleidekabine, knicksten oder verbeugten sich und brachten die Verkäuferin zur Verzweiflung. Dann legten sie all die Sachen wieder ins Regal, gingen nach Hause und liebten sich. Einmal zerrte Rudy, bevor er den Laden verließ, einen Abendanzug vom Ständer und schrie: «Ich geh gar nicht dorthin, wo man so was trägt!» In derselben Nacht hatte er, von einem Alptraum heimgesucht, nach dem Beil unter sich gegriffen und sie mit offenem Mund und verschleiertem Blick damit bedroht. «Wach auf», hatte sie gebettelt und seinen Arm umklammert, bis er ihn sinken ließ und sie leer anstarrte, während seine Verwirrung gegen das Wiedererkennen anrannte, wie gegen eine Eisdecke, die durchstoßen werden muß, damit man Luft holen kann.

«Komm her», sagte Rudy, als sie nach Hause kam. Er hatte ein Abendessen gemacht, mit Obst und Spinatsalat und großen Truthahnschenkeln, die gerade im Angebot waren – ein Gedicht für Höhlenbewohner. Er war ein wenig betrunken. Das Bild, an dem er gearbeitet hatte, das sah Mamie jetzt, stellte einen knurrenden Hund dar, der eine Jungfrau Maria *besprang* und an ihren Lederhosen herumzerrte – kein gutes Zeichen. Neben der Leinwand lagen Kakerlaken auf dem Fußboden, zertreten wie zerquetschte Pralinen.

«Ich bin müde, Rudy», sagte sie.

«Komm her.» Die nach Kohl stinkende Fäule seines schlechten Backenzahns wehte sie an wie eine Wolke. Sie rückte von ihm ab. «Dann möchte ich wenigstens, daß du nach dem Essen einen Spaziergang mit mir machst.» Er rülpste.

«In Ordnung.» Sie setzte sich an den Tisch, und er setzte sich dazu. Der Fernseher lief, eine Wiederholung von *Lust for Life*, Rudys Lieblingsfilm.

«Was für ein Wahnsinniger, der Van Gogh», sagte er schleppend. «Schießt sich in den Bauch. Jeder vernünftige Mensch würde sich in den Kopf schießen.»

«Natürlich», sagte Mamie und starrte in die Spinatblätter;

Apfelsinenstücke lagen wie tote Goldfische obendrauf. Sie kaute auf einem Truthahnschenkel herum, der trocken war und nach Wild schmeckte. «Das ist köstlich, Rudy.» *Jeder vernünftige Mensch würde sich in den Kopf schießen*. Zum Nachtisch gab es ein *Mars*, das sie sich teilten.

Sie gingen nach draußen. Es dämmerte, aber die Sonne ging nicht so schnell unter wie im Januar, wo sie so rasch heruntergekommen war wie eine Jalousie, sondern sie verschwand nun sehr langsam und strahlte ein schwebendes, zögerliches Licht aus. Ein blaues Auge, das sich allmählich gelblich färbte. Sie gingen zusammen Richtung South Brooklyn hinunter, in den orangen Streifen hinein, der bald Nacht sein würde. Irgendwie schienen sie sich gegenseitig zu jagen, erst war der eine leicht vorn, dann der andere. Sie gingen an den alten Reihenhäusern aus Backstein vorüber, an der St.-Thomas-von-Aquin-Kirche, der Haltestelle der F-Linie und der G-Linie, deren Züge ins Nirgendwo fuhren, wie man so sagte, weil sie von Brooklyn nach Queens fuhren, nie nach Manhattan; und nie saß einer drin.

Sie gingen unter der Hochbahn weiter. Ein Zug dröhnte betäubend über sie hinweg. Die Straßenlampen wurden seltener, und die Häuser waren jetzt kleiner, eingezäunt und ein wenig verfallen, wie die Bewohner eines Altenheims, die auf den Tod warteten und vor sich hin starrten. Wo Geschäfte waren, waren sie geschlossen und dunkel. Ein magerer schwarzer Labrador vor einem dieser Geschäfte schnüffelte an irgendwelchen Mülltüten herum und beschnupperte sie, als seien es Leichen, die man umdrehen mußte, um die Mordwaffe zum Vorschein zu bringen, den Eispickel im Rücken. Rudy ergriff Mamies Hand. Mamie konnte sie spüren – hart, schorfig, vom Terpentin aufgerauht, die Nägel wie Muschelschalen gerippt, die Daumen geschwärzt von Arbeitsunfällen, dunkles Blut darunter, das herauswuchs. «Guck dir mal deine Hände an», sagte Mamie, blieb stehen und hielt seine

Hand unter eine Straßenlampe. Auf seiner Handfläche klebte immer noch geschmolzene Schokolade, und er zog sie peinlich berührt weg und wischte sie an seiner Jacke ab. «Du solltest eine Handcreme oder so was benutzen, Rudy. Sonst fallen dir noch mal die Hände ab und landen mit einem großen Knall auf dem Bürgersteig.»

«Dann halt sie doch nicht fest.»

Vor ihnen lag der Gowanus-Kanal. Schon wehte ihnen sein kalter, saurer Chemiegeruch ins Gesicht. «Wo gehen wir denn eigentlich hin?» fragte sie. Ein Mann in einem Mantel ohne Knöpfe kam ihnen von der Brücke her entgegen, überquerte dann die Straße und ging weiter. «Es ist ein bißchen komisch, was, um diese Zeit hier draußen rumzulaufen?» Sie hatten die Zugbrücke, die über den Kanal führte, erreicht und blieben stehen. Sie war seltsam, diese giftige kleine Wasserader, und es war auch seltsam, über ihr zu stehen und am Abend auf sie hinabzusehen, in einer gefährlichen Gegend, als seien sie frisch verliebt und zu solchen Abenteuern berechtigt. Manchmal schien es, als seien Rudy und sie zwei Menschen, die versuchten, Tango zu tanzen, es schwitzend immer wieder versuchten, lange nachdem das Orchester ermüdet war, lange nachdem alle anderen schon nach Hause gegangen waren.

Rudy stützte sich mit den Armen auf das Geländer der Brücke, und ein weiterer Zug dröhnte über sie hinweg, einer von der F-Linie mit ihrem himbeerrosafarbenen Quadrat. «Das ist die höchste Hochbahn der Stadt», sagte er, obwohl der Zug ihn übertönte.

Als er vorbei war, murmelte Mamie: «Ich weiß.» Wenn Rudy anfing, solche Sightseeing-Touren durch Brooklyn zu veranstalten, wußte sie, daß etwas im Busch war.

«Würdest du nicht auch darauf wetten, daß hier im Wasser Leichen liegen? Welche, von denen noch nichts in der Zeitung gestanden hat? Würdest du nicht auch darauf wetten, daß da Gangster und Gangsterbräute liegen und die Leichen von Frauen, die kein Mann je lieben gelernt hat?»

«Rudy, worauf willst du eigentlich hinaus?»

«Ich bin sicher, da sind noch mehr Leichen», sagte er, und einen Augenblick lang konnte Mamie die vertraute alte Wut auf seinem Gesicht sehen, obwohl sie wieder verflog, wie ein Vogel, und danach schien sein Gesicht völlig leer zu sein, wie ein Bahnhof zwischen zwei Zügen, bis es plötzlich in sich zusammenfiel und er in die Ärmel seines Mantels, in seine harten, rauhen Hände zu weinen begann.

«Rudy, was ist denn nur los?» Sie stand hinter ihm und hielt ihn umschlungen, die Arme um die Taille und ihre Wange an seinem Rücken. Manches Mal hatte er *sie* so getröstet, hatte ihr einfach nur den Rücken gestreichelt und ihr wieder eine Art Anschluß ans Leben verschafft: In solchen Augenblicken, wenn es schien, als sei sie abgedriftet und habe sich von allem entfernt, war er wie ein Medium gewesen, das sie von den Toten zurückrief. «Hier ist die Streichelhöhle!» hatte er gesagt und über ihr gekauert, während die über sie gebreitete Decke eine kleine, warme Hütte bildete und sie dank seiner Hände alle Phasen ihrer Kindheit noch einmal durchlief. Das Leben war lang genug, daß man vieles, was man einst gewußt hatte, noch einmal lernen, noch einmal denken und fühlen und begreifen konnte.

Er drehte sich nicht um. «Ich will meinen Eltern beweisen, daß ich kein Versager bin.» Als er zwölf gewesen war, hatte sein Vater ihm einmal angeboten, ihn zu Andrew Wyeths Haus zu fahren. «Du willst doch 'n Künstler werden, nich, mein Junge? Also, ich hab rausgekriegt, wo er wohnt!»

«Es ist ein bißchen spät, um darüber nachzudenken, was unsere Eltern von uns halten», sagte sie. Rudy neigte dazu, sich an ziemlich unwichtige Dinge zu klammern – das, was wirklich wichtig war, beängstigte ihn immer viel zu sehr. Wieder dröhnte ein Zug vorüber, und aus dem Wasser unter ihnen zog ein säuerlicher, schwefliger Geruch herauf. «Was ist es denn nun wirklich, Rudy? Wovor hast du Angst?»

«Vor den drei von der Tankstelle», sagte er. «Armut, Verkanntsein, Onanie. Und vor den drei Es. Ennui. Entfremdung. Elend. Sag mir einen guten Grund, warum wir weiterleben sollen.» Er schrie.

«Tut mir leid», seufzte sie. Sie rückte von ihm ab und bürstete etwas von seinem Mantel. «Ich hab keinen guten Tag heute.» Sie suchte in seinem Profil nach einem Gefühl, das sich verhüllt, aber nicht schon wieder gewappnet hatte. «Ich meine, die Alternative ist doch Leben oder gar nichts, oder? Man muß das Leben ja nicht lieben, man muß es bloß –» Ihr fiel aber nicht ein, was.

«Wir leben in einer schrecklichen Welt», sagte er, und er drehte sich um, um sie anzusehen, schwermütig und voller Schmerz. Sie konnte diesen stechenden, heißen Tiergeruch unter seinen Achseln riechen. Manchmal roch er einfach so, wie ein Verrückter. Einmal sagte sie ihm das, und er stand sofort auf, um sich mit ihrem Badepuder zu parfümieren, kam wieder ins Bett und roch nach ihr. Ein andermal verwechselte er die Dosen und puderte sich am ganzen Körper mit Ajax.

«Fröhlicher Valentinstag.»

«Ja», sagte sie, mit vor Angst belegter Stimme. «Können wir jetzt wieder nach Hause gehen?»

Er nahm sehr würdig und höflich in ihrer Runde Platz. «Sie müssen zu Ihrem Gott beten, der so gut für Sie sorgt. Sie müssen zu ihm beten, daß er uns am Leben läßt. Und wenn wir sterben müssen, so lassen Sie uns hernach mit Ihrem Gott fortleben, so daß auch wir ihn kennenlernen können.» Unter den Engländern herrschte Schweigen. «Sehen Sie», fügte der Häuptling hinzu, «wir beten zu unserem Gott, aber er hört nicht auf uns. Wir haben ihn erzürnt.» Damit stand der Häuptling auf, ging nach Hause, legte seine englische Kleidung ab und starb (s. Abbildung).

Goz war wieder in der Damentoilette, und sie lächelte, als Mamie hereinkam. «Wollen Sie mich wieder nach meinem Liebesleben ausfragen?» fragte sie und bearbeitete vor dem Spiegel ihre Zähne mit Zahnseide. «Das machen Sie doch immer.»

«In Ordnung», sagte Mamie. «Wie steht's mit Ihrem Liebesleben?»

Goz schrubbte mit der Zahnseide hin und her und zog sie dann heraus. «Ich habe kein Liebesleben. Ich habe so etwas *wie* ein Liebesleben.»

Mamie lächelte. Sie dachte, wie schön es wäre, friedlich von der Liebe befreit zu sein – von der Liebe und ihrer Sehnsucht nach sich selbst –, Mann und Frau zu sein wie zwei Kriegskameraden mit ihren Geschichten und Fußballwetten.

«Es ist rein, es ist unkompliziert, und es ist nett. Kaffee und Nüchternheit. Sie sollten es mal ausprobieren.» Sie verschwand in einer der Kabinen und verschloß sie. «Nichts ist mehr sicher», rief sie von drinnen.

Mamie verließ den Verlag, ging zu einem Plattenladen und kaufte Platten. Seit Jahren kaufte keiner mehr Platten, und man bekam sie inzwischen für fünfundsiebzig Cents. Sie kaufte nur LPs, auf denen ein Song mit dem Wort *Herz* im Titel zu finden war: *Das heimatliche Herz*, *Hektisches Herz*, *Ein Herz ist nur ein Fahrrad hinter deinen Rippen*. Dann mußte sie gehen. Draußen, der betäubenden Hitze des Ladens entronnen, preßte sie sie an ihre Brust und ging zu Fuß durch die fauligen Restaurantgerüche von Chinatown auf die Brooklyn Bridge zu. Die Gehsteige stanken und waren feucht, und der Tag war warm, als sei der Frühling schon gekommen. Alles ging spazieren. Sie würde auf dem Heimweg bei der Klinik haltmachen und ihre Flasche abgeben.

Sie dachte an einen Traum, den sie in der vergangenen Nacht geträumt hatte. In diesem Traum öffnete sich eine Tür in ihrer Wohnung, und auf einmal entdeckte sie andere Zimmer, von denen sie gar nichts gewußt hatte, ein ganzes Haus darunter, das ihr gehörte. Vögel hausten darin, und es war überall sehr dunkel, aber wunderschön, Zimmer für Zimmer, mit Fenstern, die wegen der Vögel offenstanden. An den Wänden hingen Petit-point-Stickereien, auf denen stand: *Sterben Sie hier*. Die Maklerin mit dem Halstuch sagte immer wieder: «Heutzutage» und «Das ist geschenkt». Auch Goz war da, und ihr blondes Haar war an den Spitzen rot gefärbt und an den Haarwurzeln schon wieder dunkel. Dreifarbig wie Flammenzungen. «Nur wir Mädchen hier», sagte sie immer wieder. Es war der Weltuntergang, und sie sollten da so lange zusammenleben, wie sie zum Sterben brauchten, bis sich ihr Zahnfleisch entzündete und sie Schnupfen bekamen und ihnen die Haare ausfielen, während es auf dem Fernsehschirm nur noch flimmerte. Sie erinnerte sich an irgendeine Bewegung – aneinandergedrängt und panikartig, durch Treppenschächte, Korridore und dunkle, hinter Gemälden verborgene Tunnel –, und dann entwirrte sich alles im Traum und kam zu einem unruhigen Stillstand.

Als sie zur Brücke gelangte, bemerkte sie ein Getümmel, einen Tumult vor sich, etwa auf halber Höhe der Brücke. Am Himmel kreisten zwei Hubschrauber, und auf dem Fußgängersteg hatte sich in der Mitte der Brücke eine kleine Menschenmenge versammelt. Ein Löschfahrzeug der Feuerwehr und ein Polizeiwagen rasten auf der rechten Seite unter ihr mit Blaulicht vorbei. Sie näherte sich dem Rand der Menge. «Was ist los?» fragte sie einen Mann.

«Schauen Sie.» Er zeigte auf einen anderen Mann, der über die Eisengitter und Querbalken hinweg zum äußersten Rand der Brücke geklettert war. Seine Handgelenke waren schwarz bandagiert, und seine Hände klammerten sich an die Trägerkabel. Er hatte den Rücken gebeugt, und sein Körper schwankte über dem Wasser unter ihm, wie in einem Netz von Stahlparallelogrammen gefangen. Sein Kopf baumelte, als sei er ans Kreuz geschlagen worden, und der Wind zerrte an seinen Haaren. In seinem undeutlichen Profil glaubte sie die Gesichtszüge wiedererkennen zu können.

«O mein Gott», sagte sie.

«Die Frau vor uns meint, es ist der Mann, den sie wegen der Gowanus-Kanal-Morde suchen. Sehen Sie da unten die Polizeiboote kreisen?» Zwei rot-weiße Schnellboote wühlten das Wasser auf. Einer der Hubschrauber schwebte lärmend über ihnen.

«O mein Gott», sagte Mamie noch einmal und drängelte sich durch die Menge. In ihrem Hirn explodierte eine weiße Hitze. Ein Polizeimotorrad näherte sich auf dem Fußgängerweg hinter ihr. Ein Polizist mit Pistole stieg ab. «Das ist jemand, den ich kenne», sagte Mamie immer wieder zu den Leuten und stieß sie mit den Ellbogen beiseite. «Das ist jemand, den ich kenne.» Sie hielt ihre Handtasche und die Tüte vor sich und schob. Der Polizist folgte dicht hinter ihr, und deshalb drängelte sie energisch. Als sie auf gleicher Höhe mit dem Mann war, stellte sie ihre Sachen ab, hob das Knie aufs Geländer, schwang das Bein darüber und begann, Metall an Haut, auf den Außenrand der Brücke zuzukriechen. «Hey!» rief jemand. Der Polizist. «Hey!» Unter ihr rasten Autos vorbei, und ein Meereswind blies ihr in den Mund. Sie versuchte, nicht hinabzuschauen. «Rudy!» rief sie aus, aber es klang schwach in all dem Lärm, ihre Kehle war nur eine halbe Kehle. «Ich bin's!» Sie fühlte sich rings vom Himmel umgeben, bewegte sich darauf zu, kam näher. Ihre Nägel brachen am Metall. Sie kam *tatsächlich* näher, war bald nah genug, um ihn zu packen, ihn anzusprechen, sein Gesicht in die Hände zu nehmen und etwas wie *Laß uns nach Hause gehen* zu sagen. Aber dann, immer noch zu weit von ihr entfernt, ließ er plötzlich die Kabel los, fiel, sich überschlagend und mit den Gliedern rudernd wie eine Windmühle, hinab und verschwand im East River unter ihr.

Sie erstarrte. *Rudy*. Zwei Leute schrien auf. Ein Raunen erhob sich aus der Menge, und die Leute preßten sich ans Geländer. *Nein, das nicht.* «Entschuldigen Sie, Ma'am», rief eine Stimme. «Sagten Sie, daß Sie diesen Mann kennen?»

Sie kroch rückwärts auf den Knien zurück und ließ sich auf den Fußgängerweg hinunter. Ihre Beine waren aufgeschrammt und bluteten, aber sie spürte sie nicht. Jemand berührte sie, packte ihre Arme mit den Händen. Ihre Handtasche und die Tüte standen immer noch da, wo sie sie stehengelassen hatte, an den Beton gelehnt, und sie riß sich los, griff nach ihren Sachen und begann zu rennen.

Den Rest des Weges über die Brücke lief sie, hinunter in die nach Ammoniak stinkende, feuchte Unterführung und dann wieder hinauf in einen alten, verkommenen Park, sie lief im Zickzack durch die Straßen der Heights mit ihren Obstnamen – Cranberry, Pineapple –, über die sechseckigen Kopfsteine der Promenade, am Wasser entlang und dann links hoch, von den roten Ampeln wie ein Querschläger abgelenkt. Sie hörte auch nicht auf zu laufen, als sie schon in Carroll Gardens angelangt war und auf den Gowanus-Kanal zusteuerte. *Nein, das nicht.* Sie rannte zwanzig Minuten lang die Steigung nach South Brooklyn hoch, durch den Verkehr, über rote Ampeln und durch Sirenengeheul, unter dem beängstigenden Rattern von Hubschrauberflügeln und einem röhrenden Flugzeug, bis sie zu dem Haus mit dem Vogelhäuschen kam, und als sie dort angelangt war, kaum noch fähig zu atmen, sank sie hinab auf den Betonsockel des Zauns und stieß einen einzelnen und verhaltenen Schrei aus, schrie in ihre Tüte mit Songs.

Der Nachmittag verdunkelte sich. Zwei Rosige schlurften vorüber und ignorierten sie, verlangsamten aber, außer Atem, das Tempo. Sie entschlossen sich ebenfalls, auf dem niedrigen Sockel des Zauns Platz zu nehmen, aber sie setzten sich etwas weiter entfernt hin. Sie war bereits in die niedrige Kaste der Kranken abgerutscht, das wußte sie, aber sie hatten sie noch nicht als solche erkannt. «Alles in Ordnung?» hörte sie eine Rosige zur anderen sagen, während sie ihre Blumenschachtel auf dem Bürgersteig abstellte.

«Alles okay», sagte ihre Freundin.

«Du siehst aber schlechter aus.»

«Kann sein», seufzte sie. «Die Sache ist die, daß man nie weiß, warum man eigentlich irgendwo gelandet ist. Man steht auf, man läuft herum, und man denkt immer, daß es noch eine andere Möglichkeit gibt als das hier.»

«Guck dir *die* doch mal an», schnaubte ihre Freundin und deutete auf Mamie.

«Was?» fragte die andere, und dann verstummten sie beide.

Ein Löschfahrzeug schepperte vorüber. Wütende Sirenen heulten auf. Nach einiger Zeit stand Mamie auf, langsam wie eine Gichtkranke, umklammerte bloß ihre Handtasche – ihre Flasche war immer noch darin – und ließ die Platten stehen. Sie begann zu laufen und stolperte über einen aufgeworfenen Spalt im Pflaster. Und sie bemerkte etwas: Das Haus mit dem Vogelhäuschen hatte überhaupt keine Kuppel. Da war nicht einmal ein Vogelhäuschen. Da war bloß ein Schild, auf dem RESTAURANT stand, und darauf saß eine Taube.

Sie ging an den Rosies vorbei und gab ihnen einen Dollar für eine Iris. «Oh!» sagte die, die ihr die Blume reichte.

In der Wohnung brannte Licht, und das Sicherheitsschloß hing da, offen wie ein Haken. Sie verharrte einen Augenblick, dann trat sie mit dem Fuß gegen die Tür und knallte den Knauf gegen die Wand. Danach war es wieder still, und sie zögerte dort im Eingang, wie eine Art Sehnsucht, ein lauerndes Etwas, das nicht ins Zimmer gelangen kann. Aber dann machte sie ganz langsam einen Schritt, die Handkante an den Türpfosten gepreßt, um sich abzustützen.

Er war da, mit trockenen Haaren, und trug ganz andere Sachen. Er hatte die Arme über den Kopf erhoben, und der herrenlose Kater kauerte oben auf seinen Händen wie auf einem Mast. Er bewegte sich langsam durch die Wohnung, als sei er mitten in einer geheimnisvollen orientalischen Übung oder einem Tanz, während die Katze die Bücherregale inspizierte.

«Du bist es», sagte Mamie, erstarrt neben der offenen Tür.

Der Kürbisgestank des Badezimmers wehte sie an. Die nach Urin stinkende Kälte strömte hinter ihr herein und brachte das Knattern der Hubschrauber mit. Er wandte sich um, um sie anzusehen, und ließ den Kater bis zu seiner Brust herunter. «Hallo.» Er kaute auf einem widerspenstigen Schokozeug herum, das ihm an den Zähnen klebte. Er zeigte grimassierend auf seine Wange. «Jujuben», sagte er. «Die bringen einen auf komische Gedanken.»

Der Fernseher ging an: Leute sangen im Chor, wie eine Hymne für Coca-Cola. *Wir sind die Unsterblichen. Wir sind...* Er wandte sich ab und hob den Kater wieder ganz hoch, bis er fast den goldenen Stuck an der Decke berührte. «Katzen lieben das», sagte er. Seine Arme waren lang und wurden nicht müde. Beim Hinaufrecken war ihm das Hemd aus der Hose gerutscht, und das weiche, nackte Fleisch an seiner Taille blitzte auf wie ein Lächeln. «Wo bist du gewesen?»

Es gab nur diese eine Welt, diese geplünderte, wie von einer Bauchrednerpuppe entmündigte Erde. Wenn man nach einem Platz zum Sterben suchte, konnte es nicht vielleicht hier sein? – wie in einer dieser alten Lektionen, die einem vermittelten, wo man hingehörte und wohin man heimkehrte. Sie hatte Angst, und die Ängstlichen, das begriff sie nun, suchten sich ihre Mutproben in der Liebe. Sie steckte sich die Blume an ihre Bluse. Leben oder Tod? Etwas oder nichts. *Willst du etwas oder nichts?*

Sie trat auf ihn zu mit einer Herzensliebe, aus der sie eines Tages die Angst herausreißen würde.

Hier. Aber nicht jetzt.